怪咖奇异 事件簿
STRANGE EVENT
真实妄想

蔡必贵 ◎ 著

贵州出版集团
贵州人民出版社

图书在版编目（CIP）数据

怪咖奇异事件簿．真实妄想 / 蔡必贵著． -- 贵阳：贵州人民出版社，2022.10
　ISBN 978-7-221-17041-5

Ⅰ．①怪… Ⅱ．①蔡… Ⅲ．①长篇小说－中国－当代 Ⅳ．① I247.5

中国版本图书馆 CIP 数据核字（2022）第 002543 号

怪咖奇异事件簿·真实妄想
GUAIKA QIYI SHIJIANBU · ZHENSHI WANGXIANG

蔡必贵 / 著

出 版 人	王　旭
责任编辑	徐楚韵
装帧设计	王　鑫
出版发行	贵州出版集团　贵州人民出版社
地　　址	贵阳市观山湖区会展东路 SOHO 办公区 A 座
邮　　编	550081
印　　刷	大厂回族自治县德诚印务有限公司
开　　本	620mm×889mm　1/16
印　　张	15
字　　数	189 千字
版次印次	2022 年 10 月第 1 版　2022 年 10 月第 1 次印刷
书　　号	ISBN 978-7-221-17041-5

定　价　49.00 元

怪咖奇异 事件簿
STRANGE EVENT

目录

第 一 章	赵小乔	001
第 二 章	雁南堂	017
第 三 章	有阴谋	026
第 四 章	寻找唐双	043
第 五 章	唐双的电话	059
第 六 章	谁是小柔	071
第 七 章	黑洞里的手	083
第 八 章	前往德国	103
第 九 章	找小柔	114
第 十 章	妄想镇	135

第十一章	戏中戏	150
第十二章	都是假的	168
第十三章	小希的话	186
第十四章	我该相信谁	200
第十五章	我回来了	219

第一章
赵小希

一觉醒来,整个世界都变了。

不,这么说也不对。我还是躺在自己的床上,床还是在卧室里,卧室在一套复式公寓的二楼。这些都没有问题,可是……

吸顶灯的形状不对。

我呆呆地躺在床上,盯着天花板看。在我的印象里,天花板上的吸顶灯是圆形的,可是现在这盏灯却是正方形的。

怎么会这样?是有人在我不注意的时候换了,还是我自己换过之后忘记了?我从被子里伸出手来,迷糊地挠了挠头——还是说,这盏灯从来就是正方形的,只是我记错了?我闭上眼睛,开始思索这个问题。但是没有什么头绪,反而脑子昏昏沉沉的,差点又睡了过去。

我昨晚是做了什么吗,怎么会异乎寻常地困?好像是喝了点酒,又跟女朋友唐双来了两发。两人一瓶红酒,绝对不到断片儿的地步;一个晚上两发,也不过是正常的次数。怎么会累成这样呢?头脑昏昏沉沉,四肢无力,从床上坐起来,似乎都是一个难度系数很高的动作。想到这里,我又困得打了个哈欠,不行啊,体质变差了呢,要加强锻炼……

二楼的浴室里传来了水龙头的哗哗声。正在洗漱的唐双拉长声音嗔道:"还不起床?"

我眼睛还是闭着的,懒洋洋地说:"起来啦……"突然,我猛地睁开眼!鸡皮疙瘩从肩膀一路延伸,布满了整条小臂。浴室里传出来的,不是唐双的声音。

这个女人的声音,听起来也有点耳熟,一时想不起来是谁,一定在什么地方听过,但绝对不是唐双。

我的女朋友唐双是一个霸道女总裁,帮父亲打理着一家庞大的物流公司。除了赚钱能力是我的三百倍之外,还博学多才,精通弓道,最重要的是,漂亮得不像实力派。总而言之,我的女朋友唐双完美得像是小说里虚构的人物。至于唐双的声音,跟她的个性一样,坚定、明亮、吐字清晰,穿透性很强。现在,从浴室里传来的声音完全是另外一种风格,慵懒、带点焦糖般的沙哑,类似于周迅的烟酒嗓。

女人的声音再次传来:"早餐都凉啦,快下楼去吃。"

早餐?我满腹狐疑,却没有回答。就算是在一夜之间,唐双的声音完全变了,她也不可能会给我做早餐。这个霸道女总裁,什么都会,就是不会做饭。所以,浴室里不可能是唐双。

可是这么一来,昨晚跟我同床共枕的唐双去哪儿了?不不,更迫切的问题是——浴室里的女人到底是谁?

我深深吸了一口气,掀起被子下了床,向浴室慢慢走去。几乎在我走到浴室门口的同时,水龙头的哗哗声也戛然而止,一个女人从里面走了出来,差点撞到我身上。

我吓了一跳,是字面上的意义,吓得往后一跳。然后,我看清了眼前的女人。

虽然早上窗帘还没拉开,卧室的光线有点昏暗,但是我仍然看清楚了她的脸,曾经熟悉的一张脸。然后,我只觉得天旋地转,脑子里乱糟糟的，像是草莓音乐节散场后的场地。难怪我觉得她的声音耳熟，因为在一年前，我曾经跟她一起攀过雪山。

这个女人的名字，叫作赵小希。

这到底是怎么回事？

如果是在别的场合，重遇平安归来的小希，我会冲上去抱住她。可是，现在这诡异的情况下，我显然无法这么做。我张口结舌，说不出一句完整的话："小、小希，你怎、怎么在我家？"

小希脸上的笑容慢慢凝固了。她叹了一口气，再次开口时，语气里有责怪的意思："你没吃药？"

我心里想的是，药，什么药？但是，嘴巴仿佛不受自己控制般，支支吾吾说出来的却是："吃，吃了。"

小希也不理我，从我身边经过，径直走向床头柜，拉开抽屉。她背对着我，手伸进抽屉里动作着，像在数着什么东西："二、四、六、八、十、十二……"然后，她转过来面向着我，无奈地摇了摇头，"蔡必贵，你有十天没吃药了。上次还知道把药扔到马桶，这一次……算了，不说了。"

她再次叹了口气，像是在责怪自己："是我最近太忙，又没顾上监督你，都是我不好。"

我脑子乱成一团，嘴里嗯嗯啊啊地胡乱答应着，明明不知道她说的药是什么，脑子里却又模模糊糊地，浮现出两个长方形的盛药的纸盒，上面写着什么字。

小希朝我走了过来，我发现她比唐双还高，不穿高跟鞋都跟我差不多；穿着一条牛仔裤，一件大嘴猴的 T 恤，走动起来，露出一截柔软的腰肢。她走到我面前，伸出双手，温柔地在我脸上拍了两下，然后笑着说："好啦，不要担心，没事的。药在床头柜的上层抽屉，下层抽屉里有一个黑色的纸盒，你打开看看，就知道是怎么回事了。"她又自嘲地笑了笑，"六个月没发作，突然来一次，还有点不习惯。"

我感觉头疼欲裂，右手拇指用力揉着太阳穴："纸盒？发作？你在说什么啊？你、你为什么在我家？唐双，我的女朋友唐双呢？"

听到"唐双"这个名字，小希脸色一沉，但她深深吸了一口气，调整了情绪，勉强笑道："好啦，我要上班去了。"她重复道，"你打开黑色纸盒，就知道是怎么回事了。"然后，她抬腕看了看表，惊呼一声，"真的要迟到了，早上还有个直播。"接着，她不顾我的反应，打开衣柜，从里面拿出一顶红色的棒球帽戴上，转过身去，噔噔噔就下了楼。在楼下的房门打开之前，我听到她的一声嘱咐："看完别忘了吃药啊，乖。"

小希走后，我一个人呆呆地坐在床沿，像是酒后断片儿，又像是个精神病人。不，搞不好，我真的就是个精神病人。要不然，早上睡醒之后发生的事情完全没办法解释。

让我来理一遍。

首先，昨晚跟我同床共枕的女朋友唐双消失得无影无踪，取而代之的是一个以前登山时认识的女驴友。如果目前为止还能用"唐双故意捉弄我"这种牵强的理由来解释的话，有一个重要的问题是我无法绕过去的。

一年多前，我跟水哥、小希、梁警官，还有另一个叫小明的妹子一起到云南的德钦爬一座叫卡瓦格博的雪山。上山时五个人，下山时却只有四个；小希为了救我们，以一种极端诡异的方式，消失在卡瓦格博的峰顶。她根本没能下山。从那以后，赵小希，就成了失踪人口里的一个名字。从那以后，我再也没见过她。

可是现在……小希出现了，可唐双却失踪了。

我闭上眼睛，皱紧眉头，用右手拇指向外揉着太阳穴，试图让脑子清醒些。

失踪了一年的赵小希再次出现在我眼前，而且是以家里女主人的姿态出现的，给我做了早餐，叮嘱我吃药，还责怪自己没有照顾好我，对于房子里的所有布置，更是了如指掌。

想到这里，我睁开眼睛，打量着身处的这间卧室。

我住在一栋高级公寓楼里，户型都是一样的复式，楼上是卧室跟浴室，楼下是客厅、厨房、餐厅、小卫生间，上下加起来，一共有100平方米。这套复式公寓是我五年前买的，当时的房价还不到现在的三分之一。复式公寓里自带的精装修，我基本没怎么改动过。但是，楼上卧室里的陈设都是我自己买回来，自己布置的。可如今……

我站起身来，审视着卧室里的布置。

头顶天花板的吸顶灯，我明明记得是圆形的，现在却变成了正方形。书桌的颜色似乎比印象中的要浅很多。床倒是没什么问题……书架，书架上的PS3（家用游戏机）游戏碟少了很多，却多了些我从来没买过的书，余秋雨、杨澜、于丹，天哪，甚至有一本《西尔斯怀孕百科》，还有《斯波克育儿经》，好像住在这卧室里的人正在备孕一样。书架一共有五层，上面两层、下面两层都摆满了，反而是最中间的一层空空如也。我挠了挠头，没错，这里是我放东野圭吾、斯蒂芬·金的地方，现在这些书都不见了。

我走回卧室中间，茫然地环顾四周。从整体上看，这是我的卧室；可是，从细节上看，这又不是我的卧室。到底是怎么回事？

"你打开黑色纸盒，就知道是怎么回事了。"小希出门前说的话，适时地在耳边响起。

黑色纸盒。

我把目光投向床边的柜子。这个真皮的床头柜，跟真皮床是一套的，是我亲自挑的皮子定制的。

小希说，床头柜的抽屉里，上层放着我该吃的药，下层有一个黑色纸盒，纸盒里有我要的答案。她的葫芦里到底卖的什么药？想到这里，我走到床头柜前，弯下身子，几乎是恶狠狠地拉开了床头柜的上层抽屉。抽屉里空荡荡的，只有两个巴掌大小、长方形的纸

盒子。

药盒。我皱着眉头,把两个药盒拿起来看,其中一个写着"奥氮平",另一个纸盒上则是"利培酮"。什么鬼药名,从来都没听过。我打开其中一个药盒,把说明书翻了出来,一看之下,不由得倒吸了一口冷气——这种药是治疗精神疾病的。我照着说明书读了起来:"本品适用于精神分裂症和其他有严重阳性症状(例如妄想、幻觉、思维障碍、敌意和猜疑)和/或阴性症状(例如情感淡漠、情感和社会退缩、言语贫乏)的精神病的急性期和维持治疗……"

什么鬼玩意!我把说明书揉成一团,狠狠地扔在地板上,还觉得不够,又用脚踩了两下。我没病!你才有病!我深深吸了一口气,尝试平复自己的情绪,然后把上层抽屉关上,再去拉开下层。

出乎意料的沉。跟上层抽屉的空荡荡相反,下层的抽屉被塞得满满当当的,是刚才小希所说的黑色纸盒。跟我想象的不一样,这个黑色的纸盒几乎跟抽屉一样大,两边留下的缝隙很小,再加上纸盒非常重,我足足花了两分钟,才把黑色纸盒从抽屉里拿了出来。

"你打开黑色纸盒,就知道是怎么回事了。"

我盘坐在地毯上,把纸盒也放在上面,然后吐了一口气,去抠盖得严严实实的盒盖。

希腊神话里,潘多拉的魔盒,好像也是黑色的。小心翼翼揭开盒盖的刹那,我发现静静躺在纸盒里的不是定时炸弹、人体残肢、蛇虫鼠蚁这些血腥或者危险的物品。如果光从物品的种类去划分,纸盒里的东西其实非常普通,基本上每个人家里都会有。是书,一、二、三、四、五,一共有五本。其中三本摞在一起,我拿起另外两本,才发现下面还压着一部老旧的 iPad(苹果平板电脑),又厚又重的那种,不知道是一代还是二代。

这五本书,让我陷入了更深的迷惑。盒子里的五本书是普普通通的尺寸,我分不太清是 16 开还是 32 开;普普通通的厚度,比一根手指稍厚些。

这五本书——确切来说，五本小说——是同一个系列的。我把五本书都从纸盒里取出来，平摊在地板上。就是这么普普通通的五本小说，让我在读出它们的名字时，脑袋却像高压锅快要爆炸似的。

"《怪咖奇异事件簿：地库牢笼》。"

"《怪咖奇异事件簿：雪山禁忌》。"

"《怪咖奇异事件簿：时间囚徒》。"

"《怪咖奇异事件簿：海岛梦境》。"

"《怪咖奇异事件簿：游戏匿踪》。"

作者名是同一个，我用颤抖的声音读了出来："蔡、蔡必贵。"

这是怎么一回事？没错，虽然我的正职是经营一家小型工厂，但是去年经历了一些诡异的事件后，我把其中一些故事写了下来。这些故事发表在网上一个论坛里，看的人不少，到后来，我甚至有了一批粉丝；还有出版社的编辑来联系，可是，我还没跟任何一家谈妥。难道说，有无良的书商从网上下载了我写的内容擅自出版了？可是，这五本小说从装帧的质量上看，倒不像是盗版书。而且……我在网上写的小说，并没有五本那么多。

我深吸了一口气，拿起系列的第二本，《雪山禁忌》，在手中急切地翻动着。

没错，无论翻到哪一页，里面的内容都是我在论坛里写的故事；而且，还是认真校对过的版本，我印象中被粉丝们诟病的错别字全部改了过来。这本《雪山禁忌》讲的正是我跟小希、水哥、小明，还有国际刑警梁警官一起在卡瓦格博雪山的历险。这也是我在网上论坛里写的第一个故事。我的女朋友唐双，最初也是因为看了我写的《雪山禁忌》，才跟我认识的。

我放下《雪山禁忌》，拿起《时间囚徒》，这一段讲的是我跟一个"时间囚徒"斗智斗勇的经历，我跟她交手了两次，互有胜负。

到现在为止,她还是我心头的一个噩梦。

  这两本都是我写的,没错,可是……剩下的三本又是什么鬼?这个系列的第一本,名字叫作《地库牢笼》,我大概能猜得出内容。在我们去卡瓦格博的路上,水哥跟我们讲过一个关于地库的故事,真假莫辨,引人入胜,情节我到现在都还记得。可是,我从来没把这个故事写下来。毕竟这是水哥的故事,要写也是他写啊!我拿起《地库牢笼》,翻到第一页,这一看,冷汗就下来了。

    你有没有一些带着怪癖的朋友?比如说:开车的时候老在乎方向盘的角度,或者是出门一定要反复检查门锁,再或者有选择障碍症,站在摆满饮料的货架前,半天选不出一瓶自己合意的。

    我叫阿鬼,不过我没什么怪癖,有这个毛病的是我一个朋友,他名叫霍金水,我们都叫他水哥。他身高一百七十五厘米,体重近九十公斤,是个标准的大胖子,做事稳重,做人靠谱,讲义气,够兄弟,能吃能喝会聊天,但就是有个怪癖,让人总觉得有一些硌硬。

    他的怪癖具体表现在:无论去哪里,他都背着一个超大容量的迷彩军用背包,无论寒冬酷暑、刮风下雨,一概如此。南方的夏天多热啊,我们出去玩,他穿一条短裤、一件背心,还是背着那个包,摘下来后背都湿透了。

这是小说的开头。

  我所认识的水哥,霍金水,确实就是这么一个人;而且更可怕的是,这一段话的语气,确实很像我写的。我闭上眼睛想了想,如果我来写《地库牢笼》这个故事,一开头很可能就会这么写。可是——我睁开眼睛——问题在于,我从来没写过这个故事,一个字都没有！我像是被蛇咬了一口，把手里的书扔到了地板上。书页在地上翻动，慢慢合在一起，像是一个有毒的活物，正在不甘心地死去。

一本我没有写过的小说，署着我的名字，并且遣词造句，一看就像是我写的。这是怎么回事？我呼吸越来越急促，鼓起勇气，盯着摊在地板上的第四本和第五本，分别是《海岛梦境》和《游戏匿踪》。不用看，我也能猜出里面的内容。

《海岛梦境》里，讲的会是"鬼叔"——我的外号——跟唐双，在马尔代夫的一座岛屿上，怎么经过一番冒险，在解开了唐双的身世之谜后，我跟她成为男女朋友。

至于《游戏匿踪》，写的应该是我在唐双的协助下，跟"时间囚徒"Marilyn（马莉莉）的第二次交手；从另一个角度解读，讲的是我如何跟现任女友一起找前女友撕×的故事……

这些都是我的真实经历，如果征得所有当事人同意，经过一些技术性修改，再写出来的话，估计也会挺受欢迎的。可是，问题在于——跟第一本《地库牢笼》一样——我根本没写过这两本小说。如果说《地库牢笼》是水哥的经历，应该由他自己来写，那么，《海岛梦境》跟《游戏匿踪》，则是我想写，但还没来得及写的。毕竟，距离我暂时摆脱前女友，不对，是"时间囚徒"Marilyn的魇爪跟唐双过上太平日子也才两个多月而已。按照我每天写一两千字的速度，这两本二十几万字的小说，我哪里写得完！更别提小说写完之后，还要有一个出版的过程。

"你打开黑色纸盒，就知道是怎么回事了。"小希在下楼之前，是这么跟我说的。可是，这是在逗我吗？我把黑色纸盒打开了，现在根本不知道是怎么回事，反而更迷糊了啊！

我霍地站了起来，在卧室里焦躁地来回走动；地板上的黑色纸盒跟几本小说就像是海里危险的暗礁。

一个系列，五本小说，作者署名都是我，蔡必贵；可是，在我的

印象里，却只写过其中两本。我突然停下了脚步，太阳穴疼得嗡嗡作响。脑海里蹦出两个名字，奥氮平、利培酮，不对，还有，还有奋乃静和舒必利。

小希的声音在耳旁回响：

"蔡必贵，你有十天没吃药了。"

"六个月没发作，突然来一次……"

在我还没意识到的时候，嘴巴突然张开，吐出了让自己毛骨悚然的一句话："该吃药了。"

我呆呆地走到床边坐下，拉开抽屉，把两个药盒攥在手里。脑子里有两个声音，一个说："蔡必贵，吃吧，吃下去就好了，就不会再迷惑了。"另一个声音在反抗："快！快逃，离开这里！"

我皱起眉头，看着手里被捏瘪了的药盒，想了一会儿，把它们放在了床头柜上。然后我站起身来，走到衣柜前。

刚才赵小希出门之前，打扮得很随意，牛仔裤加T恤，她却说是要去上班，说有什么直播。直播？难道说小希是在电视台工作？可是看她的样子，并不像什么电视主持人。我记得，她临走前，还从衣柜里拿了一顶帽子……

拉开衣柜门的时候，我不禁倒吸了一口冷气。半个衣柜里满满当当地叠着、挂着上百顶帽子，颜色各异，形状倒是统一的棒球帽。这简直是一个小型的棒球帽仓库。

两年前一起爬雪山时，我就知道小希非常喜欢棒球帽；她告诉过我，她在大学里有个外号，就叫"疯帽子"，Mad hatter——《蝙蝠侠：阿甘疯人院》里的一个反派角色。

我随手取下一顶挂着的帽子，在手里翻来覆去地看。小希很喜欢棒球帽，如果我跟她同居，那么在卧室的衣柜里放满了各种棒球帽倒是很符合逻辑的事情。可是，我的女朋友是唐双，不是赵小希。

唐双从来不戴帽子，她留的是干脆利落的沙宣头，长短适中，晚上睡觉也不怕压着她头发。

　　昨晚跟我睡的，是短发、不戴帽子的唐双；今天早上一起来，跟我同居的女人变成了长发、戴帽子的小希。

　　我从卧室走到浴室，又从楼梯下去，在楼下客厅转了两圈。然后，我确定了一个事实——虽然不知道是如何做到的——唐双的所有生活痕迹都已经消失；取而代之的是另一个女人，赵小希，她的生活用品，她的气息，占据了我的所有空间，无法抗拒，挥之不去。我呆呆地站在餐桌前，看着桌上的一个玻璃花瓶，瓶子里有些凋零的粉红色玫瑰。

　　唐双不会喜欢这种颜色的花。我伸出手去，玻璃花瓶冰凉的触感，玫瑰花瓣被我一摸又掉了两片，轻轻落到桌面上；眼前发生的一切，都在告诉我一个无可辩驳的事实——从早上起床到现在，我所经历的不可思议的一切，都是真实的，不是一场梦。可是……突然，我想起了什么，转身狂跑向楼梯！我三步并作两步，一口气跑到楼上卧室，扑向放在地上的黑色纸盒。不过，我的目标并不是小说，而是刚才压在两本小说下面的，那个老款的iPad。从盒子里拿出iPad的时候，我发现，iPad戴着个橡胶保护套，大嘴猴的，这个花花绿绿的保护套，跟目前诡异的气氛格格不入。

　　我按了一下解锁键，没有反应，想想也是，长期收起来的iPad肯定是关了电源的。在长按了几秒之后，屏幕终于亮了起来，我松了口气，起码它还有电。iPad开机之后，就到了输入密码的界面。

　　密码？我大脑还在想着密码是什么，右手食指却仿佛不受控制般在屏幕上依次点了2、0、1、7。iPad竟然就被解锁了。第一页整个屏幕上空荡荡的，只剩下左上角有一个"照片"。我毫不犹豫地点击进去，"照片"里却没有照片，只有一段视频，时长是四分多钟。从缩略图上看，有一个男人，穿着一件蓝色的西装，一本正经地坐在镜头中央。这个男人，好像就是我。

我吞了一口口水——跟突然出现的赵小希、五本小说一样——我不记得自己有这件宝蓝色的西装上衣,更不记得自己拍过这样的视频。我深吸了一口气,坐到床沿上,然后双手端起iPad,点击播放。

这个画面,有点像我很久前看过的一部电影,叫作《初恋五十次》,女主角患了短期记忆丧失症,脑子里只能储存很久以前的回忆,记不住最近发生的事情;所以,每天早上起床,男主角就先给她播一段视频,视频里面是她最近几年的所有经历。我突然觉得,自己现在的情况,有点像是电影里的女主角。

视频的缩略图变大,占据了整个屏幕。我没有看错,那个穿着蓝色西装、正襟危坐的人,确实就是我。视频一开始,"我"看着镜头,说出的第一句话是:"我叫蔡必贵,今年32岁。我是一个……"视频里的"我"吸了一口气,接下去说,"是一个小说家,职业小说家。"

我挠了下头,小说家,而且还是职业小说家?如果要我来定位自己,我会说,是一个"蚊型企业"的小老板,是一个喜欢单麦威士忌、跑步、户外的男人,是一个纯爷们,是国际刑警的编外卧底,是霸道总裁唐双的男朋友……怎样都好,我绝不会说自己是个"小说家"。我在网上论坛写的那点东西,乱糟糟的,能不能称得上"小说"都有疑问,更别提把自己当成"小说家"了。在我看来,大部分写东西的都只能叫写手,稍好一些的是作者,能被称为小说家的,都是写得很棒的家伙了。总之,我,蔡必贵,无论如何都算不上小说家;如果有一天,我正儿八经地跟人介绍,说我自己是小说家,那我一定是疯了。

可是,视频里这个"我",正是这么介绍自己的。他——不,应该说是"我"——还在一本正经地继续往下说:"一年前,我从腾讯辞职,开始专门写小说,目前为止出版了《地库牢笼》《雪山禁忌》《时间囚徒》《海岛梦境》《游戏匿踪》,一共五本。"

我心里不由得犯起了嘀咕,腾讯我当然知道,他们总部腾讯大厦就在深南大道上,我经常开车路过。不过,我只是路过,连门都没进去过一次,更没在腾讯上过班,什么"从腾讯辞职"根本无从提起。奇怪的是,脑子里现在却闪现办公室的场景,有带腾讯LOGO(商标)的玻璃门……好吧,我大概是从什么新闻里看到的。

视频还在继续播放,里面的"我"看向镜头的右边——好像那里站着个什么人——问道:"老婆,你会把书跟iPad放一起?"应该是得到了肯定的答复,"我"又看着镜头,继续说,"这五本小说,刚才你也看到了。全都是我的心血之作,当时辞职了来写,压力也很大的,幸好……"说到这里,视频里的"我"脸上突然出现了一丝狂乱的表情,嘴角向上微微抽搐,"幸好,这五本书都卖得很好,而且很快就要改编成电影了,对,电影,还有网剧跟游戏,嘻嘻……"似乎是为自己的成就感到兴奋,"我"止不住笑了起来,笑容却是狰狞可怖,让正在看视频的我,不由得后背有些发凉。视频里的"我"越来越夸张,原本坐得腰杆挺直,现在笑得弯下了腰。

到了这里,视频出现了明显的剪辑痕迹,半秒钟后,"我"又穿着一身宝蓝色的西装,正襟危坐在原来的位置。我看了一眼视频的进度,这个剪接,在两分钟的位置。画面里的那个"我",没有了刚才狂喜的神态,取而代之的是一副淡漠的表情。"我"伸出右手,张开五指,突然没头没脑地开始说:"蔡必贵,我来教你判断一下,你现在面对的是现实,还是一场梦。"视频里的"我"一本正经地往下说,"有一种梦叫'清明梦',跟清明节没有关系,又叫'清醒梦',lucid dream。梦里的人有清醒的意识,还能控制自己的行为。这时候怎么才能知道,自己是不是在做梦呢?有一个办法,像这样,伸出右手……"

我看着视频里的动作,不由自主地伸出右手,岔开五指,模仿他的举动。

"我"继续介绍:"然后,你就开始数自己的手指,你想要判断自

己是不是在梦里,潜意识会趋向于告诉你,手指不是五根,所以你会数出一个不是五的数字。"

我虽然没听太懂这个道理,但做法还是明白的,于是便老老实实数着自己的手指,一、二、三、四、五,一共有五根。没错,并没有多一根,也没有少一根,所以,我并不是在做梦。

"你不是在做梦。"视频里的"我"也提醒道,然后接着说,"你只是……在写第六本小说,《真实妄想》,因为构思情节太投入了,所以脑子出现了一点问题。不要着急,不用着急,只是个小问题而已。""我"直视着镜头,似乎是尝试着要笑一下,用笑容来安慰看视频的人;可是,那淡漠的脸上,毫无温度、生拉硬扯的笑容只带来了反效果。

我感觉更难受了。

视频里的"我"皮笑肉不笑地说:"好了,你现在可以打电话给张铁,铁总。他的号码就在手机里,他会告诉你这一切的。"说完这句没头没脑的话后,"我"低下头,看着自己的手指,嘴唇轻轻动了起来,似乎正在数自己的手指。

"一、二、三、四……"还没数到五,视频就结束了。

这是在玩我吗?赵小希出门之前,跟我说的是,看完黑色纸盒里的东西,就能够明白一切。然后,我从纸盒里找出五本不是我写的、却署着我名字的小说,又看了一个我从来没录过、但明明主角是我的视频。做完这一切之后,我非但没有能够"明白一切",反而更糊涂了。在视频的最后,"我"留下了一个线索,让我打电话去给一个我根本不认识的人,什么张铁,铁总。

一个线索接着另一个线索,揭开谜底遥遥无期,所以这是在搞什么?解谜游戏吗?在《初恋五十次》里,女主角起床之后看完视频,知道前几年她嫁了人,生了孩子,感动得泪流满面。然后她走出卧室,发现这是一艘航行海上的船,男主角正在甲板上钓鱼,场面温馨感人。而我呢，看完视频之后，不光没弄明白发生了什么，反而更加混乱了。虽然忍不住要吐槽，但是放下iPad，我还是不由自主地拿起了手机。

我从来不认识什么张铁，按理说，手机里不可能会有这人的电话。不过，现在，还有什么是不可能的呢？果然，在"Z"开头的联系人里，我发现了一条叫"张铁"的联系人信息，点开一看，备注是"雁南堂出版公司"。狗屁，我才不信。虽然这么想着，我还是拨通了张铁的电话。

手机上的时间显示，现在是早上9:20，今天是周一，作为一个出版公司的老总，现在他应该正在忙着开会什么的吧。出乎意料的是，张铁很快接起了电话。

"老蔡，咋啦？"电话那边的声音粗犷，带着北方口音，可以想象出，电话那头是一个高大魁梧甚至满脸胡子的北方汉子。他跟我打招呼的语气，一点都不见外，看起来跟我很熟的样子。可是，我压根儿不认识这个人。

我支吾了一下："呃，我是想……"

电话那边还有些嘈杂的人声，隐约听见有人叫"铁总"，看来他果然是在忙。张铁一边应付着，一边在电话里跟我讲："哎，我说老蔡，别整天想些没用的，赶紧把《真实妄想》写出来，这次一定能大卖，相信我。"

妄想？我想了一秒才明白，他说的是刚才视频里，"我"提到的第六部小说，于是我赶紧道："不，我找你是……"

张铁的语气似乎有点不耐烦："知道了，电影版权那事，我会抓紧的，你也别太……"

我实在听不明白他说的是什么，不由得对着电话，大吼了一声："你是谁！"

电话那边安静了三秒，然后传来了一声长长的叹息："是这样啊……半年了,还以为你好了。"

我皱起眉头,他说的是半年,小希说的是六个月,倒是不谋而合了。

张铁似乎无奈地笑了一下:"这样吧,老蔡,你半小时后下楼。我派个人去接你,来我这儿聊吧。"

我不由得问:"聊什么?"心里想的是,他不会让我过去聊什么小说、电影版权吧?我现在关心的点根本不在这些莫名其妙的地方。

张铁像是知道我在想什么似的,又笑了一下:"你过来,我告诉你一切。好了,我先处理一下工作,你半小时后下楼,Allen(艾伦)会打电话给你的。"说完,他就挂掉了电话。

我看着手机屏幕,有点反应不过来。回想刚才张铁说的话,让我去他那里,应该是去他公司吧。他在电话里的表现让我觉得,跟赵小希一样,他不是第一次遇到这种情况了。这种情况,指的是我一觉醒来,发现自己身处一个相似而又不同的空间。我深呼吸了几下,吸入更多氧气,试图让头脑清醒起来。回想起小希跟张铁的态度,不难判断,他们认为我是一个精神病人,在消停了半年之后,现在又发作了。可是,我很确定,自己现在神志清醒,判断力正常,情绪也控制得不错,总之,绝不是什么精神病人。好吧……除了那些被塞进脑子里的药名,还有莫名其妙脱口而出的几句话。

我猛地摇了摇头,不对,要把这些危险的想法甩出脑海。我,蔡必贵,绝不是一个精神病人。在醒来之后,遭遇的这个超现实的早晨,无论背后是恶作剧、阴谋,还是别的什么东西,总之,凭我的能力,最后一定能以科学、逻辑来解释的。对此,我深信不疑。深吸了一口气之后,我伸出右手,张开五指,又默默地数了一遍。一、二、三、四,没错,还是五。我握紧了拳头——所以,这也不是一场梦。

第 二 章
雁南堂

张铁派了个叫 Allen 的人来接我。在等他的半小时里，我先是认真梳洗，刮光了胡子，又换上一套干净整洁的衣服。幸好，我所有的个人用品、衣物，倒都还是放在原处的。好久没有这么认真地捯饬自己了，我的想法是，既然被当成精神病患者，那么更要打扮得利索点，从外表上就要跟其划清界限。

二十五分钟后，我站在门口的穿衣镜前仔细打量自己。

一个三十出头的男人，中等身高，脸瘦巴巴的，刚刮完的胡子一片铁青。侧面的头发剃得很短，中间的头发向后扎成一个小辫子，稍微有点痞气。上身穿着无印良品70块一件的白色T恤，下面是贝克汉姆同款 PRPS（紫制品）牛仔裤，左手戴一块劳力士绿水鬼，脚下蹬着颜色相衬的 adidas stan smith（阿迪达斯经典鞋款）。我还挺喜欢绿色的，它代表了生命跟活力；不过总有些人对绿色很敏感，可能他们受过什么心理创伤吧。

总之，镜子里的这个男人，长得跟"帅"这个字眼没有一分钱关系，但客观来讲，说得上干净利索，比真实年龄稍显年轻。这样一个男人走在街上，如果有人把他当成精神病患者，才真的是神经病。这么想着，我检查了身上的钱包、手机，右手拉开房门，左手习惯性地往鞋柜上一捞，拿起放在上面的车钥匙。钥匙入手的时候，我突然愣了。我开的明明是一辆保时捷卡宴，可是，这把车钥匙却变成了……我把钥匙翻过来看，一个本田的金属LOGO。

这档次也掉太多了吧？我皱着眉头想了下，决定还是先放下这件事；反正有人来接，索性把本田车钥匙扔回鞋柜上。刚走出门口，就接到了Allen的电话，奇怪的是，他的号码也保存在我的通讯录里。

Allen的声音听起来很年轻，他告诉我他开的是公司的商务车，GL8，五分钟后就能到。我跟他说我现在就下楼，两人约好在大堂外面的路上见。

我乘电梯下了楼，Allen还没到，我站在大堂门口，四处张望。在离开了自己住的公寓后，外面的世界跟我记忆中的倒是完全一致的。咦，不对。楼下的景物，好像有哪里变了。我皱起眉头，虽然觉得不对劲，但一时却又分辨不出。

这是一栋高档公寓，楼里全是同样的复式户型，住的大都是年轻人……这么想着，我突然确定了不对劲的地方。因为这是设计给年轻人住的公寓，业主大都没结婚，更没有孩子，所以在公寓楼下没有一般小区里的那种儿童游乐设施。这一点，我非常确定。但是现在，就在我眼皮底下，两栋楼连接的架空层下面，原本是一块空地的地方却凭空出现了花花绿绿的滑梯、秋千，还有木马。这些颜色鲜艳的游乐设施，跟公寓高档、商务的整体设计，非常格格不入。

我眯着眼睛向那个地方望去，由于架空层的遮挡，里面的光线比较昏暗；但至少可以看出，在星期一的早上，里面空无一人，并没有小孩子在玩耍。可是，有什么东西动了一下。就在场地最深、最暗的地方，有一个红色的东西。我心里咯噔了一下，再仔细看，阴影里是一个红色的木马，面朝着我目视的方向。跟别的小区里的木马一样，这个红色木马下面，是一个粗大的黑色弹簧，如今跟那片黑暗融为一体；跟别的木马不一样的地方，在于这个木马红得特别妖艳，另外，这个木马没有头。紧接着，更不可思议的事情发生了。在这空无一人的场地上，连风都没有一丝，可是，这个无头的红色木马，咿呀咿呀，自己晃了起来。

一。

二。

三。

四。

五。

不多不少，它正好晃了五下。我被吓得话都说不出来，脚步止不住地向后倒退，突然听见"叭"的一声响！

是汽车的喇叭声。

我停下来，回过头去，伴随着急切的刹车声，一辆深蓝色的GL8（别克的一种车型），停在我身边不到半米的地方。我这才发现，自己竟然已经离开了公寓楼下，退到了马路上。GL8停在路上，亮起了双闪灯，然后从驾驶室里走下来一个高高瘦瘦的年轻人，脸上带着三分气恼，七分紧张："鬼叔，你没事吧？"

能喊得出我的外号，这个年轻人，想必就是张铁派来接我的Allen了。不过，我一时管不来这个，朝他摆摆手，再次向那片场地看去。凭空出现的花花绿绿的儿童游乐设施，都还在那里，包括那个红色的木马。可是，当我往前走几步，再认真观察时，发现那木马不光没有在动，而且，好端端地长着一个头。就是那种呆板简陋、蠢萌蠢萌的木马头。

我深深吸了一口气，完全无法理解刚看到的一切。身后传来一阵汽车鸣笛，然后是Allen的催促："鬼叔，我们先上车吧，挡住别人了。"

我最后看了一眼红色木马,然后转过身去,跟着 Allen 走向那辆 GL8。好吧,反正木马是固定在橡胶地板上的,它又不会走,我先去张铁那里,回来再看看就是了。这么想着,我跟着 Allen,他拉开车门,我钻了进去。

这辆商务车的后座,不像普通家用车的一排,而是两个独立的座椅,比较宽敞、舒适。刚一落座,我便感觉有些似曾相识,自言自语道:"奇怪,这车我好像坐过?"

Allen 刚绕到驾驶座那边,一边系安全带,一边笑道:"当然,你不光坐过,还写进了小说里。国际刑警梁警官用的车就是这辆。"

我大吃一惊:"你认识梁警官?"

Allen 从驾驶座回过头来,给我一个意味深长的笑:"我认识他,他不认识我。"他耸了耸肩膀,转过身去,一边打方向盘,一边说着莫名其妙的话:"《游戏匿踪》,五本里最棒的。"

我不明所以,但脱口而出:"谢谢。"

在车子开往张铁公司的路上,我跟 Allen 没有再聊什么。反而,我利用这段时间,检查了一下自己的手机。

首先是手机自带的通讯录里多了包括张铁、Allen 在内的十几个我并不认识的名字。相对应的,少了梁警官、Tristan(崔斯坦)的电话,最重要的,是没有唐双的号码。不过没关系,她在香港跟内地的手机号,我都能背下来。现在的情况不适合打电话,所以,我先发了条短信给她,内容简洁:"你在哪儿?你还好吗?"

虽然唐双不见了,但凭她的智慧与身手,又有厉害的家世,应该暂时没什么危险。

然后,我又打开了手机上的微信,在最近的聊天记录里,还找到了一些不存在于我记忆里的内容。比如说,我跟一个名字叫"王幸福"的妹子,讨论了一些小说情节,围绕着视频跟张铁都提起的那本《真实妄想》。我不太懂出版的事情，但我猜，王幸福应该是张铁手下，跟我对接的一个编辑。

还有其他几个人的聊天记录跟我记忆中也有出入，有些我记得说过的话不见了，有些我根本没说过的话却出现在记录里。这种感觉，有点像喝醉了酒，断片儿了。我喝多的时候，会发一些信息给别人，在酒醒之后，完全想不起这回事。但是，断片儿后做的傻事，是集中在酒后的一段时间内；检查微信里的聊天记录时，发现那些我从没说过的话在过去的一两个月里一直都有出现。

在公寓里出现跟我记忆不符的东西，可以用有人在我睡觉时偷偷换掉了来解释，但是微信里的聊天记录如果要伪造起来，那就太难了。我甚至检查了一下自己的微信号，以防是被整个造假、复制了一遍，插入一部分伪造的内容；翻来覆去地看，鬼叔，微信寻 mj-guishu，没错，就是我的微信。

车窗外的光线突然变暗，原来是车子已经到了张铁的公司楼下，正在驶入地下车库。

我皱着眉头问：“我们这是在哪儿？”

Allen 一边刷停车卡，一边说：“在龙岗啊鬼叔，龙岗中心城，珠江广场写字楼。”

我眉头皱得更紧了，龙岗？这不对啊。深圳是一个东西走向的城市，我住在最西边的南山，龙岗几乎是在最东边，横跨整个深圳，这才用了——我看了一眼手机上的时间——半小时？

刚才在车上的时候，我光顾着看微信，倒没有留意车窗外的景色，真是太失策了；但是，就凭一路坐在车上的感受，我确定 Allen 的车速不超过每小时一百公里，无论怎么走，都很难在半小时内就到龙岗中心城。不过现在，先不管这个了。

我低下头，打开微信里的通讯录，果然不出我所料，跟手机通讯录里一样，也没有唐双。我趁这最后的一点时间，点击微信的添

加朋友,输入唐双的内地手机号,点击搜索。可是,在灰色的圆圈转了十几秒之后,最后屏幕上出现的却是三个字——无结果。我皱起眉头,难道是车库里的信号不好?

在 Allen 帮我拉开车门前,我清除了微信上的搜索记录,把手机收进兜里。面对一群敌友未分、当我得了精神病的人,当然要小心为上。我跟在 Allen 后面,两人从地下车库,坐货梯上了楼。

张铁的出版公司,叫"雁南堂",在这栋大厦的 17 楼。17,是一个质数,我喜欢质数。走出货梯,Allen 带着我进了楼道,拐了两个弯,走到一个门口。我留神看了一眼,公司全称是"深圳市雁南堂文化传播有限公司",房号则是 1709。我挠了下头,在我的印象中,1709 似乎也是个质数。这是个好兆头——突然之间,心情轻松了一点。我跟着 Allen 进了公司,都是些不认识的年轻男女,却都好像认识我的样子,打招呼道:"鬼叔来啦?"

我虽然一个都认不出来,但也微笑着,点头回应。

Allen 领着我,走到了一个写着"总经理办公室"的房门前,然后敲了两下门。房门内,传来电话里那个粗犷的声音:"进来吧。"

Allen 把我领进房里,就退了出去,顺手关上了门。

总经理办公室里,就剩下我跟这位铁总,张铁,号称可以解答我所有疑问的男人。他坐在一张宽大的办公桌后,摁灭了一个烟头,伸手招呼我道:"老蔡,坐。"

我一边走过去,一边打量着他。

光听他的声音,会把他想象成一个满脸胡子的北方大汉;可是实际上,他的身高虽然绝对称得上大汉,应该超过一米八〇,只是体型却一点都不魁梧,看上去,甚至比我还要瘦。脸上也没有大胡子,而是刮得干干净净,窄窄的脸型,偏偏架着一副圆框眼镜,看上去像是民国时代的读书人。他桌上的烟灰缸里,陈尸着五六个烟头,这还只是早上。看起来,这位铁总抽烟抽得挺凶的,这一点,算是跟他粗犷的嗓音最相符。

我在他对面的椅子上坐下,正盘算着要怎么开口,他却先替我说了。

张铁双手十指交叉,放在桌面,对我露出一个意味深长的笑:"老蔡,我知道你要问啥,一共是三个问题。"

我猝不及防,皱起眉头:"哦?"一个出版公司的老总,难道还兼职算命先生,能未卜先知?

张铁轻轻哼了一声:"不信是吧?也对,你每次都不信。"他伸出左手食指,"你要问的第一个问题……"他指着我,一字一顿地说,"你是谁?"

我下意识地背往后靠,重复道:"我是谁?"

张铁得意地拍了拍手:"你看吧,说了你还不信,你的第一个问题就是,'我是谁?'"

我好不容易弄懂了他的意思,不由得有些生气。什么出版公司老总,玩这种低级的文字游戏。我敲了下桌子,辩解道:"不,我刚才的意思是,你问你是谁,我就重复了你的问题,我是谁……"

张铁摆了摆手:"好了好了,老蔡,别纠结这个。好了,第一个问题,你想不想知道答案?"

我想了一下,说:"想。"

张铁点了点头:"想知道,那我告诉你,啊,对了,喝不喝水?"

我心急想知道答案,连忙说:"不用了。"

他却自顾自地拿起手机,发了个微信语音:"那个,小米啊,倒一杯咖啡,一杯单丛进来。"

我微微皱了下眉头,咖啡应该是他自己要喝的,至于单丛,是我最喜欢喝的茶,属于乌龙茶的一种。张铁刚才并没有问过我想喝什么茶。不光如此,从他刚才的种种言行举止看,似乎我是他非常熟悉的一个朋友。可是,我根本不认识面前这人;再怎么努力去想,脑海里，也完全没有关于这个人的哪怕一点印象。一个陌生人，却熟悉你的一切，这种失去控制的感觉，放在谁身上都会害怕。

隔着一张办公桌，我的陌生人张铁，开始介绍他的熟人老蔡："你，蔡必贵，笔名鬼叔，我叫你老蔡。1982年生，金牛座，喜欢单一麦芽威士忌，尤其是麦卡伦，最喜欢的作家是斯蒂芬·金，最喜欢的电影是他原著的《肖申克的救赎》……"

我越听他说下去，心里就越发吃惊。后背也渐渐被汗湿透，空调风扫过来时，一阵阵发冷。他刚才所说的一切，关于我的年龄、爱好，全是正确的。而我自己向来都算是一个注重隐私的人，别说是一个陌生人，就算是认识三年的朋友，也不一定知道得像张铁那么全，那么如数家珍。不过，接下来他说的，就跟我的真实情况有出入了。

张铁像说故事一样，继续娓娓道来："一年前这时，你从腾讯辞职，花了一个多月时间，把《怪咖奇异事件簿》系列第二部《雪山禁忌》写完，再两个月后，跟《地库牢笼》一起出版。这两本书首印都是两万册，卖得很好，后来又都加印了两三万册。"他脸上露出了喜悦的表情，像是在回忆一个开心的片段，"老蔡，那时你有多开心啊，我也开心坏了，替你开心啊，我希望你能一炮而红，成为一流的软科幻小说作家，登上人生巅峰，可惜……"他脸色黯淡了下来，"可惜，理想很丰满，现实啊，就跟你和我一样骨感。从系列第三本开始，《时间囚徒》《海岛梦境》《游戏匿踪》，销量一本不如一本。尤其是《海岛梦境》，一看到稿子我就跟你说，这个不行啊。你就跟我拍桌子，说这本书一定行。结果好了吧，这书一上架，就有粉丝骂是'粪作'，你就不用说了，我跟编辑都心塞得睡不着觉。"说着像是突然想起了什么，冲着我摆了摆手，"老蔡，你可别生气，更别有压力，我这不是在怪你啊。"

我压根没有生气，皱起眉头，脸色难看是因为别的原因。之前我紧张的是这个人，张铁，对我的事情了如指掌；现在他说的事情，跟我的真实情况相差万里，我应该要放松一些才对。可是，这种放松持续了不到三秒钟。之后我的心情，反而更加沉重起来。因为从他的这一套说法里，我突然意识到，自己陷入了一个前所未有的、居心叵测的阴谋里面。

第三章
有阴谋

事情发展到这里，毫无疑问，张铁跟他公司的所有员工，还有早上死而复生、出现在我家的赵小希，这些人背后肯定是同一个组织。这个组织，不管这么做的意图到底是什么，显而易见的一点是，既然有能力营造出这么大一个局，那么与之相匹配的，就一定是有出色的情报搜集能力。所以，像我的姓名、出生年月、星座，包括喜欢麦卡伦威士忌、斯蒂芬·金等等这些信息，自然都很容易得到。至于其他的信息，比如我的职业，是一个小型工厂的工厂主；业余在网上写过小说，但从来没有出版过，更遑论出版五本这么多——这对于他们背后的组织来讲，当然应该同样容易获取。所以，他们不可能会错得这么离谱，以为我是在腾讯上过班，然后辞职来写书的。

之所以张铁、赵小希，包括iPad里那一个神乎其技、不知道怎么拍出来的视频都在重复同一套说辞——我，蔡必贵，是一个职业小说家——不是因为他们情报出错，了解到了错误的信息，而是因为……一个更可怕、让人后背发凉的原因。我深深吸了一口气，在脑海里整理了一下——张铁、赵小希，以及他们背后的组织，是要"编造"出关于我身份的一套"事实"，然后用尽所有办法，强迫我相信。我不由得感叹，这个组织的实力之强，确实超乎我的想象。

首先，他们能在我不知不觉之间让唐双消失，换成赵小希；与此同时，彻底清除唐双在我家留下的痕迹，换成小希的——比如那一柜子的帽子——还把我的一部分生活用品也替换掉。

其次，增删了我的手机通讯录，而且伪造了我的微信聊天记录，这些确实有效地增加了我的迷惑。当然了，拍摄那段由"我"主演的视频，也是一项了不起的技术。

最后，他们不知道采用了什么可怕的高科技手段，竟然能将一些碎片式的记忆硬生生植入我的脑子里。比如说几个治疗精神疾病的药名、腾讯办公室内部的场景，还有以某种我不确定的方式，药物、仪器或者催眠，总之，对我的认知能力造成了影响，让我产生"无头木马自己摇晃"这样诡异的幻觉。

与这些超高手腕相比，印几本我没写过的书，找一群托儿演一个公司的老总和员工，这布局反而不需要什么高精尖科技，只要有钱有人，就可以轻易做到。

"笃、笃、笃、笃、笃。"一阵敲门声打断了我的思考。

张铁对着房门，以他跟外形不相符的粗犷嗓音说："进来吧。"

一个长得挺好看、身材娇小的年轻妹子端着托盘走进了办公室。不用说，这妹子就是刚才张铁吩咐的小米。小米把两杯饮品分别放在我们面前："铁总，您的黑咖啡，还有鬼叔的凤凰单丛。"她站直身子，笑得很好看，"没什么事我先出去了。"

张铁挥了挥手："你忙吧。"

小米给了张铁一个意味深长的眼神，被我捕捉到了，我知道她肯定是在指我；我却突然想起，她刚才敲门也是五下，笃、笃、笃、笃、笃。五根手指，五本小说，五下敲门声，幻觉里的无头木马，也是自己晃了五下。都是五，为什么？

5，也是一个质数。我喜欢质数。该不会是……

"咚。"在我陷入沉思的时候，房门又被关上了，小米已经走出

了办公室。

"喝茶，老蔡喝茶。"张铁一边端起咖啡，一边招呼我说。

我也拿起茶杯，一边让水气熏着鼻子，一边仔细思索。我喝了一小口茶，开口道："铁总……"

张铁摆了摆手："别介，铁总个屁，老铁，叫我老铁，你一直这么叫。"

我皱着眉头："那好，老铁。"这个称呼一出口，感觉却非常熟悉，"老铁，我来总结一下，按照你说的，我是一个失败的悬疑小说家？"

张铁嘬了一口牙花："失败也说不上，目前有点困难，但是老蔡你放心，有我呢。"

我暗自哼一声，看来这家伙扮演的是一个喜欢大包大揽的角色。想了一下，我还是决定直接戳破他。我深深吸了一口气："好了，不论你的目的是什么，我要跟你说清楚了，我，蔡必贵，我的职业不是小说家。"

听我这么说，张铁却毫不慌张，反而露出了一丝意味深长的笑："好好好，老蔡，那你说说看，你的职业是什么？"

既然已经开撕了，我索性就把自己的身份给他详细说一遍："我有一个200人的压铸厂，地址就在龙岗，所以我的本职是小工厂主。我是在网上写了两个故事，《雪山禁忌》已经写完了，《时间囚徒》还没完结呢，你说的五本小说，根本就不是我写的。"

张铁摇摇头，笑了一下："老蔡，我要是告诉你，你压根没有什么厂子呢？就你这样的人，哪像是会开工厂的？这么说吧，写小说之前，你一直在腾讯上班，是游戏策划。"

我对他的说法嗤之以鼻："好笑，等下我带你到工厂去看看吧，反正就在龙岗——如果你们没把工厂也给我关了的话。"

张铁叹了口气："不用了，那个工厂我去过的。"

我哑然失笑："你都去过了，还说我没有工厂？"

张铁端起了咖啡杯:"是有那么一个厂子,但不代表说那就是你的厂子啊。老蔡,你好好想想,那厂子是你亲戚开的,你堂哥,蔡子游。"

我提高音量,反驳道:"好嘛,你连我堂弟的名字都知道,他是在我厂子里帮忙,开货车的……"

张铁自顾自喝了一口咖啡:"嗯,开货车的蔡子游,你在《时间囚徒》里是这么写的。当时你堂哥请吃饭,我也在场的,他让你把他也写进去,你就给他安排了这么个角色。"

我不屑一顾道:"什么堂哥?蔡子游明明是我堂弟……"

张铁耸了耸肩膀,岔开话题:"老蔡,那你再说说,你那个压铸厂是干吗的?"

我皱眉道:"锌铝合金压铸啊!虽然我不太管生产,这最基本的我还能不懂吗?就是把锌铝合金锭放到机器里,按照开好的模具,压铸成客户要的形状……"

张铁嘿嘿一笑:"老蔡,你说你不管生产,那好,帮你管生产的厂长,叫什么名字?"

我冷哼一声:"这问题还真是无聊,厂长他姓……"突然之间,我脑子里好像卡了壳。厂长姓什么呢?一时想不起来了。原来那个管生产的自己开厂去了,现在这个是过完年刚换上的,胖胖的,爱吃辣椒,总是一脸笑……他的样子在我面前晃来晃去,姓名更是呼之欲出,可是就差那么一点……他的姓好像还挺特别的,很好记才对,怎么一时就想不起来了呢?我支吾道:"他姓,呃,姓,好像是姓……"

张铁阴阴笑着,提示道:"姓艾,叫艾伦?"

我打了个响指,浑身都轻松了:"没错,没错,就叫这个名字,艾厂长,职业经理人,读过MBA(工商管理硕士)的。"

张铁却不笑了,沉着脸说:"艾伦,Allen,是我公司的小孩,就刚才去接你的那个。"

我一下呆住了。厂长真正的名字我也记起来了,是艾厂长没错,但名字没这么洋气的,他全名叫艾丰收。

张铁双手十指交叉,似笑非笑地看着我。

我马上就被激怒了:"这不算,你误导人!"

张铁叹了口气:"老蔡,你别生气,那个压铸厂是你堂哥的,你去参观过几次,但是厂长的名字没有问过。你写小说,也还没用到这个厂长的名字,你还没编好,一下子就说不出来了。"

我更加生气了,从椅子上站起来:"去你的,才不是这样!你现在就跟我去厂子里,现在就去,看看厂长是不是姓艾!"

张铁摆了摆手:"老蔡,你先坐下,听我说。不用去你堂哥的厂了,看见厂长不姓艾,你会说都是我们换掉了。"他搓了搓手,"来,我们说点别的。好,你说你是个工厂主,不是写小说的,还说《雪山禁忌》跟《时间囚徒》才是你写的,别的都不是,对吧?"

我深深吸了一口气,勉强压抑住自己,坐回椅子上,没好气地说:"对啊,怎么了?"

张铁也没征求我的同意,自顾自点了支烟,然后说:"照你的说法,这两个故事都是按照你真实经历改编的?"

我点点头。

他抽了一口烟:"那你告诉我,真实度有多少?"

我挠了挠头:"人物姓名都是真的,大致的情节也一样,除了一些不能写出来的内容……嗯,细节稍微修改了点,结局也是,呃,按照百分比的话,真实度大概是 90% 以上吧。"

"90%!"张铁哈哈大笑起来,然后大概是被烟呛到了,开始剧烈咳嗽。他一边咳嗽,还一边笑着说,"90%,哈哈哈,90%,老蔡你……"

我皱着眉头,冷眼旁观。

张铁笑了好一会儿,好不容易停了下来,擦掉不知道是笑出来的还是呛出来的眼泪，正色道："老蔡，你说这两本书里的经历有90%是真的，你确定？"

这不是废话吗？在雪山上发生的一切，还有跟"时间囚徒"Marilyn的斗智斗勇，都如同昨天刚发生过的，历历在目。幸运的是，这个组织再怎么厉害，都没能把我这些记忆清洗掉。我认真地点了点头："确定。"

张铁也点点头，严肃地说："所以，在卡瓦格博雪山上面，小希被另一个红色的世界吸走，然后失踪了，这也是真事？"

我皱着眉头说："当然是真事，除了小希失踪这一条……她早上出现在我家里，不过我想你早知道这件事了。"

张铁一愣，然后又兀自笑了起来："哈哈，小希出现在你家，哈哈，老蔡啊……这两年她一直住在你家，不，确切来讲是你们的家。"

我否认道："别想迷惑我，跟我一起住的是唐双。"

张铁不笑了，叹了口气："唐双，果然，又是唐双。"

他认真地盯着我的眼睛，一字一顿地说："老蔡，唐双不存在于这个世界上，她是你虚构出来的女主角。"

我虽然隐约猜到他要说什么，但是亲耳听到后，还是有些震撼。唐双，是我虚构出来的女主角？我用力晃了一下脑袋，想把这个可笑的念头赶出去。怎么可能？我跟唐双相识于马尔代夫的鹤璞岛，那时候她还是个喜欢女孩子的……女孩子；在经历过一番生死历险后，我竟然把她成功掰直，两个人走到了一起，现在想想也有些不可思议。

我跟唐双，原本属于两个世界，刚在一起时也是磕磕碰碰，跟她吵的架不比跟任何一任前女友少。两人一开始都没太当真，不过在跟算是"前女友"的Marilyn的一场对抗中，我跟唐双的感情好了起来，最后一起滚了床单。说来好笑，这个留着干练的沙宣头，在生意场上杀伐果断、霸气十足的女总裁，从某种意义上来说，竟然还是个……咳咳，总之，我是她的第一个男人，字面意义上的。此时此刻，我在一个出版公司的老总办公室里，闭上双眼，仔细回想跟唐双相处的点点滴滴。所有一切，历历在目。

我突然就感觉到了愤怒。我好不容易找到的真爱，两个人跌跌撞撞走到现在，刚要过上如胶似漆的好日子——结果呢，你们不光把我的真爱弄走了，更过分的是，要我相信我的真爱从来都不存在，说她是我虚构出来的！我深深吸了一口气。不，我绝不会让你们得逞。

我睁开眼睛，看着眼前的张铁尽量用平和的语气说："唐双不是我虚构出来的，她真实存在，无论你们怎么说，怎么做，就算把她藏到异次元，我都要把她找出来。"

张铁嘴角向上，戏谑地看着我："好，你说她不是虚构的，你怎么证明？"

我一时气急。妈的，就是你们这群人把唐双藏了起来，还把她所有相关痕迹都抹去了。不要说唐双用过的物品，就连我手机里跟她有关的照片，都无影无踪了；甚至，不知他们用了什么科技手段，把唐双的电话号码都屏蔽掉了。唐双就这样人间蒸发了。现在想起来，我发给她的短信，她肯定也没收到。

在做了这么过分的事情后，这个张铁，竟然掉过头来要我证明唐双的存在？看着张铁一副欠揍的嘴脸，我真想一拳打过去。不过想想还是算了，不说我打不打得过，办公室外面那一群可都是他的"公司员工"呢，我怎么都占不着便宜的。这么想着，我无奈地摇了摇头："我证明不了。"确实，我现在拿不出任何证据来证明唐双的存在。

张铁得意地敲了敲桌子："这就对了嘛，唐双根本就不存在，她是你创造出来的角色。老蔡，你当时是说，想要有一个女主角跟鬼叔一起去历险，但是又不想搞成一个夫妻档的故事。所以你就塑造了唐双,她本来是一个'T',可以若即若离,符合你的要求。"

我哼了一声,不再做任何徒劳的辩驳。你们要怎么说都可以,唐双就在我的脑子里,音容笑貌,一颦一笑,这是你们夺不走的。我暗自握紧了拳头——而且,我一定要把她找回来。

张铁没猜出我的想法,还是在自顾自地往下说:"老蔡,说起来,嫂子这样的女人,真是好得世间少有。也只有她啊,才愿意你跟虚构出的一个女主角在书里爱得要死要活。实际上呢,现实里照料你的人是嫂子啊,你说她一个女人,又要去做视频主播挣钱,又要做家务,唉,你说我怎么就遇不到那么好的女人,要不然可早结婚了……"

我愣怔了一下,反问道:"结婚?你是说我跟嫂子,不,跟赵小希,已经结婚了?"

张铁认真地点了一下头:"嗯啊,去年年底结的婚,你这两年经济条件一般,酒席都没办,你说你……"

我不禁有些愕然。虽然无论是跟小希未婚同居,或者是已婚同居,都不过是别人硬塞给我的身份而已,但是,"结婚"这个词,还是给我带来了不小的震动。我摸着下巴:"结婚……好,那如果我跟小希结婚了的话,房子呢?我们一起住的房子呢?"

张铁似乎有些莫名其妙:"房子?这次你连房子都忘啦?老蔡,房子是你们去年买的啊,首付你出了一部分,是你工资的存款,还有小说的版税;大头呢,还是嫂子给的,她工作后攒下来的所有积蓄。至于月供吗……你现在这个情况,你自己也清楚,所以月供都是嫂子在交,所以她才这么拼啊。"

我睁大眼睛看着张铁,过了好一会儿,才完全理解了他的意思。这样一来,我不禁哑然失笑:"月供?什么?哈哈哈,所以在你们的设定里,我不光是一个落魄的小说家,而且还是一个靠老婆养活的小说家?这真的是……三十多年来,我被黑得最惨的一次了。"

张铁皱眉看着我,似乎有点不太开心:"老蔡,我可没说你是靠老婆养的啊,虽然你这么理解也没什么错。好了,说到这里……"他搓了搓手,"我已经回答了你的第一个问题——你是谁。"

我暗哼了一下,确实,按照他的说法,我,蔡必贵,被他们设定的形象已经呼之欲出。我是一个三十多岁的前腾讯员工,现职业小说家。因为过于相信自己的写作能力,贸然辞职,结果小说销量很差,别说养活老婆、按时交月供,根本连自己的生活都成问题。而且,由于太投入自己的所谓创作,还患上了精神病,分不清现实跟虚构的区别,甚至爱上了自己创造出来的小说女主角。啧啧,这真是一个24K典型纯loser(失败者)的形象啊,也不知道这个组织是有多恨我,给我塑造了这么一个吃软饭、神经质、自以为是,实际上百无一用的形象。组织也是够狠,知道我最看不起什么样的人,就让我变成自己最看不起的那种人。这大概是他们搞垮我的核心战略之一。

想到这里,我不由得拍了拍手:"好,谢谢你,张,呃,老铁。现在我对于我是谁这个问题,已经很了解了。"

张铁点了点头,颇为欣慰的样子。

我饶有兴致地看着他的表演:"老铁,刚才你说,你知道我要问的三个问题,那么,接下来我的问题是?"

张铁伸出右手食指,嘿嘿一笑:"你要问的第二个问题嘛,是……"这一次,他的食指指向自己,"我是谁?"

这一次我早有准备,跟着问道:"嗯,没错,你是谁?"

张铁站起身来,右手比了个花哨的姿势,然后放在胸前,鞠了一躬,装模作样地说:"接下来,请允许我介绍自己。"

我身子后仰,双手抱在胸前:"三流小说家蔡必贵,洗耳恭听。"

张铁倒是没在意我的讽刺,老老实实开始介绍自己:"张铁,山东人,比你小一岁,我生于1983年,巨蟹座。我的个人经历比较复杂,开过狗场,做过酒吧,后来北京有个开出版公司的老大哥让我去给他帮忙做发行。再后来,我就到了深圳,开了个分公司。"

他敲了下桌面便笺上的公司名:"喏,北京那公司叫雁北堂,咱在深圳的分公司,就叫雁南堂了。公司是前年开起来的,办公场地、人员配置、发行渠道都齐全了,还缺什么?选题。所以那一年,公司上下十几号人都疯了一样在网上找各种选题。"张铁重新坐了下去,开始回忆往事,"当时找了好久,都没有合适的,结果有一天突然看见了你在论坛上的帖子……"

我插嘴道:"《雪山禁忌》?"

张铁看了我一眼:"嗯,那时候,你已经更新到《雪山禁忌》了。不过,我还是从《地库牢笼》开始看起的。"

我轻轻哼了一声,《地库牢笼》是水哥的经历,我从来没有写过。不过先不跟他争,听他说下去吧。

他嘴角微微向上,像是回忆起什么得意的事情:"看了第一段,我就知道,这是一个好故事,做成书一定好卖。我自己先花一下午看完了《地库牢笼》,又把《雪山禁忌》看到最新的更新,然后就叫下面的编辑全都来看。果然,大家看完都被吸引了,都很喜欢。"张铁看着我,"老蔡,不得不说,《地库牢笼》跟《雪山禁忌》写得真好,可能跟你当时的心态也有关系。"

我不置可否:"哦,是吧。"

张铁点燃了第二支烟,继续道:"当时呢,我记得很清楚,是上小米去联系你的,私信你的论坛 ID(昵称),也在帖子里留了她的联系方式。等啊等啊,等了三天,终于联系上了。发现大家都在深圳,那就很方便了,所以我约了你吃饭,带了小米跟 Allen 一起去的。"

我装出一副很感兴趣的样子:"然后呢?"

张铁深深吸了一口烟,吐出一个大大的烟圈:"然后,我知道了你是在腾讯上班的,业余时间写了这两个故事,也没想着能出版,

纯粹写着玩。你还告诉我，已经有十几家出版公司找到你了，开的价格都很不错，我当时心就凉了一半。"

我不由得一笑："看来我这个落魄的小说家，也有过辉煌的时候嘛。"

张铁没有跟我计较，继续往下说："我当时就想，出版你的小说呢，估计是抢不过他们了，不过作为忠实读者，我也有问题想问你的，那就是啊，你怎么脑洞那么大，能想出这样的故事？你白吃了我一顿饭，不好意思，就跟我坦白说了，《地库牢笼》的灵感来源就是腾讯的地下车库。"

我呵呵一笑，《地库牢笼》这个故事的灵感，确实是来源于腾讯的地下车库，不过，在腾讯上班的不是我，是我的朋友水哥。当时他当游戏策划，在半夜的地下车库里，有一段诡异的经历。侥幸逃出地库后，他犯下了不能让人坐在右边的怪毛病。而我呢，完全是出于好奇心，想要知道水哥这个怪咖为什么不让人坐他右边。结果，误打误撞，就听他讲了这个关于地下车库的故事。所以这个故事，根本不是源于我的劳什子灵感，只是听水哥讲的而已。

我假装赞同道："原来是这样，那《雪山禁忌》呢？"

张铁看我同意他的说法，似乎有点高兴，继续往下说："至于《雪山禁忌》嘛，当时你跟我说，因为跟一个做视频主播的妹子一起去了趟雪山，你想追人家来着。结果从雪山回来后，人家就不理你了，你出于报复的心理……"

我身体微微前倾："你慢点说，慢点说。你的意思是，赵小希当时的职业，是视频主播？"

张铁点点头："到现在也是啊。"

我挠了挠头："视频主播……小希……"

说来也怪，在我的印象中，当时跟小希、小明、水哥他们结伴去雪山之前，我确实不知道小希从事的职业。视频主播，这份工作说起来倒是蛮适合她的，没有一点违和感。在一起登雪山的过程中，我确实是对小希有好感，好吧，说我想追她倒也不算是无中生有。不过……

我对着张铁说："你说我从雪山回来后，出于报复的心理，这是什么鬼意思？"

张铁促狭地笑："哈哈，老蔡，你别怪我揭你短啊，你这人什么都好，就是心眼特别小，一点小事都能纠结个半天，要不现在也不会得这个病。啊，不说这个。总之呢，当时你们几个从雪山回来，水哥追到了另一个妞儿，你没追到小希，所以就怀恨在心，根据这段经历编了个故事。"

他在烟灰缸里按灭了烟头："你呢，说来心眼也是坏。为了给追不到小希找借口，就给她安排了个男朋友，是个涯死人，说小希上雪山就是为了找他。这也就算了，到了故事结尾，你竟然把小希写成是飞到天上去，被吸入了红色的雪山里，你说你小子……哈哈哈，你还故意把链接发给嫂子，当时她那个气啊……"说着他又想抽烟，可是笑得点不上火，"也幸好啊，嫂子这人大度，跟你可不一样啊，不然你们怎么可能在一起。"

我看他笑得浑身抽抽的样子，忍不住从他手里拿过打火机，帮他把烟点着了。

张铁吸了一口烟："谢谢啊，不过话说回来，你跟嫂子能走到一起，还得感谢我啊，因为是我给你们俩张罗的和头酒，把你的心结解开了，我又跟嫂子分析，你之所以会在小说里这么写，是因为你心里真的把她看得很重，又一时气不过，才会这样乱来。"他吐了一个烟圈，自嘲地笑，"现在想起来，也不知道把你们俩撮合在一起，到底是对还是错。"

张铁把话题扯回到我"写"的小说上："总之，在给你当了媒人之后，你一高兴，索性就把《地库牢笼》跟《雪山禁忌》，都签给了我。我也很高兴,答应了你要当重点书来做,这两本书是我们雁南堂的第一批重点书。"

我看他一副得意的样子,不由得打断道:"可惜卖不出去,害你亏钱了吧?"

张铁一愣:"没有啊,这两本书很争气,销量很好,首印两万本,最后《地库牢笼》卖了五万多,《雪山禁忌》是四万。"

我对出版的事情不太懂,但听他这么说,应该是个不错的销量了。我皱着眉头问:"不对啊,你是说这两本书销量不错?可你刚才说了,我是个失败的小说家啊。"

张铁苦笑着说:"这两本书卖得不错,可是接下来的就出问题了。《时间囚徒》《海岛梦境》《游戏匿踪》,销量都很一般,在两万以下,尤其是《海岛梦境》,卖了不到八千本。"

我驳斥道:"这跟我的认知不符啊,小说不是应该越写越好吗?"

张铁抽了一口烟:"这件事情嘛,后来我跟编辑也研究过。写《地库牢笼》跟《雪山禁忌》的时候,你还在腾讯上班,收入稳定,一年三十万左右,所以你写书不考虑收入,没有压力,纯粹写着玩。这种轻松的创作状态,反而能写出好作品。"

我笑了笑:"哦?那接下来呢?"

张铁吐了口气:"接下来,接下来啊,那就说来话长了。事情会发展到现在这样,跟我脱不了干系,所以当时我是跟嫂子拍了胸脯的,无论老蔡变成什么样,我一定要负这个责任,直到他完全康复为止。其他方面,我也会尽自己所能,比如早点把影视版权卖掉,减轻你们的经济压力……"

我大概猜到了他的意思:"所以你是说,我会从腾讯辞职,专职写作,是你怂恿的?"

张铁连连摆手:"不不,老蔡,我没有怂恿你成为专职作家,要说我的错,就错在没有坚决地阻止你。老蔡,你回想一下。当时情况是这样的,我给你的版税差不多十五万。这时你还没太当回事,请我吃了顿饭,开玩笑说,还不错嘛,写着玩的故事,差不多顶你半年工资了。"说着叹了口气,"现在想想,要是情况一直这么维持下去,你继续上班,业余写小说,那就好了。起码不会沦落到现在的地步。"

我跷起了二郎腿,饶有兴致地听他编故事:"然后呢?"

张铁并没有被我的态度激怒,继续往下说:"接下来,两本书一上市,口碑都很好,没多久就各自加印了三万本。按照出版合同,加印版税比首印稍高,这次,我又给了你二十万。你很开心,不光是为了钱,还觉得读者跟市场的反应印证了你的写作才能。"

我耸了耸肩膀,不置可否。

张铁摇了摇头,似乎为当时发生的事情感到后悔:"身边的人,包括你的朋友、同事,还有嫂子跟她闺密,看了你的小说后,都觉得不错。这时候,你才动心了。前后两笔版税加起来,已经超过了一年的工资,而这两本书不过用了你半年多的业余时间。你开始觉得,比起游戏策划,更适合小说家这个职业。"

他像是陷入了一段回忆:"那天下午阳光明媚,你约我到咖啡厅,见面第一句话就是,'我决定了'。嘿嘿,我吓了一跳,还以为你决定要出柜了,幸好不是,你说决定了要辞职,专门写小说。不过啊,回头再想想,你还是决定出柜好点。"

张铁说了个笑话,见我没有要笑的意思,就自顾自接着说了:"老蔡,说实在的,当时我也很犹豫。第一个,当时我们是朋友了,从我的角度来看,你情绪有点狂热,过高地估计了自己的才华,忽略了图书畅销的偶然性,完全当成是你写作才能导致的必然性。"他的语气转了个弯,"但是,作为一个出版人,我也明白你如果全职创作,产量会更上一层楼,说不好再加点运气,你就会是下一个南派三叔。说实在的,当时你的兴奋,也充分感染了我,所以啊,我只是大概跟你说了下全职创作会遇到的风险跟问题，不过你也根本听不进去……"

可能是说到了咖啡厅，张铁想起他的那杯咖啡，端起来喝了一口："那天下午，你还特别开心地跟我说，你跟嫂子发展迅速，已经一起去看了房子，两个人把积蓄拿出来，刚好够首付跟婚礼的钱。"不知道是咖啡凉了，还是想到当时的情景，张铁皱起了眉头，脸上表情难看，"我记得，那天你拍了拍我肩膀说，以后的月供，就靠我给你的版税了。"他揉了揉肩膀，"老蔡，说句马后炮的话，当时我就觉得不对劲。"

这时候，我舒服地伸了个懒腰："好了，老铁，我都知道了。"

张铁放下咖啡杯，皱了皱眉头："都知道？"

我坐直身子，认真地点点头："知道了我是怎么从腾讯辞职的，也知道我是怎么得上精神病的。"

张铁瞪大了眼睛："什么精神病，别乱说啊，你只是心理障碍，有点精神分裂，医生说属于偏执型妄想……"

我摆摆手："来，你听我说，接下来的故事是不是这样的。我呢，从腾讯辞职之后，就开始全职创作，一开始还好，后来就遇到了很多意想不到的问题。比如说，我患上了严重的拖延症，每天写的字比上班时还少；比如说，写书变成了挣钱的职业，我就失去了过去的轻松自如，写故事不再是享受，而是一种折磨；再比如说，灵感这东西是会枯竭的，不能强求……"

张铁用力地点头："嗯嗯，是这样，就是这样。"

我身体前倾，双手放在他的办公桌上，继续往下现编："好不容易写出来的小说，我报以巨大的期望，可是一上市就销量不佳，甚至恶评如潮，这对我造成了极大的打击。另一方面，书卖得不好，稿费，不，照你说是版税，自然也就少了，甚至还没在腾讯上班时多。这样一来，给不起月供的我，还要靠小希挣的钱来过日子。"

张铁叹了口气:"怪我,一时被冲昏头脑,没有坚决地阻止你。"

我哼了一声:"写作的瓶颈、辞职的悔恨、经济的压力,再加上我本来写的就是烧脑小说……"

张铁这时插嘴道:"对啊,尤其是你现在写的第六本,直接就叫《真实妄想》,就是写你,啊不对,是小说里的鬼叔,脑子里烧出了一个洞。"

我差点笑出声来:"脑洞,好,脑洞。总之,在那么多因素的共同影响下,我写着写着,脑子就出现了问题。是这样的吧?"

张铁轻轻拍了一下桌子:"就是这样,老蔡,我补充一下,因为你在小说里塑造的蔡必贵,是一个各方面都比现实里的你要优秀、完美的角色,所以你呢,就模糊了现实跟虚构的界限,把自己当成了小说里自己创造出来的鬼叔,以此来逃避现实里的烦恼。"

我端起杯子,喝了一口早已经凉掉的凤凰单丛。不得不说,这真是一个新奇、刺激、好玩的早上,在经历了一系列的诡异事件后,又听这么一个烟不离手的出版公司老总,给我亲口讲述了一个诡异程度有增无减的故事。这个故事的名字,就叫作《落魄小说家蔡必贵的发疯经历》,纯属虚构,如有雷同,那是不可能的。

我看着办公桌对面坐着的那人,轻轻一笑。不得不说,他刚才讲述的关于"我"的一段经历,倒也是合情合理,合乎逻辑。如果是意识不清醒、对自己稍微有怀疑的人,说不定,真的就信了。

我摇了摇头,忍不住道:"可惜,你们的对手是我。"

张铁听了我的话,先是一愣,接着痛心疾首地叹了口气:"唉,老蔡……"

我才不会被他的演技迷惑,按照自己的节奏,继续往下说:"现在,前面两个问题的答案我都知道了。我呢,蔡必贵,是一个得了精神分裂的落魄小说家;你,张铁,是因为把我带上写作的不归路而心怀愧疚的出版人。是这样吧?"

张铁眨了眨眼睛："差不多吧，但是你别忘了最重要的一点，老蔡，我们是兄弟，是一根绳上的蚂蚱。"他直视我的双眼，无比诚恳地说，"我想救你，也是在救我自己。"

突然之间，我产生了一种奇怪的感觉。这个办公室，这栋大楼，这整个世界，都是虚幻的。只有我跟张铁是真实存在的。

"我想救你，也是在救我自己。"

这句话背后的含义，我在很久之后，才真正理解。荒谬的是，说出这句话的张铁当时也并不知道自己说出这句话背后的玄机。

我回过神来，深深吸了一口气："好了，前两个问题解决了，接下来是第三个问题。"

张铁身体向后，靠在椅背上，胸有成竹的样子："嗯，第三个问题，老蔡，你要问的是……"

我却没给他机会把话说完，突然起身，走向办公室门口。身后传来办公椅滑动的声音，张铁起身来追我："欸，老蔡，你这是要去哪儿？"

我头也不回，一边拉开办公室门，一边冷笑："老铁，不，铁总，你不是未卜先知吗，你来算一卦，看我要去哪儿。"说完，我便出了办公室，不管公司里其他人的目光，大踏步走出公司。仿佛听见了Allen的声音："铁总，要不要去追？"然后是张铁的声音，带着点心灰意冷："算了吧，让他静一静。我们打电话给……"

他要打电话给谁，我进了电梯，没有听见。因为还没到下班时间，下行电梯里空荡荡的，只有我一个人。回想起刚才在办公室里，张铁的种种表情，关切、内疚、后悔、灰心，还真的是很像、很像一个关心我的、与我命运与共的挚友。或许，如果没有那个组织，我跟他真的能成为好友。可惜了。

在不断下行的电梯里，我握紧拳头："唐双，等我。"

第四章
寻找唐双

现在我站在龙岗中心区的写字楼下,车水马龙、人来人往的十字路口,看着眼前熟悉而陌生的一切,我心里有那么点茫然。想象一下,你被扔到一个并不常来的街区,现金、银行卡、手机,全部被拿走,方圆十公里,没有一个你可以信赖的朋友。要怎么回家呢?你心里,当然也会有些茫然的;而我心里的茫然,大概是这种茫然的三十倍吧。而且,我要找回的,不是自己的家,而是——真正的自己。或者说,是原本属于自己,但一觉起来却莫名其妙被剥夺了的——真正的命运。好吧,刚才讲的只是比喻啦,我的现金还在,手机也还在。只是……

我站在路边,掏出手机,翻动着通讯录。唐双、梁警官,甚至 Tristan 也行啊……可惜,他们的联系方式都没有了,如今我的手机里,找不到一个可以信赖的人。

不对。突然之间,通讯录里闪过一个名字。

水哥。

我愣了两秒,然后,内心升起一阵狂喜!水哥,霍金水,曾经在腾讯当游戏策划,也跟我、小希、小明,一起登过卡瓦格博雪山。地下车库的那个穿越故事,就是他亲口跟我讲的。按照张铁的说法,

水哥，也是我在《地库牢笼》里虚构出来的人物吧？可是现在，他就那么真切地躺在我的通讯录里。

我急切地点开水哥的名字，里面的电话号码，十一位数字，好端端地躺在里面。跟我印象中水哥的号码也是相符的。我的喜悦感越来越浓了，看起来，百密一疏，再厉害的组织，也会出纰漏啊。漏删水哥的电话号码，绝对是他们最重大的失误。我有预感，水哥的电话号码就是我揭露整个阴谋，找回自己，找回唐双的关键所在。突然，我想到了什么，紧张地捂住手机，四下张望了起来。幸好，没有人跟踪我。我松了一口气，走到路边一个不被人注意的角落，按下水哥的电话号码，然后心急地放在耳朵旁。短暂的两秒钟后，电话里传来的声音却是："您好，您所拨打的号码暂时不在服务区……"

我拿起电话看了一下，再次放回耳朵旁，听到的还是这个提示音。刚才心里的喜悦瞬间蒸发得一干二净了。上一次跟水哥联系是在一周前，他并没有透露有去哪个无人区的打算。所以，最大的可能是，水哥也被那个组织盯上了，剥夺了跟我联系的权利。甚至，如果是按照他的人品来估算，有可能已经遭了毒手……我长长地叹了口气，不甘心地挂了电话。

刚放下手里的电话，我又拿了起来，按下一串熟悉的号码——唐双的号码。他们可以删掉通讯录里的这十一个数字，可是，删不掉我脑海里的。输完电话号码，我看着屏幕上虚拟的拨号键盘下面那一颗红色的按钮——突然有种异样的感觉。

万一，真的像张铁、赵小希说的那样，唐双并不存在，只是我自己虚构出来的角色呢？确实，无论从哪一个方面来讲，唐双都完美得不像真实存在的。前几个月，即使当真真切切地抱着她，耳鬓厮磨，感受着她的体温和肌肤时，我都会怀疑，这种幸福美好得超出了现实。如果说，我是说如果——唐双真的是我虚构出来的，那刚才在我脑海里，如今在屏幕上的这一个电话号码又是属于谁的呢？

是我认识的人，还是个随机的陌生人？我咬咬牙，不管了，先打过去再说。

我按下红色拨号键，再把手机拿到耳边，出乎意料的是电话通了。熟悉的嘟嘟声，像沉稳、恒定的心跳，给人一种踏实的感……

"又是你！"电话那头粗暴的吼声，打断了我所有的想法。这是一个男人的声音，听上去有点年纪了，而且普通话很不标准，带着浓浓的南方口音。

我还没反应过来，那边的男人持续吼叫："你不要再打了！我报警你信不信啊！"骂了两句粗口之后，男人毫无礼貌地挂断了电话。只剩下我在这边，呆呆地看着手机屏幕。这是怎么回事？

这个男人的声音，不像是我认识的任何一个人。而且从他的语气明显可以推测出，他是饱受了骚扰，所以才会这么愤怒。我的心仿佛跌入了冰窖。难道说，我真的是一个疯子？一个爱上了虚构出来的女主角，严重到骚扰一个幻想出来的电话号码的精神病患者？或者按照医生的说法，一个偏执型妄想患者。我闭上眼睛，深深地吸了一口气。

这时，一个声音在脑海里说："不，不是这样的。"

确实。如果我是那个神秘组织，我也会这么做的。控制了唐双之后，找一个演员拿着电话，专门等我打过去，然后劈头盖脸把我骂一顿。这样一来，我就算不崩溃，也会更加怀疑自己。没错，这都是他们的伎俩而已。真是可恨的神秘组织，我甚至隐隐察觉到，这跟"时间囚徒"Marilyn 也脱不了干系。这一切，都是巨大的阴谋。在认识到这一点后，我的心情反而放松了下来。

我蔡必贵，什么样的大风浪没见过？倒悬在空中的红色"雪山"、"时间囚徒"、海底飞机、能操控玩家身体的网络游戏 BOSS（游戏中首领级别的守关怪物）……现在的情形，再怎么凶险，我也能应付得来。

我皱着眉头，开始盘算接下来要怎么做。

报警？不行，无凭无据，会被当成神经病的。我只能靠自己解决。

毫无疑问，我是没法联系上唐双本人了。不过，她有个秘书，我们叫她 Stacy（史黛西）姐，香港人，刚才通讯录里，同样也找不到她的号码。不过我突然想到，就算通信手段没法联系上，我可以直接去唐双的公司啊！她所打理的那家物流公司我去过三次，位于香港中环的一座写字楼里。公司里坐班的起码有六十多个人。那个组织再怎么厉害，也不可能在短短一天里，把唐双的整个公司都变没。说不定，现在 Stacy 姐正为了唐双的失踪而头疼呢；唐双还有个外号"大只佬"叫 Tommy（汤米）的保镖，估计也是外强中干，给组织搞定了。

这么想着，我突然就有了方向。去香港，现在！几乎是在主意落定的同一时间，我掏出手机，准备叫一辆专车。但是目的地并不是任何一个通关口岸，而是我那套公寓。我的港澳通行证还在家里，要去香港，得先拿了通行证才行。我不禁冷笑了一声，说我有病？精神病患者会有这么清晰的逻辑？可能吗？

在回南山的路上，我迷迷糊糊又睡着了，专车到公寓楼下的时候才被司机叫醒。下了车，再一看手机，怎么跟去的时候一样，也才花了半个小时？刚才叫的专车不过是舒适型，一辆帕萨特而已，不可能开多快的。这么说来，应该是开了一条我还不知道的新路吧，节省了龙岗到南山的时间。现在不是想这个的时候。

我上了电梯，走到自己住的 1015 号房门口，在电子门锁上输入了密码，按下指纹，然后推门而入。我担心的事情是——那个该死的组织，早有防备，把我的港澳通行证也收了起来。那样的话，我就去不了唐双在香港的公司了。万幸的是，在衣柜的保险箱里，我顺利找到了港澳通行证，因为我是深圳户口，所以换成了一张卡片，还可以凭指纹通关。我如获至宝地看着卡片，刚要放进钱包夹层，突然想到了什么。

我着急地把卡片翻过来一看，签注有效日期截止到七天前。怎么会这样？人倒霉起来，港澳通行证都要欺负你。我心里升腾起无限的懊恼，隐约记得，一个月前陪唐双去香港的时候，她曾提醒过让我去把签注续一续。我当时说好，结果一回到家，就忘得一干二净。现在，误了大事。

我气得简直想把卡片掰成两半，突然之间，脑海里灵光一闪。港澳通行证不能用了，我还有护照。我急忙又到保险箱里找，还好，护照也在。这样一来，我马上买一张从香港出发到任意一个国际机场的机票，就可以凭护照跟机票信息通关了。我简直想给自己一个热烈的拥抱！

事不宜迟，我拿着护照冲下楼，打开了放在客厅里的台式机。主机没关，只是处于休眠状态，太好了，这样我起码能节省三秒⋯⋯屏幕亮起来后，我却看见了一个奇怪的画面。

这是一个打开了的文档。好像还是一个挺新的版本，而且是付费的正版。虽然鬼叔我并不缺钱，但是嫌麻烦都是直接下载盗版软件用。在写《雪山禁忌》跟《时间囚徒》的时候，我还经常在论坛上现写，写完了就直接发表。反正论坛上讲个故事也没必要搞得太专业。所以，在我的印象中，并没有付费去购买过 Word 软件（微软公司的一个文字处理器应用程序）。这种一年几百块的服务，只有专业从事文字工作的人，才有可能会去买吧？这么想着，我不禁有些佩服——组织果然厉害。

他们给我的设定是一个职业小说家，所以就连"付费购买的正版 Word 软件"这个细节，都给配置好了。

再看一眼 Word 文档，被拉到了最开始的位置，占页面三分之一的是这样一个标题：

《怪咖奇异事件簿》系列 /06
《真实妄想》
蔡必贵 / 著

文档名写的也是同样的——《怪咖奇异事件簿》06-《真实妄想》.docx。一板一眼，一本正经的，好像还真有这么回事。视频里的那个"我"，还有雁南堂的老总张铁，都跟我提过这部小说。而且，对于这个系列的第六本，"我"跟张铁，似乎都寄予厚望。翻身仗就靠它了，有这么个意思。而且，按照他们透露的意思，在设定里，我作为一个失败的小说家，之所以会患上妄想症，最直接的原因是构思这部小说。

突然之间，我很有兴趣了解下这本小说的内容是什么。再看一眼左下角的字数统计，也没写多少，才六千多字。按照我写的速度要三天，按照我看的速度，半小时就够了吧？我在显示器前点了点头，嗯，先看了再说。

小说开头，是这样写的：

一觉醒来，整个世界都变了。

我睁开眼睛，发现周围都是白色的，白色的天花板，白色的墙壁，白色的床单，穿白色衣服的人在房间里走来走去。仿佛整个世界都进入了黑白电影——除了坐在床边的女人，身上还带着正常的色彩。她看我睁开眼睛，脸上表情迅速绽放："你醒了！"

我张口想要回答她，才发现自己声音是这么虚弱："我怎么了……糖糖？"

唐双先是回头招呼医护人员，然后再紧紧握住我的右手："鬼，没事，不要担心。"

这个鬼样子，不担心，才真的有鬼。

脑子里的记忆，只截止到昨天晚上，跟唐双在家里喝了点红酒，然后到床上来了两发。心满意足地睡去之后，一觉醒来，发现不是在自己家的床上，而是这个布满各种仪器的病房。而且，鼻子跟手臂上还插着不同颜色的管子。这是个ICU，重症监护室啊。

我扭头盯着床边的女人，皱眉问道："糖糖，我到底是怎么了？发生了什么事？"

唐双也注视着我，欲言又止的样子。

我心里突然就有点怕了。是的，这些白大褂、仪器、插在鼻子跟手上的管子，都还不足以让我害怕。因为，有我最爱的女人唐双，在身边守着。可是，唐双犹豫的表情，就足够让我害怕了。连她这种杀伐果断的霸气女总裁，都不敢对我坦白到底发生了什么——看来我的问题一定很严重，而且，是连她都无法解决的。我深深吸了一口气，鼻子里的呼吸管供给了我大量的氧气。

在我开口再问一遍之前，唐双终于说话了："鬼，你会没事的。医生说，你的脑子里有一个东西。"

我心凉到了冰点："肿瘤？"

唐双却摇了摇头："如果是肿瘤就好了。"

她更加用力地抓住我的手："医生说，你的脑子里有一个洞。"

脑子里，有一个洞？脑洞？这是个什么意思？

我在网上写过点故事，其实是自己真实经历改编的，但总有人觉得都是我虚构的。有时候，会有妹子带着崇拜的语气说："哇，鬼叔，你的脑洞好大啊。"好吧，看起来，我现在是真的有了脑洞，字面意义上的。我舔了舔干涸的嘴唇："糖糖，你说实话，我的脑洞……"

唐双紧张地看着我。

我接下去说:"大吗?"

唐双扑哧一声笑了出来,马上又止住了,正色道:"不大,一点都不大,医生说只有指甲盖那么一点,但是位置……有点特殊。"

有点特殊?基本上,脑子里每个位置都有点特殊吧?

在我的记忆中,水哥曾经给我讲过一个他的故事。他还在游戏公司当策划的时候,曾经陷入一个永远都出不去的地库,遇到了一只上古典籍里的神兽。好吧,什么神兽,就是一只大虫子。那只大虫子吃掉了水哥的海马体,让他混淆了一些短期记忆。水哥脑袋里有虫,鬼叔脑袋里有洞,果然人品差的,最终都会沦落到这地步。好吧,作为一个ICU里的重症病人,我大概是最自以为有幽默感的一个,电视剧里都活不过三集的那种。

我皱起眉头,问唐双:"有点特殊的位置,是在哪儿?"

唐双的眉头皱得比我还要厉害:"这个洞的位置特殊就在于……它会走。"

纵使我的脑洞再大,也想象不出一个会走的脑洞,这简直是天方夜谭。于是诧异地问:"会走,是什么意思?"

唐双吐了一口气:"在你昏迷的时候,医生帮你做了四次脑部CT(电子计算机断层扫描),拍片结果显示,四次的洞在四个不同的位置。"

在两个医生来势汹汹扑到床边时,我问出的最后一句话是:"都在哪些位置?"

看到这里,我不由得被深深吸引了。如果说这个故事是组织里的某人编的,不得不说,这人太厉害了。把我的行文模仿得惟妙惟肖,连我拙劣的幽默感都一起学了过去。说真的,如果有机会见到他的话,我挺想请他来给我当代笔,把我在论坛里写到一半的故事更新完。

我右手放在鼠标滚轮上,一边准备往下翻,一边想到,看起来,楼上那五本已出版的小说都应该是出自这个人的手笔。

Word 文档里的文字慢慢下移,就在我快要看到下面的情节时,突然,有一阵奇怪的声音从背后传来。这是一阵特殊的、让人听过一遍就无法忘记的声音。木头在地板上摩擦的声音。

咯吱,咯吱。

我浑身都起了鸡皮疙瘩。

声音是从阳台上传来的。我曾经用"时间囚徒"送的无人飞机在对面空置的公寓里,拍到一个无头的红色木马,被一个长着木马头的小男孩骑着。后来,这个红色的木马神秘地出现在我家里。一开始,我用胶布把它固定在阳台上。到后来,"时间囚徒"事件结束之后,我就把木马交给了善后的国际刑警。但是,木马头男孩骑着无头木马的情景,还时不时出现在我梦里。没有人在看过一次这种景象后,可以轻易忘记。还有那个声音。

咯吱,咯吱。

就是如今在我背后响起的声音。我面对着电脑屏幕,脖子僵硬,完全丧失了回头的勇气。

木马底盘跟地板摩擦的声音,越来越近,也越来越急。

咯吱,咯吱,咯吱咯吱,咯吱咯吱咯吱……

就好像,它正加快速度,裹挟着气流,朝我后背冲来。我甚至可以想象到那个画面,骑在红色无头木马上的小男孩,红领巾,海军服,脖子上是一个粗制滥造、油漆剥落的木马的头……

木马头上,露出了不应该存在的笑容。

嘻嘻。男孩清脆的笑声,就在我身后响起,真真切切。我几乎跳了起来,在半空中转身,朝椅子背后看去。

客厅里空荡荡的，什么鬼都没有。我狐疑地打量四周，桌脚、椅背，甚至是天花板，都仔细看过，确实什么都没有。阳台上更是空空如也，这很正常，因为那个红色的无头木马，早就被梁警官带走了。

心理作用啦。情绪慢慢放松下来，再次确认背后什么都没有，我坐回椅子上，准备继续看小说。然后，真正可怕的事情发生了。

Word文档自己在动。我确定刚才跳起来时，没有碰到鼠标或者键盘，但是这时候，才看了几页的文档已经被拉到了最底下的位置。如果要把这篇小说往下写，就在这个位置开始。我两个手掌悬在空中，看着页面里自动输入的字符。就好像有个透明人正坐在电脑前，快速地打字。这个人码字的速度，一定很快，可能是一个……职业的小说家？但是他打出来的，却根本不是什么小说内容，而是一句不断重复、重复、再重复的话。

再写下去我就要疯了再写下去我就要疯了再写下去我就要疯了再写下去我就要疯了再写下去我就要疯了再写下去我就要疯了再写下去我就要疯了再写下去我就要疯了再写下去我就要……

"再写下去，我就要疯了。"我不由自主地念道。

屏幕上的字符，还在不停地增加、重复。如果说这是电脑里木马的一场恶作剧，如同上次被Marilyn操纵的游戏角色一样，我会容易接受一点。可是，随着字符的增加，啪嗒、啪嗒，桌子上的键盘，也自己在动。键帽一个个陷入、弹起，速度飞快，就如同有看不见的手指，在上面不停敲击着。

啪嗒啪嗒啪嗒啪嗒啪嗒啪嗒……

再写下去我就要疯了再写下去我就要疯了……

恐惧像腐尸的一只巨掌，攫住了我整个心脏。再待下去，我就要疯了！我疯了一样跳起来，扔下还在自动打字的键盘，朝着房门狂奔而去。途中，顺手抓起了鞋柜上的车钥匙。房门被我砰一声关上，我还神经病一般从外面把门死死顶住，就像是有什么鬼怪正在追着我出来。心脏怦怦狂跳不止，汗水在不知不觉间已经让腋下都湿透。

这是怎么回事？我知道，也见识过这个世界上的超自然现象，但到最后，都可以用科学来解释。刚才发生的一切明显超出了科学的范畴，应该归于灵异事件。而我虽然叫鬼叔，却是从来都不相信有"鬼"的。我深深吸了一口气，无论如何，这个家是再也不能待了。我用右手摸了摸口袋，钱包还在，里面有身份证和银行卡，而且护照、手机、车钥匙也都在。凭这几样东西，我可以在外面生活很久，不用再回这套闹鬼的公寓了。这么想着，我放开了房门，转身朝电梯跑去，还时不时回头看看房门有没有被幽灵打开。

电梯一路下行，到了地下车库。还好，一路上，没有任何人或者任何非人在跟踪我。走出电梯，我习惯性地掏出车钥匙，却马上蒙了。

我买房子的时候没买固定车位，所以那辆卡宴是随意停的；好在我记忆力不错，而且车身的宝蓝色即使在地下车库也颇为亮眼，所以找不到车的情况很少发生。可是现在，我手里握着的却是一把本田的车钥匙。而这把钥匙对应的车是哪一个型号，哪一种颜色，哪一个车牌照，我都一无所知。我皱着眉头，准备在车库里随便走走，碰碰运气。我的打算是一边走一边按车钥匙的开锁键，找一下离电梯近的小半个车库，找不到的话，就索性打车去深圳湾口岸。

没想到的是，就在我第一次按下解锁键的时候，正对着电梯门的一辆车，车灯跟驾驶室灯同时亮了起来。我呆呆地看着手里的车钥匙，又按了一下锁车。啪，对面的那辆车，灯又灭掉了。我对本田的车型并不太了解，如果没猜错的话，这是一辆黑色的CRV（本田的一款车型)。它就这样,安安静静地守在车库里,像一匹忠心的坐骑等待主人的出现。不知道为什么,突然之间,我对这辆CRV油然而生一种信任感。没有再多想,我一边朝它走过去,一边按下解锁键。踩下第一脚油门的时候,我的感觉是,这车开起来当然没有卡宴好,但也还不错啦。

当我驾轻就熟地开着车,在车库里穿梭,最后来到地面时,却忽略了一个问题:印象里,我从来没有开过CRV,为什么对所有的操作都这么熟悉?与此同时,保时捷卡宴开起来是怎么样的体验,变得记不太起来了。

二十分钟后,我开车到了深圳湾口岸,在停车场里才想起,刚才本来是打算用电脑订机票的,但是被诡异的Word吓了一跳,根本没订成。幸好,我带了手机。我坐在车里,用手机里的App(智能手机的第三方应用程序),订了一张今晚出发,从香港飞往曼谷的机票。然后我下车在附近的小店里把机票凭证打印了出来,再跟护照一起,顺利地过了关,到了香港。紧接着,我在关口叫了辆的士,直奔中环唐双公司的写字楼。

拜托完司机大哥开快点,一定要在下班前赶到后,我便靠在椅背上,闭上眼睛休息。从早上起床到现在,这大半天折腾下来,也真是够够的。要不是叔的意志力坚定,正常人被这么一搞,分分钟已经精神分裂了呢。

晚上七点,天色已经完全暗了。我在街道上漫无目的地徘徊。道路两边,是名表、珠宝的奢侈品店以及星级酒店,而向南走到尽头,则是著名的维多利亚港。是的,我正走在尖沙咀的广东道上,跟中环隔海相望。两个小时前,我在海对面的中环,一栋气势恢宏的写字楼里,遭遇了几乎是人生最大的挫折。

出租车司机果然给力,从深圳湾口岸一路狂飙,果然在五点半下班之前赶到了唐森 TOMSON 物流公司所在的写字楼。乘电梯上楼的时候，我一直在担心，会不会张铁背后的组织把整个公司的员工都赶走了？或者不需要那么大费周章，只要把跟唐双关系最密切的几名员工——比如秘书 Stacy 姐、司机兼保镖 Tommy——都弄消失就可以了。我心急如焚，如果真是这样的话，那就太糟糕了。可是，当电梯门打开，我踏上 23 楼的地板时，发现之前的担心都是多余的。

因为在这栋写字楼的 23 层根本不是唐森 TOMSON 物流公司，而是一家我毫无印象的化学品贸易公司。在短暂的震惊后，我开始怀疑自己记错了楼层，拔足狂奔到消防楼梯。然而这仍然是徒劳无功，21、22、24、25 层，甚至 13、33 层，都找不到唐森 TOMSON 物流公司的踪影。最后我终于跑不动了，坐在消防楼梯，掏出手机，上网搜索唐森 TOMSON 物流公司的地址信息。我心里抱着仅存的一线希望，说不好只是我记错了写字楼。网上得到的反馈比预想的更加让人绝望。在整个互联网上，根本没有关于唐森 TOMSON 物流公司的任何信息。一个字节都没有，就像这家公司从来没有存在过。

刚才在 23 楼，我仔细观察过，那家化学品贸易公司每一个细节都是对的，每个上班的人各司其职，根本不像是临时搬来的。就算退一万步，那个组织手段强大到逆天，可以把唐森 TOMSON 物流公司清空，再搬进来一家化学公司……可是，在短时间内把互联网上所有信息都清除掉，这一点，就算 FBI 都做不到吧？

我坐在楼梯上，看着窗外的阳光一点一点暗下去，就像是我的心情。这样一来，答案就越来越明显了——我记忆中唐双的公司从一开始就不存在。脑海中，回荡起张铁说的话："……唐双不存在于这个世界上，她是你虚构出来的女主角。"

离开中环之后，我从海底隧道穿过维多利亚港到了尖沙咀的广东道。在街上漫步的时候，虽然我不想承认，但所有的证据都堆积在我脑海里——世界上没有唐双这个人,那个我视为一生中真爱的女人。可是,为什么在我的脑子里,却还保留着那么多跟唐双在一起的回忆?比如说,这一条跟她来回走了好多遍的广东道。

我记得那天下午阳光很好,我跟唐双一直手牵手,像所有热恋中的情侣一样。我们先逛了江诗丹顿,她送了我一块传承,正装表,鳄鱼皮带,白色表盘。我本来是不要的,因为一年里穿西装的次数少之又少。唐双当时笑着说:"跟我在一起,穿西装的场合就会多呀,带你去慈善晚会的时候可不要丢我的脸。还有啊,你那块绿水鬼,更适合年轻人。"

投桃报李,我要送她梵克雅宝,她却只挑了最简洁的一条黑色四叶草项链,就这,还是为了顾及我男人的自尊心。最后,我们还在蒂梵尼店里看了结婚对戒。当然,只是看看而已,并没有买。我们认识才不到一年,在一起半年多,如果从真正滚床单开始算,当时还没满一个月。结婚什么的,为时尚早。

此刻的我,站在夜色里,灯火通明的蒂梵尼店门口。那些回忆,如此真实,难道都是我虚构出来的?如果真是这样,那我确实是一名伟大的小说家,虚构出来的情节不仅能骗过读者,还能骗过自己。可我还是无法相信。

我突然想到,要不要进店里去问问店员还记不记得我,记不记得一个多月前,跟我一起来看婚戒的留着沙宣短发的女人。就在这时,有人轻轻拍了一下我的肩膀:"嗨。"

唐双!

我惊喜地转过头去,看见的却是小希的脸。小希脸上带着笑,很努力地笑,却看得出疲惫。

我诧异地问:"你……你怎么来了?"

她直视我的眼睛:"来找你。"

我皱着眉头:"可、可是,你怎么知道我在这儿?"

小希轻轻地叹了口气:"每一次,你都会来这里。"

我还想说什么,她却把一样东西塞进了我手里:"今天出门,你忘了带这个。"

我摊开掌心,一枚简洁的戒指静静地躺在那里。我拿起掌心里的戒指,看着内圈的刻字"©TIFFANY(蒂芙尼)&CO.750",没错,就是我跟唐双在蒂梵尼的店里看的那枚。只是这一枚戒指,已经有磨损的痕迹,应该佩戴了一段时间。

我疑惑地看着小希:"这是……"

小希温柔地笑,像是害怕吓走一只受惊的小狗:"你试戴一下。"

听她这么说,我皱着眉头,慢慢地把这个金黄色的小圈子往左手无名指上套。大小刚刚好。我握了一下拳,又松开,完全没有不适应的感觉。就好像我戴这枚戒指已经很长一段时间了,早就习惯了。可是,我跟唐双根本没买这枚戒指。而所谓对戒,就是成对地买、成对地戴的戒指,所以,只可能是……

我望向小希,她适时伸出右手,并拢五指。在她纤长的食指上,戴着一枚几乎完全一样的戒指;唯一不同的,只是戒指上面有一颗小得像尘埃的钻石。

我突然有些眩晕。就像刚才不是往无名指上戴了枚戒指,而是在额头套上了金箍。然后,有人念起了紧箍咒。只是这紧箍咒不是起到头疼的作用,而是唤起了某些现实的回忆。在脑海浮现的画面里,我坐在江诗丹顿店内,看着柜台里一枚白色盘面的手表,赞叹道:"这块表不错。"身边有人用温柔的语气说:"喜欢吗?我努力多做几场直播,攒了钱就能买。"

场面一换,在梵克雅宝专卖店,我往女人白嫩修长的脖子上,戴上一条黑色四叶草的细链,由衷地说:"真好看,我买给你。"女人脸上都是喜欢的神色,口里却说:"不用啦,我们还要装修房子呢。"

最后,是在蒂梵尼店里——我跟那女人,一起盯着黑色天鹅绒盒子里,

静静躺着的两枚对戒。

女人犹豫地说:"会不会有点太贵了?"

我嘿嘿笑着:"少啰唆,听我的买了就好。下笔版税很快就到啦。"

我抬起头来,看着女人的脸,那是曾经陌生,却慢慢变得熟悉的一张脸。

赵小希。

我深吸了一口气,从回忆里抽身而出,回到现实。如今,我跟赵小希站在香港尖沙咀的广东道上,蒂梵尼的店门口,手上戴着各自的婚戒。原来,跟我在这条路走了许多遍的人,不是唐双——是她,赵小希。职业是游戏女主播,喜欢徒步、帽子、柴犬、酸辣粉,偶尔抽烟,跟我结婚两年,一半时间是在照顾生病的我。她是我老婆。小希当然不完美,跟唐双比起来差远了。但是,小希是真实存在的。陪我去逛江诗丹顿的是她,我看中的表要16万港币,超出了我们能承受的范围,当然没有买。我陪她去逛了梵克雅宝,其实那项链也就一万多,她也很喜欢,但是坚决没有要,说我们刚买房,开支太大。那天下午,我们最后去了蒂梵尼,买了一对最简单的婚戒,一共是九千多港币。我记得很清楚,我们看戒指的时候,有个二十多岁的姑娘挽着一个头发都掉光了的男人进店里,大概挑了有十几样东西吧,老男人笑嘻嘻地掏出一张银行卡。我低声对小希说:"羡慕吧?等我写书发财了,店里的东西你一样拿一件。"

小希笑着摇头:"傻瓜,我才不羡慕咧。"

这三个场面是铁一般的事实。对啊,我怎么会忘掉了呢?

夜越来越深,风吹来有点冷。我打了个哆嗦,睁开眼睛。这时候,小希牵过我的手。她是用右手牵我的左手,她的手掌跟我差不多大,我清晰地听到两枚婚戒碰到一起的声音。就像是两个齿轮咯吱咯吱地咬合到一起,开始正常运转。

她轻轻地对我说:"老公,回家吧。"

第五章

唐双的电话

一觉醒来,世界又回到了原样。

我躺在床上,床在卧室里,卧室在一套复式公寓里。这套公寓是我跟老婆用共同的积蓄买的,现在主要是靠她做网络游戏直播的收入来还月供。我抬头看着天花板,上面的吸顶灯,一直都是正方形的。而我,蔡必贵,一个职业小说家,代表作是"《怪咖奇异事件簿》系列"的软科幻悬疑小说,已经写完了五本。正在创作的第六本叫作《真实妄想》,讲的是男主角"鬼叔"大脑里长了一个四处游走的黑洞的故事。这个故事的构思超级赞,我的出版人老铁说,他很看好这个故事,等我写完,销量肯定可以一雪前耻,他还要拿到国内甚至国外去评奖。而我呢,也要靠这本小说的版税来减轻老婆供房子的负担。

浴室里哗啦啦的水声停了,小希的声音传了过来:"老公,起床啦,别忘了……"

我伸了个懒腰:"知道啦。"

我把手伸向床头柜,十几粒药片跟一杯温水,小希已经帮我准备好了。我抓起一小把药片分批吞进喉咙里。吃药虽然不好受,但感谢这些药,把我从前一阵子的幻想里拉了出来,回到了现实世界。

三天前的周一，因为没有按时服药，我的偏执型妄想症发作，不光做了一系列荒唐的举动，最后还在自己家里被木马头小男孩、自己会动的键盘等幻觉吓到夺门而出，并且打算再也不回这公寓了。

我吞下最后几粒药——现在想起来，当时真是好笑。幸好小希到香港找到了我，把我带回家。周一晚上吃了药又睡了一觉后，醒来的感觉就好了很多，不再以为自己是小说里的男主角，更不会再去找那个虚构出来的女主角了。嗯，唐双，这么完美的女人，当然只存在于虚构的小说里。

我把杯子放回床头柜，小希已经从浴室出来，看见我乖乖吃了药，在我额头亲了一下，作为奖励。我嘿嘿笑着，想要抱住她滚一下床单，却被她敏捷地闪过："别闹，跟我下楼吃早餐吧，吃完我要上班去了。"

我挠了挠头："好吧，歇了几天，我也得开始写小说了。"

吃早饭的时候，小希有点担心地问："等下你就写书了呀？"

我喝了一口麦片粥："对呀，争取三个月写完。"

她从桌对面伸过手来轻抚我的手背，关切地问："我听铁总说，你前几天状态不稳定，跟构思小说也有关系。老公，要不你过一阵子再写？"

我轻轻地摇头："放心啦，我没事的。为了还房贷，你每天都这么拼，我作为男人更要努力了。"

我抓住她的手掌紧紧握住："真的，我没事，这次我可以把虚构的我跟现实的我好好区分开的。老婆，相信我。"

小希脸上还是一副担心的表情："那好吧……我上班去了，你记得准时吃药，有什么事打我电话……"

我苦笑道："好啦，我知道了。"

小希出门之后，我先给自己泡了杯茶，然后坐到桌前打开电脑，《真实妄想》的 Word 文档又一次展现在我眼前。

当我把手放在键盘上时，感受到了踏实的触感。我试着敲了几下键盘，A、S、D、F，键帽随着我的手指而起落，非常正常——正常，就像现在的我一样。我非常确定，前几天那个键盘自己会动的幻觉只要我按时吃药就再也不会出现了。

刚要动笔，我发现自己太久没写，已经有点忘了之前的故事情节。不过没关系，就从前面看起吧，反正总共也才写了六千多字。

周一下午，我看到鬼叔在ICU里醒来，通过跟唐双的一番对话，得知自己的脑袋里面有个洞。我拉动着Word右边的滚动条，寻找上一次看到的段落。

唐双吐了一口气："在你昏迷的时候，医生帮你做了四次脑部CT，拍片结果显示，四次的洞在四个不同的位置。"

在两个医生来势汹汹扑到床边时，我问出的最后一句话是："都在哪些位置？"

嗯，没错，是这里。接下来的情节是……

接下来的几天里，我被禁止下床，禁止看手机，禁止会客，甚至被禁止说话。不过，他们没法禁止我思考。对于我脑子里的洞，我想了很多。

我的主治医生姓郭，据说是国内有名的脑科专家，年纪四五十岁，其他医生和护士对他都非常尊敬。由于我的再三要求，估计唐双也在其中帮忙，他终于把四次CT结果都拿给我看了。

如果不是他一一指明，我实在找不到脑子里那四个，不，是那一个不断游移的洞。从CT结果上看，这个"脑洞"的大小比绿豆大一点点，比小指的指甲盖又要小一点点。这么小一个洞，是造成我昏迷了三天的元凶。

我皱着眉头问了郭医生一个问题:"这个洞里面是什么?"

郭医生的眉头皱得比我还紧:"蔡先生,你脑子里的这个洞,超出了现代医学能解释的范围。它不是肿瘤,不是液体,也不是空气,但是你看这里,还有这里,它周围的脑部组织都被牵引,发生了变形,就像是,像是……"

我帮忙总结道:"像是一个流沙的中心。"

郭医生欣慰地说:"蔡先生,你这个比喻很恰当。"

既然连洞里是什么都不知道,更不可能知道它是怎么长出来的了。我于是换了个问题:"郭医生,那这个洞,它为什么会走?"

郭医生出神地看着CT片,重复着我的问题:"是啊,为什么会走呢?"

看来,即使是业内权威,对于我脑子里的这个洞也是毫无头绪、一筹莫展。我回想起唐双的表情,难怪她会那么担心。

在走出病房前,我听见郭医生嘟囔了一句:"这事不该问医生,应该问物理学家。"

物理学家。我心里咯噔了一下。

一个不断牵引周围脑部组织的洞,不但像流沙的中心,也像是宇宙里看不见摸不着,但被公认为一定存在的——黑洞。按照科学家的说法,黑洞的质量很大,造成的引力也很大,它周围的所有物质,包括光和时间,都会被它牵引、吞噬。

我突然就有了一个猜想,一个让人毛骨悚然的猜想——我脑子里的这个洞,就是一个微型的黑洞;因为这个黑洞,我才能够沟通其他平行空间的蔡必贵,在短时间内拥有他们的技能。拥有超能力的副作用,或者反过来说,超能力才是它的副作用。

看到这里,我不由得有点佩服自己。这个小说拥有如此绝妙的构思，难怪铁总那么有信心，还说要拿去评奖。在小说里，鬼叔可以沟通其他平行空间的自己，瞬时获得强大技能——这种超能力太强大了，所以，就要给他一个同样强大的诅咒，这样才均衡，才符合世界运转的原理。

我挠了一下头，虽然吃了药的脑子有点迟钝，但我依稀想起，接下来的情节里，鬼叔脑子里的黑洞还会不断扩大。超越科学解释的绝症正在不断恶化，情势危急；医生束手无策，爱人焦急万分，主角想要自救，却被关在病房里。这样的情节设置——我闭上眼睛——如果我是读者，情绪也会被调动起来，为小说里的人物而担心。

我睁开眼睛，不由得笑了一下。蔡必贵，你果然是个高超的职业小说家。不过，接下来，情节该怎么发展呢？嗯，应该是从唐双这条线写起，她千方百计发动一切关系，去寻找拯救鬼叔的方法。为了鬼叔，她可以牺牲一切，甚至不惜触犯法律。这样敢爱敢恨的姑娘，不光让小说里的鬼叔死心塌地，让现实里的读者产生好感，甚至就连小说家本人，也无可救药地爱上了她。我想起前几天没吃药时到处去找唐双的疯狂举动，不由得苦笑了一下。以后再也不能这么做了，铁总倒无所谓，吓坏了老婆小希，让她又担心又伤心，我就是不折不扣的大浑蛋了。

我喝了一口茶，搓搓手，正准备开始写小说，这时候，放在桌面上的手机响了。屏幕上是一个陌生来电，估计又是推销什么的，我接了电话，按下免提。

声音从手机的扩音器里传了出来："蔡必贵？"

这个推销的妹子真没礼貌，我皱着眉头回答："对。"

电话里的声音，变得急促起来："太好了……是我，唐双。"

我怔了一下，唐双？开什么玩笑？

那边像是手机信号不太好，时断时续，反复在说："必贵，能听

见吗？能听见吗？"

我关了免提，拿起手机喊道："你是谁？别闹了！"

自称是唐双的女人，说了句莫名其妙的话："找到小柔，救她出来！"

我皱着眉头问："小柔？小柔是谁？"

电话那边没有回答，传来啪嗒啪嗒的声音，像是正在通过一条漫长而黑暗的隧道。

我着急地喊："喂喂，说话啊！"

这一下，干脆是断线后的嘟嘟声。

我看着手里被挂断的电话，感到一头雾水。普通的骚扰电话不可能会说自己是唐双，更不会让我去救什么小柔。那么，是恶作剧？来自讨厌我的读者？不排除这种可能性，但是……刚才电话里的那个声音，跟我想象中唐双的声音竟然非常吻合。跟她的个性一样，坚定、明亮、吐字清晰，即使信号那么差，仍然觉得穿透性很强。

我深深吸了一口气，从通话记录里找出这个陌生号码，又回拨了过去。紧紧贴着耳朵的手机里传来一个机械的女声："对不起，您所拨打的电话暂时无法接通……"

这到底是怎么回事？我拿着手机，急得在客厅里转圈。就在我已经彻底相信唐双并不存在，只是一个虚构角色的时候，却有个女人打电话来说她就是唐双，还给了我一条莫名其妙的指令。

救出小柔？我根本不认识什么小柔。

如果这是一个恶作剧，那就太残忍了；毕竟，我是一个得了精神分裂症、收入微薄的小说家。我站在原地，闭上眼睛，深深吸了一口气。这个时刻，我的头脑很清醒，所以，刚才的那个电话并不是幻觉。我之所以这么确定，是因为今天我吃药了。

我深深吸了一口气，拿起手机，重拨刚才来电的陌生号码。可是，正如我所料，等来的是一句："您好，您所拨打的电话暂时无法接通……"

现在的我，面临着两个选择。第一个是，完全不理会这个疑似骚扰的电话，无论是恶作剧，还是出于别的什么居心，我不要再想它就好。坐下来，好好开始写小说，这才是正经事。第二个选择，就是把这件事弄个水落石出。可是，说得轻巧，做起来就没那么容易了。

首先，我不认识小柔是谁，别说是男是女，就连是人是狗都不清楚；我倒是知道，在动画片《小马宝莉》里，有一匹"绿茶"小马叫这个名字。其次，就算我知道谁是小柔，又要把小柔从哪里"救出来"呢？

就在我胡思乱想的时候，诡异的事情，再次发生了。

手机屏幕里显示的是"最近通话"的页面，其中最上面的两条记录是我刚才拨出的号码，以及之前拨入的号码，是同一个陌生电话号码。我手指根本没有碰到屏幕，可是就在我眼皮底下，似乎有一根隐形的手指在屏幕上轻轻向左一划——第一条通话记录露出红色的"删除"按钮。在我还没反应过来的时候，那根隐形手指又轻轻点了一下"删除"，然后，这条记录便消失了。我睁大眼睛看着这一幕，肾上腺素加快分泌，心脏剧烈跳动。下一秒，拨入记录——现在变成第一条了——也同样被轻轻一划，露出了红色的"删除"按钮。我用拇指拉住那条记录刚往右划，又被隐形的手指往左划过来；通话记录就这样来回往返着，像是我和隐形人之间的拉锯。或者从另一个角度看，又像是一个精神分裂的人在自我斗争。

我知道，现在唯一要做的，就是拼全力，记下这个即将消失的号码。138107……

唰。

终于我没能赢过那根无形的手指，这一条通话记录也被删除了。这串数字在屏幕上消失后，世界上再没有证据能证明刚才唐双打给

我的电话曾经存在过。除了我脑子里的那十一位手机号码。

我深深吸了一口气,把那十一个数字在手机的虚拟按键上重复了一遍。就在按下拨号键之前,我突然想到——如果那个神秘的力量,隐形手指,能够在我眼皮底下删掉通话记录,那么,它也一定能够扰乱我手机上的通话。这么想着,我放下手机,在桌上找出便利贴,用铅笔把电话号码写了上去。拿着这一张便利贴,仿佛拿着一张藏宝图。或许,以此为线索,我能够找出小柔并救她出来,甚至可以找到唐双。有没有可能,我根本没有疯,而唐双是真实存在的?

半个小时前,我觉得这一切都是我狂乱的妄想,但是现在,我的判断又变得模糊了起来。

我深吸一口气,看着便利贴上的手机号码。先不管这么多了,用家里的固定电话打过去再说。我盯着手里的便利贴,怕字迹也同样会被抹掉,幸好,这种事情并没有发生。

家里的固定电话藏在电视柜上面,好久没用了,话机上都是灰尘,我小心翼翼地拨完了电话号码,当话筒那边的声音响起来时,终于松了口气。就算还是无法拨通,但起码证明这个号码跟刚才的那通电话都是真的。

话筒里响起的,却是一首用户自设的彩铃。

> 情人若寂寥地出生在1874,刚刚早一百年一个世纪……

我皱起眉头,这是陈奕迅的《1874》,我很喜欢的一首粤语歌。奇怪的是,明明一分钟前用自己手机是打不通的,怎么现在又通了?还有,刚才拨号时,有一种微妙的熟悉感,就好像以前经常拨这个号码一样。

这会是谁的手机号码?

"喂，老蔡？"

当声音从话筒里传出来，我整个人又呆住了。

是张铁粗犷的嗓音。

我语无伦次地说："铁，张铁，你，怎么会是你？"

张铁的声音听起来有点无奈："什么怎么是我，这个号码就是我的啊。倒是老蔡你，干吗用家里电话打给我？"

我猛地摇头："不可能！刚才，刚才是唐双打给我的，用这个号码！"

张铁提高了音量："老蔡，别闹好吗！你这两天不是好了吗，怎么又来唐双，唐双这个人，根本不存在！这个手机号码我都用了七年了，不信你看看手机通讯录里我的号……"

我听他讲完，啪地把话筒一搁，拿起手机就拨了过去。在按下拨号键后，果然，屏幕上的那一串号码，变成了两个汉字——铁总。这个号码，果然是张铁的，而且早就被我记在通讯录里了。那么刚才的陌生号码，还有自称是唐双的女人……

"找到小柔，救她出来……"

我觉得头痛欲裂，大脑深处似乎真的有个洞，电话这时却接通了："老蔡，我说得对不……"

"够了！"我歇斯底里地大叫，眼前发生的一切已经让我陷入了疯狂中。我只想做一个正常人，过正常的生活，为什么这些让人发疯的情景要一直缠着我？

手机里还在传来张铁的声音，像是唐僧在念经："老蔡，老蔡，你别着急，在家等我！我现在就过去……"

"走开！"我一边怒吼，一边把手机用力砸了出去。把手机摔碎，什么唐双，什么张铁，就再也烦不到我了吧。现在的我，谁也不想见，什么都不想听，我只想一个人静静。

手机笔直地朝着客厅的墙壁飞去，我直勾勾地盯着，等着看它

撞上墙壁，粉身碎骨，发出破裂的声音。可是，手机却没有碎。不是说手机有那么硬，砸到墙壁上也不会碎，而是……它根本没撞上墙壁。它悬浮在半空，纹丝不动。

我瞪大了眼睛，不可思议地看着眼前的情景。十秒前，手机从我的手上扔出，快速地飞向客厅的墙壁，原本马上就要撞到墙上粉身碎骨。可是，在飞到墙壁前的一片阴影中时，竟然慢慢减速，最后，悬停在了半空。好像墙壁前的黑暗是某一种实体，橡皮泥、海绵、凝固的油脂，或者别的什么，不光减缓了手机的速度，还把它黏附在上面，停滞不动了。这种情况，完全违背了物理常识。

又过了十秒，我才反应过来，小心翼翼地慢慢朝着手机走去。

没错，我并没有眼花。那一部手机以跟地面垂直、墙壁水平的姿态悬浮在空气里，一动不动。甚至，张铁的声音还从手机里传出来："喂，喂，老蔡？"

我刚想着要怎么回答，他自言自语了一句"丫的"，然后挂了电话；过了一会儿，手机屏幕也暗了下去，自动锁住了。我皱起眉头，伸出手指，轻轻地碰了一下手机屏幕，把它往墙壁的方向推进了一厘米。手指头松开的时候，手机又慢慢地回弹了一厘米，保持原来的位置。

这种感觉，就好像手机本是漂浮在水面上，你轻轻把它往水里按，由于浮力的影响，手松开时它又会回到水面上。只不过现在手机"漂浮"其上的并不是水，而是它跟墙壁之间的一团空气。

我挠了挠头，心想，如果把它往反方向推，会怎么样？在手指头刚碰到手机背面的一刻，还没开始用力，手机像是动画片里突然意识到自己悬浮在半空的卡通角色，咻一声就往地面掉！

我吃了一惊，伸手想要去抓，它却从我的手指间溜走，眼看就要掉到地板上。一声惊呼还在喉咙里，又被我咽了下去。就如同刚才停在墙壁前一般，这一次，手机悬浮在地板上，大概十厘米高的位置。不同的是,随着我刚才没抓住手机,但仍然保持着捕捉姿态的手上下运动,那悬浮着的手机也一上一下,轻轻地动了起来。好像我的指尖提着几根看不见、摸不着的线。

我坐在客厅的沙发上,呆呆地看着手掌上的手机。经过半小时的练习,我已经掌握了这魔术般的技巧。当我把手机水平放置在掌心,轻轻往上托,再快速下沉一点时,手机会"跟不上"手掌下降的速度,慢慢往下掉,然后维持在离掌心三厘米的高度。这时候,我再慢慢把手掌往上升,虽然没有接触到手机,但掌心却能明显感受到它的重量;手掌越升高,感受到的重量也就越大,当无法往上抬时,手机会慢慢上升到半空中,然后直立起来,倾斜着,其中一个角对应着掌心,然后整部手机开始慢慢旋转。如果你看过淘宝上卖的那种磁悬浮玩具,那么我眼前的景象大概就能想象出来了。所以,这到底是怎么一回事?为什么在这个早上,我突然就拥有了超能力?我挠了挠头,这种超能力应该叫隔空移物,还是乾坤大挪移?

我深深吸了一口气,收拢五指,手机就掉回了掌心。与此同时,思绪却飞远了。

自从那天晚上,被小希从香港"领"回来以后,我便老老实实地过起了"职业小说家"该有的生活。每天按时吃药,按时睡觉,精神也恢复了正常,回想起什么小工厂主,什么唐双,什么红色雪山、海底飞机、"时间囚徒",这些乱七八糟的玩意儿;再回想起自己曾经坚信,这些乱七八糟的玩意儿都是真实存在的,总会不由得摇头苦笑。明明只是自己编出来的小说。

铁总说得对,我是为了逃避自己是个挣不到钱的落魄小说家的事实,逃避现实生活里的失意,逃避对小希的愧疚,才会一头钻进自己的小说里,把虚构的情节当成现实来对待。所有的一切,不过是我的妄想。

一旦切实地承认了这一点,承认自己是个精神病患者,事情反而变得好接受了。只要抛弃无谓的妄想，就可以回到现实的世界，回到正常人的群体里。可是，我好不容易建构起来的、对自身处境的理解，在这个早上又轻易地被打碎了。我是一个妄想症患者，这种说法无法解释一部悬浮在空气里的手机。明明承认自己是精神病患者，对这个世界妥协，就可以麻木地生存下去；可惜，事情没有这么简单。

　　唐双的声音再次回荡在耳边："找到小柔，救她出来！"虽然不知道我突然拥有的超能力对这个任务有什么帮助，但起码可以用它来向别人证明——我没有疯。是这个世界有问题。除非你自己也疯了，不然，你如何解释一部悬浮在半空中的手机？

第六章
谁是小柔

一个小时后,我跟张铁隔着一张桌子,面对面坐在楼下的比萨店里。在点餐之后,张铁欲言又止,最后还是说出了口:"老蔡,你没事吧?"

我慢条斯理地说:"没事,好得很。"

张铁松了口气:"那就好,我还以为你……"

我嘿嘿一笑:"以为我又发疯了是吧?"

他倒是没有否认:"对啊,你要是再来一次,嫂子不会放过我的。她早上还打电话给我来着,让我劝你先别写小说了,她这样说的……"

张铁模仿着小希的语气:"都是你,让他写什么破小说,整天脑洞、脑洞的,要是我老公有事,看我不把你脑子打出洞。"

我看着他的表演,不由得哑然失笑。

当我在这个世界一觉醒来,小希就是以贤妻良母的形象出现的,但在我记忆里的另一个世界,雪山上的小希就是这么一副"女汉子"的样子。不过,这并不是我要谈的内容。

我趁张铁在喝柠檬水的时候,突然问道:"铁总,你认识小柔吗?"

他的表情明显一怔,差点连水都喷了出来。

我身体向后靠,双手抱在胸前,严肃地说:"你认识小柔。"

张铁放下杯子,擦了擦嘴巴,样子有点狼狈:"认识。"

我心中一喜:"她是谁?在哪儿?"

张铁苦笑了一下:"我是认识小柔没错,不过老蔡,你应该比我更认识她。"

我皱起眉头:"什么意思?"

张铁叹了口气,答非所问道:"老蔡啊,要我看,你先别写小说了,我回去叫编辑先把这本书放一放,下月我回趟北京,争取先把前几本的影视版权卖……"

我稍微提高了音量:"别跟我扯这些,刚才,你说我认识小柔,到底什么意思?"

张铁无奈地摇了摇头:"老蔡,你真的想知道?"

我点头道:"当然。"

张铁又叹了口气,正色道:"那好,老蔡,你听好了。小柔,全名喻小柔,是个十三岁的萝莉,长得超级可爱,说话又甜,特别黏你……"

我打断道:"黏我?不可能,我根本不认识她。"

张铁顿了一下,纠正道:"好吧,不是黏你,是黏鬼叔。"

我愣了一下,反应过来道:"鬼叔?难道你是说……"

张铁点了点头:"没错,喻小柔,是你正在写的小说《真实妄想》里的角色,所以啊老蔡,你不光是认识她,你还创造了她啊。"

他低下头,自言自语道:"前两天跟我找唐双,现在又跟我找小柔,哎,真是够够的……"

我皱起眉头,盯着对面的张铁。光从他的表情看,倒不像是在说谎。唐双在那通电话里说的是,找到小柔,救她出来;可如果小柔是我故事里的角色,要怎么把她救出来?难道说,要我跳进故事里去?想想就觉得荒谬。

张铁从白衬衣的口袋里掏出一包烟,刚拿出一半,又塞了回去,看来是烟瘾犯了，但比萨店里是禁烟的。他抬起头来，鼻翼无意识地抽动了两下，对我说："老蔡，你真忘了小柔这回事？"

我想了一下，点头道："是。"

他无可奈何地说："要这么讲，你肯定也忘了《真实妄想》接下去要怎么写吧？"

我眼睛一亮，突然就有了想法。家里电脑上的《真实妄想》文档，只有六千多字内容，我已经看了快一半，还没有提到小柔。在文件夹里，也没找到故事大纲，所以正如张铁所说，我确实忘了接下来要怎么写。我心里隐约有个念头，要找出事情真相，这本小说是关键所在。

作为我的出版人，张铁肯定看过大纲，知道接下来的剧情怎么发展。先问问他小柔到底是怎么回事，多搜集信息，对于我搞清楚真相一定会有帮助。这么想着，我挠了挠头，诚恳地对张铁说："我的情况你清楚的，是有点忘了。要不，你跟我说一下？"

这时候，服务员把我们点的比萨端了上来。

张铁拿起一块比萨，似乎有点为难："嫂子早上还警告我，不让你再往下写……"

我试着说服他："你跟我讲了，我回去先不写；要是你不跟我讲，我自己拼命想，反而容易出问题。"

张铁狐疑地看着我："真是这样？"

我严肃地点了点头。

他没有说话，三两口吃掉了一块比萨，接着又拿起另一块。那么能吃的人，竟然比我还瘦，实在不科学。幸好，吃完第二块比萨后，他还是决定跟我讲："老蔡，是这样的。你呢，是半路出家的，写小说不按套路，从来都不写大纲。这也怪我，太惯着你了，要是换了别的出版商啊……"

我轻轻敲了下桌面："说正事。"

张铁拿起第三块比萨:"好好,说正事,所以你丫从来就没给过我大纲,只是大概跟我讲了下思路。你还记得在以前的小说里,你给自己,不,给鬼叔,设定了个能沟通其他平行空间的自己的能力吧,我去,还真是绕。哎,老蔡你吃点。"

可能是药物的作用,我根本没胃口吃东西,只催促道:"当然记得,然后呢?"

张铁嘴巴里塞了半块比萨,口齿不清地说:"啊,然后鬼叔脑子里不就长了个洞嘛,这个洞根本无药可治,连唐双都傻眼了。不过这时候,梁警官来找你了。"

我皱眉道:"梁警官,国际刑警梁警官?"

张铁好容易把嘴里的东西都吞了下去,点头道:"对对,你倒记得梁警官嘛,他来找你,然后告诉你说,有一个德国的科学家,是个老头……"

我被故事情节吸引了,追问道:"怎么样,德国科学家能治好我,不,能治好鬼叔脑子里的洞?"

张铁摇了摇头:"错了,德国科学家告诉大家,鬼叔的脑洞不可能治好,不过……"张铁左右张望了一下,压低音量,神秘兮兮地说,"他手上,有个跟鬼叔一样的病人。"

跟鬼叔一样的病人,难道说……

我倒吸了一口冷气:"难道说,这个病人就是小柔?"

张铁哈哈一笑:"猜得没错,不对,不叫猜,这本来就是你想出来的情节嘛。"

喻小柔,十三岁的小萝莉,患上了跟鬼叔一样的病,也就是脑子里长了个洞。我的脑子飞速转了起来,唐双在电话里让我救出小柔,如果小柔是个绝症患者,那么起码"救"这个字眼是成立的。只不过,小说里的鬼叔也是同样的绝症患者,脑子里有洞的鬼叔如何拯救脑子里有洞的小柔?

张铁的剧情解说到这里，又埋头吃比萨，一个十二寸的比萨，转眼就被他吃掉了一半。

不得不说，作为一本小说，《真实妄想》的情节还挺吸引人的，我紧张地追问："接下去呢？"

张铁一边吃一边继续介绍："接下来啊，梁警官就安排你跟小柔见面了。呃，我记得是这样的啊，小柔的病情比你更严重，脑子里的洞有，呃，有这半块比萨大……"说到这里，张铁手拿着比萨，放在自己额头前比画着，就像那个洞是长在他脑子里似的。

我看着他的样子，不知怎的，眼前浮现出了喻小柔的一张脸。那张好看的脸，像瓷器一样洁白；她的五官继承了母亲的奔放，还有来自父亲的内敛。没错，喻小柔的爸爸是中国人，妈妈是德国人，她是个漂亮的混血儿。

小柔总是躺在洁白的床单上，长久的卧床让她身体虚弱，脸上却总是笑着。尤其是，每次看见我来的时候，她总会开心地喊："鬼叔叔！"

张铁挥动着半块比萨，打断了我的联想："怎么了老蔡，你想起来了？"

我皱着眉头："好像是，想起来了一点。"

听我这么说，张铁倒是显得很开心："想起来就好，我不用讲了啊，我先吃着。"

我用手指揉着右边太阳穴，小说里的情节，如同梦呓般，从我嘴里说了出来："喻小柔是在八岁那年的生日会上，突然就弹起了钢琴，而且是难度很高的一首巴赫。所有人都吓到了，因为在这之前，喻小柔还没有学过钢琴。"

张铁一边吃比萨，一边点头："嗯嗯，就像在《海岛梦境》里，鬼叔突然会开飞机。"

小说里的构思，或者是现实中发生过的事情，源源不断地从我

的脑海里浮现，又从我口里说了出来："如果弹钢琴还能用音乐天赋来解释的话，接下来半年里，发生在小柔身上的事情，让她的父母越来越担心。比如说，她突然会像六十岁的老人一样说话，突然懂得复杂的解剖学，突然会讲她从没听过的广东方言……"

张铁竖起拇指："这个情节不错。"

我没有理他，继续道："一开始，家里人还给她找了神父，甚至驱魔人，都没有用。直到整整一年后，她晕倒在九岁生日的宴会上，家里人才把她送到了医院检查。"

张铁边吃比萨边点头，似乎是赞许情节设置合情合理。

我继续回忆道："脑部CT显示，有一个指甲盖大小的黑洞，而且会四处游走。在接下来的两年里，黑洞变得越来越大，原本蹦蹦跳跳、活泼可爱的孩子，从一开始的虚弱、偶尔晕倒，到后来跟我见面时，已经卧床了整整一年，只能吃流质食物。这时候，她脑子里的洞……"

我闭上眼睛，似乎看见了满墙的CT照片，"她脑子里的洞，足足有我的拳头，或者像你说的，半块比萨这么大。"睁开眼睛的时候，张铁正把最后的半块比萨扔进嘴里。而他面前的铁盘里面空空如也，一个十二寸的比萨，被他吃得精光。

我不由骂道："饿死鬼投胎啊你，吃这么多怎么不见长肉？"

张铁也有点不好意思："我也不想啊，从小就这样，都说我得了甲亢，可是压根查不出来。"

他拍了拍双手，心满意足地说："老蔡，你想起来了吧，关于小柔的情节。"

我点了点头，闭上眼睛，脑海里浮现出一个画面。

鬼叔推开房门，阳光洒落在床边的木地板上，小柔转过头来，可怜今兮的小脸上绽放出比阳光还要灿烂的笑容："鬼叔叔，你来啦。"

我还想记起更多,但是所有的回忆停留在这个场景,戛然而止。头隐隐作痛,我睁开眼睛,茫然地问:"接下来呢?"

张铁耸耸肩膀:"别问我啊,老蔡,接下来的情节,你可没跟我说。你这家伙老是故作神秘,对我这个出版人都说一半留一半的,也真是醉了……"

我皱着眉头,失望地问:"接下来的事情,你也不知道了?"

张铁用手指头敲着桌面,强调道:"情节,是接下来的情节,老蔡啊,你不要搞混了,小柔跟唐双一样,都是……"

我不耐烦再听他这一套,打断道:"铁总,我知道了,你想说小柔跟唐双都是我虚构出来的角色,不存在于这个世界上。"

张铁松了口气,打了个嗝说:"你这么说,我就放心了,哎,这比萨吃下去还挺饱……"

跟张铁争论唐双、小柔是真实还是虚构的没有什么意义,这个时候,是应该拿出撒手锏了。

我从口袋里掏出手机,放在桌面上,然后双手十指交叉,严肃地看着张铁说:"你听我说。"

张铁一本正经地点头:"嗯,你说。"

我深深吸了一口气:"今天早上,唐双打电话给我了。"

张铁先是一愣,两秒钟后,脸上一副吃了屎的表情,絮絮叨叨地说:"完了,这次完了,老蔡你又来这一套,嫂子真要把我脑袋打出洞了。"

我抓起手机在他眼前晃动:"真的,不是幻觉,我没疯。唐双确实打了电话给我,她跟我说要救出小柔!"

张铁一脸的无奈:"好,她打给你了,你现在拨回去,我跟她聊两句,告诉她你是已经结婚的人了。"

我稍微压低了音量:"她的通话记录……被删掉了。"

张铁用手抓着头发:"删掉,好,就当是删掉了,那你记下她的手机号了吗?打回去。"

我看着桌面,有点气馁:"不知道为什么,她打来的号码,其实是……"

张铁冷笑了一声:"其实是我的号码,对吧?老蔡啊老蔡,当我求你了,咱不写小说了行吗,再这么下去你又要疯啊。"

难道说,我是真的又疯了吗?我的视线移到了手机上,突然,心里就踏实了。我抬起头,坚定地看着张铁,一字一顿道:"不,我没有疯。"然后,我拿起手机,平放在自己手掌上:"不信,你看。"

张铁的声音听起来很疑惑:"看,看什么?老蔡这次你又有什么新花样?"

我做了个别出声的手势,然后专心致志盯着掌上的手机。早上在家里,我就是这么做的。专心致志等待那股神秘的、看不见的,但能感觉到是从我身体里发出来的力量,牵引着手里的手机悬浮于半空。

我凝神静气,像早上一样,手肘架在桌面上,掌心托着手机,慢慢往上,往上。我感受到那一股神秘的力量,从掌心里发散而出,像实体一样,有某种柔软的质感,比如绿色的嫩芽,比如一汪碧水,正在慢慢包裹着手里的手机。

张铁伸长脖子,全神贯注地看着我的一系列动作。

就是现在!在张铁露出惊讶表情前,我手掌快速地下降,手机像早上一样悬浮在半……

并没有。它在空中短暂停留了半秒,我可以感受到,包裹在其上的柔软的东西像琴弦一样崩断了。然后,手机便掉了下来,紧贴着我的掌心,一起向下沉。就像我的心情。

我皱着眉头:"不对啊,这是怎么回事?"

张铁一脸的不屑:"搞什么嘛老蔡,还以为你要变魔术呢。"

我摇了摇头:"不是魔术,是这个手机会飞,不对,是会悬浮在半空中,靠我的魔术,不对,是我的力量,一种超能力。"

张铁叹了口气,然后招呼服务员:"埋单。"

我伸手拦住他:"再来一次,你看我再来一次。"

张铁龇牙咧嘴地说:"老蔡,咱别这样,这大庭广众的啊,别闹了。"

他掏出两百块放桌子上,站起来就要往外走:"老蔡,我还要去趟印刷厂,改天再……"

我挡在他前面,几乎是哀求道:"刚才失误了,你再看一次,三分钟,三分钟就好。"

张铁往四周看了一下,压低音量道:"老蔡你别嚷嚷啊,店里人都在看我们了,以为咱是小两口吵架呢,多丢脸啊你看这。再说了,我不是不愿意看你表演魔术,是怕你再跟我聊,情绪太激动,等下又发作了……"他按着我肩膀轻轻往旁边推,执意要走。我的情绪一下就爆发了,歇斯底里地喊道:"别走!"

比萨店里顿时鸦雀无声,我能感受到,所有的目光都凝聚在我——一个疑似精神病发作的三十多岁男人身上。这些目光,也仿佛有了一种沉甸甸、黏糊糊的质感,像是暗红色的、黏稠的血。

张铁忙着跟店里的顾客,还有围上来的服务员道歉:"对不起,对不起啊,我这哥们儿情绪有点激动。"他双手做出个求饶的姿势,对我说,"老蔡啊,不就欠你十万嘛,等阵子缓过去了,马上还,马上还啊。"

张铁一边演,还一边朝我眨巴着眼睛,意思是让我配合他演,假装成一对债主跟欠款人的关系。不得不说,他的临场应变能力很强,而且很为我着想;如果我愿意配合,这样就能顺利下台,不用再被大家当成是一个疯子。可惜,我不想领他的情。比起别人的眼光,

我更在乎的是心里一连串的疑问。我到底是不是真的疯了？唐双是不是打电话给我了？我是不是拥有超能力？这个世界是真实的吗？

我深深吸了一口气，突然想起，早上在激发超能力之前，是做了一个剧烈的动作的。说不好……这是超能力出现的必要条件。

这么想着，我攥紧手中的手机，高高举起——在店里所有人的视线中，这一切似乎变成了慢动作——下一秒！我像棒球场上的投手一般，对着张铁身后一面关着的玻璃窗，用力抛出手机！

在所有人讶异的叫声中，我仿佛看到，下一秒，奇迹会再次出现，手机将会停在玻璃窗前，一如早上家里客厅的情景再现。可惜，现实并非如此。手机笔直地朝玻璃窗飞去，在距离只有一厘米，马上要碰个粉碎时，突然之间，玻璃窗上，出现了一个黑洞。黑漆漆的洞，在玻璃窗上凭空出现，足足有张铁刚才吃掉的十二寸比萨那么大。

我扔出去的手机，直接飞进了黑洞里，然后，这个玻璃窗上凭空出现的洞又凭空消失了。

我擦了擦眼睛，没有错，我扔出去的手机不见了。

这时候，张铁才转过头去，看着他背后紧闭的玻璃窗。

我兴奋地拉着他的衬衫："看、看见没，刚才那里出现了个黑洞，把我的手机都吞掉了！去了异次元！"

张铁往玻璃窗上看了一会儿，然后回过头来看我，脸上的表情，非常非常复杂。粗略分析的话，有迷惑、愤怒、同情，还有……想要笑。他深深吸了一口气，右手拍在我肩膀上，努力用平静的语气说："老蔡，那窗户……"他扑哧一声笑了出来，勉强控制住，表情僵硬地说，"是开、开着的啊。"

我看他不顾事实地胡说八道，不由得怒道："不要胡说八道，关得那么严实的窗户，窗玻璃又脏，怎么可能……"

张铁又吸了一口气，勉强忍住笑，侧过身子让出位置："老蔡，你自己看看，自己看看……"

我皱着眉头，往刚才那扇紧闭的玻璃窗看去。不可思议的事情发生了。就像张铁所说的，那扇窗户真的是向上、向外，被完全打开了。就好像，它是一直开着的。

我瞬间就蒙了。

这时候，店里也传来了交头接耳的声音。

一对母女在说话。

"妈妈，这个叔叔好奇怪。"

"你别看，赶紧吃，吃完走了。"

其他卡位也有交谈。

"干吗扔手机啊。"

"就是，iPhone6P呢，不要给我啊。"

"都好有钱啊……"

这些噪音在我耳边萦绕，就好像烦心的苍蝇。我用手在耳朵旁边挥了挥，走过张铁，到玻璃窗户前，用手和眼仔细检查。只是一扇普通的玻璃窗，完全看不出有任何被做了手脚的痕迹；我可以确定，刚才没有任何人走过，打开这扇原本紧闭的玻璃窗。而玻璃窗外面是绿化带，种植一片茂密的灌木丛。

"老蔡你赶紧去找手机啊，我还得去趟印刷厂，就先走啦。"

我回过头去，张铁已经夺路而逃，慌慌张张的样子像一个真正的逃债人。

我站在窗边，并没有去追他，我不想让自己看起来像一个真正的精神病患者。虽然在店里所有人眼中，我已经如此了。从某种角度上讲，他们是对的。

根据医生诊断，我确实患了较为严重的偏执型妄想症，我的这种妄想症，需要按时服药，在家休养，不适宜外出工作，或者从事脑力劳动。写小说，在脑力劳动里面，应该算中等强度以上吧。难怪前几天我没有想着写小说的时候，一切都是正常的，我跟小希过

着平淡而幸福的生活。今天早上刚要开始写小说,一系列的幻觉就开始产生了。

不存在的"唐双"打电话给我,告诉我去救不存在的"小柔";当我发现那其实是张铁的号码,一怒之下扔出手机,又发现它会悬浮在半空。然后我花了一中午的时间,尝试向张铁证明自己的超能力,结果是把手机扔出了窗外,并且暴露了自己是精神病人的事实。我站在喧闹的比萨店里深深地吸了一口气。

可是,如果事实并非如此呢?如果我根本不是精神病人,只是莫名其妙地陷入了一个错误的世界呢?我所处的世界,跟我记忆中的世界尽管有种种相似之处,却又似是而非。庄周梦蝶,缸中之脑,有时候你很难说得清楚,世界上到底什么是真实的,什么是虚构的。所以,有没有一种可能性,这个世界所呈现的一切,真实的、虚幻的,痛苦的、愉悦的,都只是为了一个目的——让我迷失在这个错误的世界里,找不到回去的路。所以,唐双才会在电话里说,要我"找到小柔,救她出来"。

我站在原地,打量着这间比萨店,就像在打量一个复杂的迷宫。店里的别人也正在打量着我,眼神中既有恐惧又有同情。虽然没有可靠的证据,但是我莫名其妙就有一种感觉——唐双正在这个巨型迷宫的出口,焦急地等着我。我深深吸了一口气,就算全世界与我为敌,只要我坚信自己不属于这个世界,那么,就没有什么能够真正打败我。

第七章
黑洞里的手

中午从比萨店里出来后,我在窗外的灌木丛里找了十几分钟,并没有找到我的手机,只能放弃了。从好的角度去想,没能找到手机,是因为它真的飞到了一个突然出现、又突然消失的黑洞里,所以,我没有疯,是这个世界有古怪。从坏的角度去想,我是真的疯了,真的把手机扔出了窗外,被人捡走了而已。我想打电话到自己手机上,但在这个互相防备的世界,我也没指望别人愿意借给我手机,反正家就在楼上,我索性回了家,想用客厅的固定电话打。

幸好,我自己的手机号码还是记得的。在按完十一位数字以后,拿着听筒,我紧张得快喘不过气来。我所担心的,是真的有人接了电话,然后告诉我,他捡到了我的手机。那我就完全崩溃了。幸好,我的手机并没有人接听,话筒里传来的声音是"您好,您所拨打的电话暂时无法接通"。

嗯,黑洞里应该是没有移动的基站的,所以暂时无法接通,很正常。这么想着,我松了一口气,放下听筒。手机丢了之后找不到了,大概也只有我会开心起来吧。我抬头看了眼墙上的挂钟,已经是下午三点多了。小希出门时说过,今天她五点就能回家做饭给我吃。那么,我还剩两个小时,理清思路,想好接下来要怎么做。

　　我皱眉想了一会儿，无论决定要怎么做，对着小希我还是要装作什么都没发生，一切如常。就算这个世界里一切东西都是带着恶意的，但是从小希身上，从她这几天对我的照顾中，我感受到的只有纯粹的关怀，以及油然而生的信赖感。我甚至觉得，在这个世界里小希的存在，是为了弥补在另一个世界里她被红色雪山吸走、不能和我在一起的遗憾。而且，说起来好笑，虽然从理论上讲，我要去找的唐双对小希而言是情敌、第三者，但是我没来由地坚信，小希一定会体谅我，会帮我的。要从这个错误的世界逃出去的话，小希是为数不多的，我可以信赖的人。张铁也算一个。所以，无论我所坚信的到底是对是错，我一定不会对不起小希，不会让她伤心。

　　我坐在客厅里想了十分钟，得出的答案是，要搞清楚事情的真相，关键在于那本小说。

　　小说一开头写的是我，鬼叔，从医院里醒来，然后得知自己脑子里长了个洞。我翻了一下之前的一本，也就是《怪咖奇异事件簿》系列第五本《游戏匿踪》，里面讲的是我跟唐双如何齐心协力，打败了被困在一个大型网络游戏里的前任"时间囚徒"Marilyn。虽然用文字描绘出来有些奇怪，但是这本《游戏匿踪》里的情节，跟我自己记忆中真正发生过的一段经历是高度吻合的。再结合《真实妄想》里我跟唐双的关系，可以大概推测出，这个故事发生的时间线，是在《游戏匿踪》结束后的两三个月。

　　这跟我脑海里的记忆也是基本吻合的。在一起搞定了Marilyn之后，我跟唐双的感情又上了一个台阶，并且有了质的突破——终于滚了床单。自此之后，我们过了两三个月的幸福生活，甜蜜蜜，如胶似漆。现实跟小说相同的是在两三个月过后，我早上一觉起来，发现世界变了样。不过现实又比小说还荒诞，小说里，我不过是醒来发现自己在ICU病房；而在"现实"里，我一醒来就到了另外的世界，有了另外的身份，另外的经历，生活中很多东西都被替换掉了，甚至包括身边的爱人。

所以,基于以上的事实,如果我的逻辑是正确的话,可以得到一个推论——小说里描述的就是在我原本所属的世界里,我的真实经历。真正属于我的人生。

所以,搞清楚小说里的情节发展,我就会知道自己是怎么掉进这个错误的世界的,就会知道小柔是谁,就会知道要把她救出来,接下去该怎么做。事不宜迟,我马上启动电脑,打开了小说。之前已经断断续续看了一半,这一次,我把剩下的三千字,全都认认真真看完了。不得不说,这些内容让我很失望。因为这剩下的三千字,讲述的内容,我都已经知道了。跟中午在比萨店里,张铁给我说的故事发展是一样的,包括唐双是怎么为了我四处奔波,徒劳无功;梁警官怎么把那个德国科学家,叫法比安的老头带到我们身边。小说内容,写到这里就完了。接下去鬼叔跟喻小柔如何认识、怎么交往,小说里都还没有写到。就连我跟小柔的会面地点,到底是德国还是中国,都没有提。不过,当我想起小柔时,总有一个画面在脑海里浮现。

鬼叔推开房门,阳光洒落在床边的木地板上,小柔转过头来,可怜兮兮的小脸上绽放出比阳光还要灿烂的笑容:"鬼叔叔,你来啦。"

我正要努力捕捉画面里的细节,好分辨场景是在德国还是中国时,手机响了。我伸手就往键盘旁边惯常放手机的地方摸去,却摸了个空。手机呢?愣了两秒,然后才想起,手机已经在中午被我扔进了黑洞或者绿化带里,总之,已经丢了,不在我身边。可是,手机铃声却是真实的,而且,近在咫尺。一阵响铃,接着一阵马达震动声,间歇进行,无比熟悉。我突然有种直觉——这个电话是唐双打给我的，站在巨型迷宫门口，焦急地等着我的唐双打的。

　　我从椅子上跳了起来，着急地找手机。桌子上没有，椅子上没有，地板上也没有。拉开抽屉没有，掀开键盘，下面也没有。我再扭过头去，茶几上、沙发上、电视柜上，所有地方，通通没有。电话铃还在响着，我能感觉到它正在衰弱，五秒钟后，最多十秒钟后，就要停了。

　　心急如焚。我不能错过唐双的电话，绝不能！所以这个该死的手机，到底在哪里！我抓狂地揪住头发，然后发现，好像有点不对劲的地方。

　　原本打开的一个 Word 文档，被拉到了最底部。上一次这样的时候，出现了可怕的木马头小孩，键盘自己会动，不停地输入"再写下去我就要疯了"这一句话。这一次，玩出了新花样。Word 文档里的文字正围绕着显示器中间的一个点在不停地旋转、扭曲。就好像文字不是文字，而是流沙，正在朝着中心的沙坑旋转。又或者，像一个吞噬万物的黑洞。

　　鬼叔脑子里的洞。

　　我站直身子，目瞪口呆地看着屏幕上慢慢扩大的黑洞。锯齿状的洞口边缘正在缓慢地旋转；而在黑洞里面则是绝对的黑暗，没有任何光线从里面透出来。随着黑洞的扩大，手机铃声也变得越来越清晰了。我早上扔掉的手机，如今，就在显示器的黑洞里。

　　这也很好理解，中午我把手机扔进了黑洞，它就乖乖躺在里面了；既然说了是黑洞，就像是哆啦A梦的任意门，中午出现在比萨店的玻璃窗，下午出现在电脑的显示器上，也是非常符合逻辑的事情。

　　手机就躺在黑洞里，跟唐双打来的电话一起，等着我。

　　这一切都想通了，问题只在于——面对着显示器上突然出现的篮球大小、缓慢旋转、深不可测的黑洞——谁敢把手伸进去呢？如果按照物理学的认知，宇宙中的黑洞，具有比地球、太阳大了不知道多少倍的引力，所有物体——包括光——都会被黑洞的引力捕获，撕成碎片，或者拉成长条，再也逃不出去。如果这个显示器里的黑洞也是如此，那么我伸进去的手会变成无限长的一根面条，永远漂浮在黑暗的宇宙里。虽然目前来讲，没有任何人能确切说清这是种什么样的体验，但就连我这个"疯子"都能猜出来，肯定愉快不到哪里去。就算这个黑漆漆的洞口并不是通向危险的黑洞，而只是普通的外太空、异次元空间什么的，也已经足够把我弄死了。要知道，宇宙中充满了危险的辐射、能瞬间冷冻一切的绝对零度，或者就连真空导致的负压，也能让手臂血管爆裂。总之，我眼前的这个黑洞比马戏团里狮子的血盆大口要危险无数倍。

手机铃声还在响，但是很快就要停了。我有预感，这个电话，对于我逃离这个错误的世界有非常关键的作用。更不用说，这个电话，还可能是唐双打给我的。我深深吸了一口气。死就死吧。

我快步跑到显示器前，侧着身子，毫不犹豫地把手一下插进黑洞里。这真是一种奇怪的体验。我的整条小臂已经伸入了显示器里，但是，手并没有从另一边伸出来，而是到了另外一个空间。万幸的是，这个黑洞并没有宇宙中真正黑洞那样的破坏力。我的手没有感觉到任何痛楚，没有被撕碎或拉成长条，没有被灼伤或者冰冻，也没有血管爆裂。这个黑洞里干燥而温暖，我试着收缩了一下五指，又试着把手臂往外缩回一点，感觉运用自如，没有任何问题。就好像这个黑洞只是客厅里某个光线照不到的角落而已。我松了一口气，起码不用变成杨过了，问题在于手机呢？我试着四处摸索了一下，这个黑漆漆的洞上下左右都没有边缘，我也没有摸到想象里、漂浮于宇宙中的手机。

铃声再次响起，提醒我刚才的那么多内心戏不过是发生在两声铃响之间的几秒空隙里。

我侧着身子，整条手臂都伸了进去，肩膀跟显示器的洞口齐平，

一边提防手臂碰到不停旋转的黑洞边缘,一边在黑洞里上下摸索着。刚才的猜测没有错,手机铃声戛然而止。这还不算最糟的。我皱起眉头,发现黑洞正在以肉眼可见的速度渐渐缩小。我不知道,如果那个不停旋转、慢慢收紧的黑洞边缘,碰到了我的手臂的话,是会像实物一样仅仅是把我的手推开,还是会制造出两个时空之间的截面,把手臂生生切断。所以……是继续摸下去,还是赶紧把手臂抽出来?

我本来就已经脑残了,如果再残了右手,就彻底成了"废物点心"。就在我犹豫不决的时候,食指似乎碰到了什么东西。熟悉的质感,来自划过不知多少遍的大猩猩玻璃。我的手机!可是,黑洞里的手机就如同漂浮在水中的物体,被我这么轻轻一碰,朝着反方向漂走了。而显示器上的黑洞,缩得只有一桶方便面大小了。

×,死就死吧,总好过这样窝囊地活着。这么想着,我心一横,把大半个肩膀都塞了进去,肩胛骨砰一声撞到了显示器上,把单薄的显示器撞倒在了桌面上。不过,这样的变化似乎并没有影响到黑洞。于是,现在的情形就变成了,显示器跟黑洞都平躺在桌面上,我从上往下,整条右臂都伸进了黑洞里,像是从地里掏什么宝贝似的。这个姿势肯定说不上雅观,但我哪管得了那么多,右手在黑洞里使劲地掏啊掏,老子就不信找不……

突然之间,手被什么东西抓住了!在黑洞里,有一个活物紧紧扣住了我的手腕。我的第一个念头是,难道是贞子?这一次,是真的要死啊。

如果这个时候有人进来,会看见一个好笑的场景。一个男人站在电脑桌前,把整条右臂都塞进了倒在桌面的显示器里;与此同时,他的脚用力蹬着电脑桌,拼命挣扎,就好像有什么东西要把他整个人拉进显示器里一样。不过,再多看两秒,就会笑不出来了。因为从这男人额头的冷汗、惊恐的表情,以及身体所用的力度可以看出——显示器里真的有东西在拉着他。接着,两秒之后,局势又突然急转直下。那个手伸进显示器里的男人,也就是我,蔡必贵,脸上表情突然一怔,然后和缓了下来。不光如此,连刚才拼命挣扎的身体,也渐渐放松了下来。

再然后,我脸上的表情应该用"狂喜"两个字来形容。因为在刚才慌乱的挣扎中,我手腕被扣住,反手一摸,摸到了一样东西。这个东西,触感像是……人类的皮肤。而且,是细腻的皮肤,带着体温和少许的汗,从我多年的经验来看,必定属于人类女性。而皮肤包裹之下,是细细的骨肉,十有八九是一个妹子的手腕。也就是说在黑洞里,抓住我手腕的是一个妹子的手。而且,虽然是妹子从屏幕的黑洞里要把我往下拉;但是,我却产生了一种超验的感觉,或许从黑洞另一边妹子的角度,是她要把我往上拉。刚才她把我扣得那么紧,只是拼了命地要拉住我不往下掉而已。

画面感马上就有了,妹子正站在悬崖边上,抓住一只从底下的黑洞里伸出来的手。而且,这个妹子正是我朝思暮想的唐双。

没错!我手指仔细摸索,用心感觉,这就是唐双的手腕!我不禁大喊了起来:"唐双!快拉我上去!"

可是与此同时,显示器上的黑洞已经缩小到了仅仅比我的手臂粗一点点。别提整个身体从黑洞里穿过,就连勉强伸过去的手臂都快要被渐渐合拢的黑洞挤碎。我感觉到了唐双手指的松动,她似乎是筋疲力尽,要松手了。这下子,换我用力抓住了她的手腕。

"别扔下我啊,双!"

不知道是不是听到了我声嘶力竭的呼喊,黑洞那边的另一个世界里唐双犹豫了片刻。然后,她开始用另一只手,来掰开我紧紧扣住的手指。我并没有挣扎。因为我知道,任何时候,唐双都不会扔下我。她现在要放手只有一个原因——放手,是为我好。

虽然没有任何声音、任何画面,仅仅从她掰我手指的迟疑,就

能感受到她的痛苦。我能想象得出,跪在悬崖边上的她,现在双眼含泪,却又故作坚强的表情。能够无条件地信任一个人,大概是我能想象得出的,世界上最幸福的一件事情。从这个角度上看,我是一个幸运的人;尽管我深爱的、无条件信任的那个人正被无情的物理规则分隔在另一个空间、另一个世界里。

想通了这一点之后,我毫不迟疑地松开了五根手指。在我从无尽的悬崖坠下前的一刹那,有个什么东西,被塞到了我的手里。手机。

我发出了从高空下坠的惨叫,当然了,从这个世界的视角,我只是从一个倒在电脑桌上的显示器里,掏出了手机。赶在黑洞闭合的前几秒。

我心有余悸地站在电脑桌前,看着我手臂离开后的黑洞突然加速旋转,在两秒钟之内就完全闭合了。那些文档上原本被吸入黑洞的文字又被释放了出来,旋转着回到了原位。

好像一切都没有发生过。

这只是一个平常的下午,窗外传来细微的地面噪音。我站在自己公寓的客厅所面对的也只是一台倒在了电脑桌上的显示器。是的,包括刚才的黑洞,黑洞那边紧紧拉着我的唐双,一切都好像没有发生过,只是存在我记忆中的妄想而已。除了我手里紧紧握住的手机。

唐双在最后关头递给我的手机,同时,也是在这个世界里,我唯一赖以坚信自己想法的勇气。

可能是音乐刚刚响起,也可能是我这时才注意到——从我失而复得的这部手机里,正传来陈奕迅的歌声。还是那一首《1874》:

从来未相识已不在,这个人极其实在,却像个虚构角色……

我迫不及待地解锁手机屏幕,QQ 音乐上的 CD 封面图正在缓缓转动，就像刚才显示器上的黑洞。

《1874》，这是唐双要传递给我的歌。就好像歌里面的两个爱人，被分隔在相差一百年的两个时代；我跟唐双错误地处于两个不同的世界里。而且，我隐约感觉到，我们所隔开的不是物理意义上的两个平行世界；刚才的那个黑洞，也不是物理意义上的黑洞。我所处的错误世界，跟唐双等着我的世界，有着更为错综复杂的关系。而这一切的谜题，只有到了结局，才能够被慢慢解开。如果这个故事有结局的话。

我深深吸了一口气，看着失而复得的手机。许多人都丢过手机，其中一些幸运儿找了回来；可是除了我之外，还有谁是穿越了黑洞，从另一个世界拿回了自己的手机呢？不过——我挠了挠自己的太阳穴——唐双这么千辛万苦地把手机交给我，一定不是为了分享一首歌给我而已。手机里面，一定还有些别的信息。指点迷津，帮我走出这个巨大迷宫的信息。

这么想着，我快速地双击手机的 Home 键（回到主屏幕功能的键），果然，除了正在运行的 QQ 音乐这个 App，还有另一个 App 就在右边。这个熟悉的米黄色界面，是 iOS（苹果公司开发的移动操作系统）自带的备忘录。备忘录上面，密密麻麻写满了字。我快速点击备忘录，让它扩大到全屏，再定睛一看——果然，我猜得没错，在这个备忘录上，有我写的小说，不，应该说是我即将要写的小说。《怪咖奇异事件簿》系列第六部《真实妄想》，讲到鬼叔跟喻小柔认识之后的情节。

我看着手中的备忘录，突然之间，有点啼笑皆非。有些小说家，被问到诸如那么精彩的小说是怎么创作出来的问题时，会故作神秘地说，小说是本来就存在的，存在于某个神秘的空间；作为小说家进行的不是创作，只是如实地记录下来而已。而我眼前的小说，才是真正意义上的存在于某个神秘空间，我甚至连记录都不用，它就

已经送到我手中了。

如果小说不用自己写就有人送上门，然后还能名利双收，那么，留在这个错误的世界里，做一个职业小说家，倒也不算什么坏事。我低下头，回到这个备忘录；上面是这样开始的。

我推开房门，阳光洒落在床边的木地板上，小柔转过头来，可怜兮兮的小脸上绽放出比阳光还要灿烂的笑容："鬼叔叔，你来啦。"

我轻手轻脚地走到床边，小心翼翼地摸了摸她的头发，然后坐在床边的一把椅子上。

唐双也跟了过来，站在我旁边。自从我们来了慕尼黑以后，唐双几乎是寸步不离地照看着我，甚至我上个厕所都要守在门口，怕我会突然晕倒。她的紧张虽然程度大了点，但也不能说是完全多余；虽然我现在行动自如，跟正常人无异，但是眼前小柔的状况就是几年后我的写照。

更让人恐惧的是，这个进程，在目前看来，没有任何方式可以阻止，甚至连延缓都不行。现在能跑能跳的我，最多五年也要像面前这个瓷娃娃一样躺在床上。一天里，只有两小时清醒，其他时间都陷入昏睡；什么好吃的东西都不能吃，只能凭流质食物维持生命。而且，按照德国人法比安的说法，根据黑洞扩大的速度，小柔就连目前的情况也维持不了半年……我记得，他当时提起这个时，脸上皱纹都挤到一块儿，大大的蓝眼睛像是要哭出来了。

正因如此，唐双才会那么紧张，那么担心；我还要装出一副若无其事的样子，反过来安慰她。

有天晚上，夜里躺在床上，我从后面抱着她，感觉到有湿湿的东西流到了我手上。这样一个霸道女总裁竟然在夜里偷偷哭了。于是我跟她说:"双,你还记得我那个 QQ 粉丝群的名字吗?"

她迟疑道:"记得,是叫……"

我们一起把 QQ 群名字念了出来:"WuLi 鬼叔不会轻易狗带。"这句话的意思是,我们的鬼叔不会轻易去死。

我把唐双抱得更紧了,认真地承诺道:"放心吧,双,我是绝不会放弃的。只要有一分机会,我就会全力以赴,配合那个神叨叨的法比安,他说怎么做就怎么做。"

唐双胸腔用力地起伏了一下,紧紧抓住我的手:"鬼,你不能骗我。"

我嘿嘿一笑:"怎么会骗你,我这个人特别贪生怕死的。而且我答应你的事还没做到呢。"

唐双奇怪地问:"答应我什么?"

我的手一边不老实地游走,一边戏谑道:"答应把你肚子搞大,生七八个小鬼鬼、小双双啊。"

正常来讲,这时候霸道女总裁会给我一记后肘;这一次,她却转过身子,手轻轻摸着我的脸:"一言为定。"

我摸着她的手背,温柔但坚定地说:"一言为定。"

此时此刻,我坐在小柔的病榻前,却没有承诺唐双时那么坚定了。

小柔光是转过脸来对着我,都用了足足半分钟。然后,她露出了一个虚弱的微笑,用标准的普通话对我讲:"鬼叔叔,今天的天气好吗?"

小柔的爸爸早年留学德国,跟太太之间讲的是德文,并没有教小柔讲过中文。而这个十三岁的小女孩不光会普通话,还会一口流利的广东话,都是她脑子里的黑洞赐予的礼物。不过,她之所以会问我外面的天气,也是拜这个黑洞所赐。

我们所处的这个房间,在慕尼黑郊外叫作 Schdenkendorf 的小镇上,一座漂亮的别墅里。坐在别墅下面的花园,可以远眺阿尔卑斯山上的积雪。这座别墅是小柔母亲家族的产业,虽然历史悠久,但维护修缮得很好。刚才我们从小镇的旅馆步行到这座别墅,路上阳光灿烂,蓝天白云,踩碎满地金黄的树叶,路边都是充满历史感的欧洲房子,美得就像是童话世界。只不过,这么漂亮的景色,小柔却有一年时间没再见过。整整一年里,她都待在别墅采光最好、温暖舒适的房间里,跟外面的漂亮景色近在咫尺,却没办法亲眼看见。

早在三年前,小柔十岁的时候,随着脑子里黑洞的扩大,她失去了行动能力。但是在接下来的一年多里,她还可以坐在轮椅上到自家楼下花园晒太阳,或者在家人的陪同下去镇里的街道、商场、图书馆。小柔还跟我回忆过,她爸爸带着她到慕尼黑去看歌剧,当时多么开心。

一年半以前,小柔的病情开始恶化,身体的造血、凝血能力急剧变差,医生警告要减少外出,避免受到外伤,否则难以愈合。所以接下来,她出门的时间越来越少,最后就只能在房间里一张舒适的大床上静静躺着,像一个用来摆设的、精美的洋娃娃。

再过两个月,就是她的十三周岁生日了;除非有奇迹出现,不然的话,这将会是她在床上度过的第二个生日。

按照医生跟法比安的说法,这个生日,很可能是小柔的最后一个生日。

从小柔八岁的生日宴上,发现了弹钢琴的超能力开始,到现在,不过五年时间。而从我第一次发现自己能沟通其他平行空间的蔡必贵也已经过去了快一年。小柔是在整整一年后第一次晕倒,而我的这个进程比她快了两个月。也就是说,即使把我的病情进程按照小柔的来计算，那么从今天开始算，离我最终瘫痪在床的时间，也不会超过四年了。

"鬼，小柔问你话呢。"唐双轻轻地推了下我的肩膀，示意我赶紧回答人家。几乎是从第一眼见到小柔，唐双就爱上了这个女孩，散发出她隐藏了二十多年的母性光辉。不过，小柔虽然对唐双姐姐也很有好感，但她最喜欢的人却是我——鬼叔叔。明明知道唐双是我女朋友，但小柔却坚持叫唐双姐姐，叫我叔；现在的小孩子真是不能只当成小孩子来看待。

被唐双一推，我从刚才的沉思里回过神来，对小柔笑道："天气还不错，不过有点冷，还是你这房间里舒服。"

小柔一眼洞穿了我："谢谢你，鬼叔叔，你这么说是不想我难过。"她努力地朝脚尖的方向看去，透过那里墙上的窗户，可以看到一点点阳光照耀下的阿尔卑斯山。小柔对我笑了笑，"明年春天，鬼叔叔带我到山下去野餐好吗？我可以给叔叔跳芭蕾哦。"

一直站在旁边、默不作声的小柔父亲喻先生，这时候终于出了声："小柔，你不能为难蔡先生，你的身体……"

小柔噘起嘴巴对她父亲娇嗔道："知道啦知道啦，我现在不能下楼嘛，可是明年说不好呢，法比安爷爷他说……"一长串话讲到这里，小柔突然喘起来，说不下去了。

本来站在喻先生旁边的小柔母亲，一个漂亮的雅利安女人，赶紧上去照顾她。

唐双轻轻地在我头上敲了一下，大概是怪我没有控制好话题让小柔激动起来了。我朝着她吐了一下舌头，装出很萌的样子。

不过，不管是真萌的小柔，还是装萌的我，会在慕尼黑的这座别墅里会面，并不是为了同病相怜地谈话而已。刚才小柔说的，法比安有一个计划，可以尝试着挽救小柔的生命，间接

也挽救我的生命。只是这世界上的事情,风险总是跟收益成正比的。法比安的这个计划如果成功的话,可以让小柔康复,也可以让我康复。收益那么高的计划,自然风险不小。不,何止风险不小,按照法比安的说法,是非常疯狂。

备忘录被我翻了好多屏,才终于把这一段小说看完。我对字数不太敏感,不过照我猜,这里面起码有个两三千字。是谁把这段小说写到备忘录里的呢?如果都是用手机打字,那得打多久……好吧,现在不是考虑这个问题的时候。

我把手机扔到一旁,瘫坐在客厅的沙发上。接下来,该怎么做呢?

很清晰的一点是,我之所以会陷入现在这个世界里,跟小说里提到的法比安的"疯狂计划"脱不了干系。按照小说里描写的景物,鬼叔跟小柔的这次会面应该是发生在鬼叔第一次晕倒之后一个月左右。而这一边的时间线,我一觉醒来时,发现自己身处于一个错误的世界不过是几天前的事情。也就是说,在另一个世界里,已知的从晕倒到见小柔,这一个月时间的记忆我都不记得了。或者说,是没能把这一段记忆从那个世界里带过来。

我按着自己的太阳穴,喃喃自语道:"找到小柔,救她出来,法比安,疯狂的计划……"

逻辑正在渐渐变得清晰。我紧皱着眉头,认真思索着。按照我的推测,在备忘录的小说情节之后,接下来的情节应该是这样的。

鬼叔跟唐双在商量之后,答应了法比安的"疯狂计划"。这一点很好理解,鬼叔,就是另一个世界的我,之所以会这么做,不光是考虑到有机会让小柔恢复健康,还有对于自身利益的考量。如果说,鬼叔这次能把小柔救回来,那么四年之后,找到另一个新的患者就可以故伎重施,让新的患者救回鬼叔。可以猜测到,提出这个计划的法比安,把计划称为疯狂,那么计划失败的风险就不仅仅是救不回小柔,而是有着其他更为严重后果。比如说,加速小柔的死亡,让另一个患者——也就是我——面临极大的危险。

我眉头渐渐松开,右手握成拳,敲在左手掌上。没错,这就是我会在这个错误世界的理由……

咯吱,咯吱。沙发左边发出了奇怪的声响,我下意识地转头看去。

沙发的左边,太阳照不到的客厅角落里,有一匹无头木马,红漆斑驳。骑在上面的小男孩,穿着蓝白色的海军服,正在不紧不慢地摇着木马。小男孩七八岁的样子,刚上小学的年纪,身体有些单薄,皮肤白皙,但是我没办法具体描述他的长相是什么样子。因为他没有头。在他瘦弱的肩膀上,细小的脖子所连接着的是一个木马的头,红漆斑驳,眼眶里的眼珠早不知掉到哪去了。木马头缓缓朝我转了过来,我的心脏都停止了跳动。

然后,它慢慢咧开嘴,发出晦涩难听的成人嗓音:"鬼叔叔,你来啦。"

如同坐在火坑里一般,我从沙发上跳了起来,发出一声惨叫。这都是什么鬼啊?

理智告诉我,这个长着木马头的小男孩很大可能是这个错误的世界里存在的某一种幻象,是假的,我不应该感到畏惧。一个坚信自己、无所畏惧的我,应该做的是冲过去,打烂这个幻象,然后叉着腰,仰天大笑。可是,我不敢。有这么真实的幻象吗?我能想象得出,用手去摸那木马头,会感受到剥落的油漆,那种干燥的、松散的、刺刺的手感。如果我轻轻摸木马,或者说是小男孩、不知到底是什么鬼东西的"脸",它的油漆会像冬天干燥的皮肤一样轻轻脱落,或许这个鬼东西会继续咧嘴笑着,用难听得让人起鸡皮疙瘩的声音说:"谢谢你,鬼叔叔。"真实到了这种地步,如果还叫作幻象,那也太自欺欺人。

我一边发出没有含义的怪叫,一边跑向门口,正想要去拉把手的时候,门却自动开了。如果不是我身手敏捷地往后一跳,打开的门就正好撞我鼻梁上了。门口,站着这个世界里我的老婆——赵小希。她一手提着装满菜的塑料袋,一手握着门把,目瞪口呆地看着我:"老公,你在干吗?"

我在跟她解释之前,先往后看了一眼。幸好,我先看了这么一眼。因为就在两秒之前,还在客厅地板上咯吱作响的木马头怪物现在已经消失得无影无踪了。就好像它从来没有存在过。

我随机应变,挤出一个勉强的笑:"刚才听见你按密码的声音,所以来开门接你呀。"

小希皱了下眉头,看她的表情应该是不信我的说法。不过,她并没有揭穿,而是提着菜走了进来。

我在她身后把房门关上,一边深深吸了口气,缓解刚才被吓到的紧张。

小希走进了开放式的厨房,一边把什么东西倒进洗手盆里,一边对我说:"老公,我买了你爱吃的濑尿虾,特别新鲜今天。"

我嘿嘿笑道:"老婆真好。"实际上我并不爱吃濑尿虾,这东西太难剥了,而且容易扎到嘴。大概"喜欢吃濑尿虾"这个属性,也是这个世界强加于我的。

我抬头看了一眼时钟,下午五点,小希果然很准时。就在她料理食材的时候,我已经想好了,今天早上唐双的电话、我的超能力、中午跟张铁的会面、下午从黑洞掏出的手机、备忘录上的小说,还有刚才吓死人的木马头男孩——所有的一切,我决定守口如瓶,一字不提。

从小希的角度来看,今天发生的一系列事情,可以用另一种方式来解读。她的老公蔡必贵,也就是我,因为重新开始写小说,又陷入了妄想症里。早上一人独处在家,产生了围绕手机的两个幻觉。

接着在中午跟铁总吃饭时，因为他不愿意附和我的言论，所以发生了争执；到后来，我竟然把手机扔出了玻璃窗。然后呢，我从绿化带里找回了自己的手机，下午，我又把自己关在家里，在手机上写了两千多字的小说，因为太投入了，又产生了木马头男孩的幻觉。总而言之，就是一个精神病人的日常而已。

我深深吸了一口气，是的，我一个字都不能提。不能让这个逻辑从小希的口里说出来，不能让这个错误的、却无比真实的世界动摇我，打败我。绝不。所以，我现在采取的策略，应该是伪装成什么事都没有发生、病情有所好转的样子。这么想着，我慢慢走到厨房门边，笑着对小希说："老婆，有什么要帮忙的？"

接下来的周五，小希请了假，连着周末两天，一直陪着我。在这个错误的世界里，虽然她是我的老婆，但我其实不太清楚她"游戏主播"的职业到底是在干吗。这三天我们一起去看电影、逛商场，还有去健身房跑步，我趁着机会，旁敲侧击地了解了一遍。

我终于知道，小希的工作就是一边玩 LOL（英雄联盟），一边通过语音软件，解说这个游戏该怎么玩。其实按照她的颜值，去做那种唱歌跳舞的视频女主播估计月入十万不是问题；实际上，在跟我去雪山之前，她确实在当这种主播，为了这个我们还吵过几次架。但是，自从跟我在一起，尤其是结婚之后，小希为了顾及我的感受就改行当了 LOL 的游戏主播。跟之前相比，收入缩水了 70%。明明可以靠颜值吃饭，为了我，要去拼实力，想来也是挺委屈的。而且，像游戏主播这种工作其实在自己家里配一台好点的电脑就可以完成；但是，为了留给我一个安静的创作空间，小希都是到签约的公司里去上班。为了一个男人，做出了那么大的牺牲，在这个世界的设定里，小希对我一定也是真爱。

反观我自己，作为一个落魄小说家，首先是高估了自己的写作能力，草率辞职，把还房贷的重担推卸给了小希；这也就算了，写

个小说而已，还写出了精神病，真是一个超级差劲的男人。总之，在这个世界里的蔡必贵是配不上老婆赵小希的。不过，认真再想一想，另一个世界里的我是不是就配得上唐双呢？这是一个问题。

话说回来，在小希请假陪我的三天里，我们形影不离，我几乎没有一个人独处的空间。在这三天里，没有接收到任何另一个世界传递给我的信息；或者从小希的角度看来，在这三天里，她老公的病没有再发作过。回想起小希把我从香港领回来，之后的两天她一直陪着我，我也是正常得不得了。所以，我发不发病，或许跟有没有吃药、有没有写小说，都没有一毛钱的关系。关键在于，有没有人在旁边陪着我。也就是说，我像是一台灵敏度很低的收音机，要在没有任何遮挡的状况下才能接收到那么一点信息。不过这也好，给了我三天时间去消化之前得到的庞杂的信息，并做出决定。终于，在星期天晚上，当我们一起躺在床上的时候，我对小希提出了一个要求："老婆，我打算去趟德国。"

去一趟德国，是我深思熟虑后的决定。在备忘录的小说里面，写明了小柔居住的别墅位于德国巴伐利亚州，慕尼黑郊外，一个叫作Schdenkendorf的小镇上。别墅的具体位置虽然不清楚，但是根据小说的描述应该可以准确定位。按照最乐观的预测，等我按图索骥找到那座别墅，走进脑海里阳光充裕的房间，小柔正躺在床上迎接我。然后，我把她娇小的身躯抱在怀里，以现在还不知道的某种方式一起回到原来的世界。

当然了，正所谓"一颗红心，两手准备"，事态很可能没那么好。别墅里可能没有小柔，小镇里可能没有那栋别墅。不过，我偷偷查过资料，至少这个叫作Schdenkendorf的小镇真的存在。所以，到这个小镇上，就算找不到小柔，起码也能搜集到跟她相关的信息。

这样一来，问题就在于我要怎么去德国。作为人夫，如果是去德国旅游，肯定要带上老婆。更难为情的是，在这个世界里我的设定是一个穷酸文人，自然也就没什么存款——我查过自己的银行账号，确实如此——去一趟德国要花掉不少钱，打死我也没办法跟小希开这个口。如果下次还要穿越到另外的世界，我只有一个要求：把我设置成有钱人。

幸好，天无绝人之路。不知道听谁说过，每年10月份，在德国的法兰克福会举办一个全球性的书展。我作为一个小说家要求出版人张铁出钱送我去趟法兰克福书展，宣传一下自己的小说，也是合情合理的事情。这件事，我至少有七成把握。

经过跟张铁的几次接触，我察觉到了他对我怀有深深的愧疚之情。大概在他心里，我之所以会患上妄想症，他要负很大的责任。所以，我要去参加法兰克福书展的要求，没有意外的话，他是会答应的。只不过，在搞定张铁之前，我还要先说服小希。

经过跟张铁的几次接触，我还总结出了另外一点，这个身高一米八多，声音粗犷的出版公司老总竟然挺害怕他口中的嫂子，也就是我老婆小希。

我提出要去德国的要求后，心里非常忐忑。毕竟我现在的身份是一个需要休养的精神病人，小希作为我的老婆不准我出国也是非常合理的。果然，在听完我的话后，小希躺在床上默不作声，闭着眼睛像是在思考，又像是睡着了。我瞪大眼睛，在床头灯的亮光下，紧张地观察着她的表情。等了两分钟，刚想要再问一遍，她却开口了。

小希睁开眼睛，幽幽地说了一声："你还是要去吗？"

我皱起眉头，这下子，换成我默不作声了。小希的这句话，很值得琢磨。她不是问我为什么要去德国，而是问我是不是还要去德国。也就是说，我要去德国这件事，她之前就知道了。

我在心里把过去三天跟她的对话快速过滤了一遍，确定没有透露过要去德国的意思。这样的话，小希之所以知道我要去德国，只能是在我在这个世界醒来之前，曾经跟她说过。这代表了什么呢？

还没等我想清楚,小希又闭上眼睛,说了一句:"你想去就去吧,反正签证都办好了。"然后,她就转过身去背对着我,"老公,睡了。"

我满腹疑问,却又不敢多问,只能闭上眼睛,装出也在睡觉的样子。

小希说签证都已经办好了,那么之前我就不光是跟她商量过这件事,而是已经在进行了。按照我们现在的经济情况,应该不会突然跑到德国去旅游;那么,有很大的可能性是我本来就打算去法兰克福参加书展。对于法兰克福有书展这件事,我这两天只记得是有人跟我提过,却完全想不起到底谁提过。而现在躺在床上,闭着眼睛,脑子里却慢慢浮现出一个场景。

我坐在张铁的办公室里,桌子上摆着几本书,封面写着《雪山禁忌》两个大字。张铁用手拍着书的封面得意地说:"两万,又加印了两万啊,老蔡,《时间囚徒》你好好写,下半年我带你去趟德国,法兰克福书展,咱逛逛去。"

我自己的声音,像画外音一样响起:"铁总,报销吗?"

张铁嘿嘿笑着,大手一挥:"全报!"

我深深吸了一口气,这一段回忆的画面渐渐淡去了。不管了,先睡吧,明天问问张铁就知道了。

第 八 章
前往德国

第二天一早,我先开着CRV,把小希送到南山科技园的公司,然后就开车去龙岗中心区张铁的图书出版公司。出发之前,我特意搜了下手机里的导航地图,并没有发现从南山到龙岗开通了什么新路。早高峰已经过去,路上没有太多车,我基本上是以最高限速行驶到张铁公司楼下,花了足足五十五分钟。从地下车库进电梯的时候,我还在想这个问题。不知道之前那个叫Allen的小伙子,还有滴滴专车的司机都是怎么开车的,竟然能在三十分钟之内到达。路都是一样的路,车也都是差不多的车。如果说有什么区别的话,那就是坐车的时候我都睡了会儿,或者想事情分了神;而自己开车过来的时候,是全神贯注在开。我还没想通这个问题,电梯门已经打开,雁南堂公司到了。

进了公司,我径直走到张铁的办公室,他已经在里面等着我了。
"老蔡,坐。"
我一边坐下,一边迫不及待地问:"铁总,法兰克福……"
他还没等我把话说完,拉开抽屉,扔出两本护照:"走着。"
我拿起护照翻了翻,果然,一本是我的,另一本是张铁的;两个人的护照上都已经盖上了德国领事馆的签证。

我迟疑道:"铁总,你也一起去?"

张铁怔了一下,然后哈哈笑道:"我?当然去啊!老蔡,你还想一个人去不成?"他手撑在办公桌上,对我挤眉弄眼,"是不是勾搭了德国的女粉丝,想自己去约,怕我发现?老蔡你可以啊老蔡……"

虽然我想见的不是什么粉丝,但确实是个女的,被张铁这么一说,多少有点心虚。我讪笑道:"别瞎说了,什么德国女粉丝啊,要是被你嫂子听到,那就……"

张铁右手比画了个杀头的动作,吐舌道:"那你就完蛋了。对了,话说回来,你要去德国,嫂子她同意了吗?"

我点了点头:"嗯,她让我去散散心。"

张铁啧道:"嫂子对你真是不错,真是让人羡慕啊。好,既然这样,那我等下让小米订机票了,我们明天出发。"

我瞪大眼睛:"明天就走?"

张铁学我瞪大眼睛:"要不然呢?今天星期一,明天星期二,飞过去得要十二个小时,书展星期三就开始,打前站的上周都已经过去了。你是想等书展结束了再去?"

我挠挠头:"我不是这个意思,只是没想到会那么,呃,那么快。"其实我的潜台词,是没想到这次的德国之旅竟然会那么顺利。事情进展得太顺利,有时候,反而会让人有不祥的预感。

张铁挥了挥手:"老蔡,别的你不用管了啊,咱明天出发,待五天回来,这个行程你看行吗?"

我在心里盘算了一下,点点头道:"没问题,你安排。"

张铁也点点头,然后拿起电话,开始交代助理小米,让她订明天早上十点,从深圳飞往法兰克福的机票。挂了电话,他对我笑嘻嘻地说:"老蔡啊,咱现在的书卖得一般,所以只能坐经济舱咯。"

我对什么舱位完全无感,随口问了句:"对了,刚才你说,从深圳飞过去法兰克福要多久?"

张铁耸了耸肩膀:"我知道的不精确啊,大概十二个小时吧。"

我皱眉道:"十二个小时,从深圳飞法兰克福?不止吧?起码得要十六个小时以上。"

在我的记忆中,并没有去过德国,但去过法国巴黎。我记得很清楚,当时飞了快二十个小时,脊椎骨都快要坐断了。德国就算比法国近,也不可能近八个小时,所以张铁一定是记错了。

张铁却笑了一下说:"就是十二个小时啊,咱直飞,你说的十六个小时是要中转的吧?"

我摇了摇头:"不可能,你一定是记错了,要不你查……"

我话还没说完,张铁已经拿起手机在查询了,没过几秒,他把手机递给了我:"老蔡,你自己看。"

我接过手机,看着屏幕上的订票 App 不禁有点怀疑自己的眼睛。上面清清楚楚地写着,从深圳机场直飞法兰克福,确实只需要十二个小时。这是怎么一回事,难道真的是我记错了吗?

张铁拿回手机,又挥了挥手:"老蔡,你就别瞎操心了,回家收拾行李去吧。"

明天早上就要出发,我确实应该回去收行李了,另外还要做功课,看从法兰克福去慕尼黑,应该怎么走才方便。

临出办公室时,我突然想起一个问题:"铁总,你从龙岗开车到南山,要多久?"

张铁看着我,眼神颇值得玩味:"半个小时啊,怎么了老蔡,你没事吧?"

我心里咯噔了一下,一边打开门往外走,一边笑着说:"没事,就问问。"

我跟张铁两个人,坐在飞往法兰克福的飞机上。我看了眼手上的绿水鬼,下午四点,早上飞机是准时起飞的,到现在已经飞了六个小时。从深圳飞往法兰克福的行程，我们已经飞了一半。即使是大飞机的经济舱，也说不上宽敞。长时间的飞行，就连我都有点憋屈，更别提手长脚长的张铁了。张铁艰难地舒展了下手脚，苦笑着对我说："每次坐经济舱，我就怪我妈把我生那么高。"我对他这种得了便宜还卖乖的说法，报以一个温柔的呵呵，然后解开安全带，到最后面去上厕所。

这架飞机上的经济舱，如同所有的经济舱一样，吵吵闹闹的。有个三四岁的小男孩闹脾气，妈妈在哄，爸爸在吓，可是什么用都没有，小男孩还是在哇哇大哭。

刚进卫生间，飞机就开始颠簸，客舱广播提醒卫生间暂停使用，已经在卫生间的乘客要抓好扶手。我以超强的减震功能，平稳地撒完一泡尿，颠簸刚好就结束了。

洗完手一抬头，却看见镜子上面，有一行红色的字。我心里一惊，不由得向后退了一步。

那一行红字写的是——千万别睡着！

我深深吸了一口气，上前用手指去摸那些字迹，发现它们是用口红写的。进卫生间的时候并没有留意看镜子，但是在我之前上厕所的，是一个五十多岁的白人老大爷，他不可能会用口红在镜子上写下几个汉字。而且，我皱着眉头，这个笔迹，像是唐双的。难道说，就在这短短的几分钟时间独处里，我又收到了另一个世界传来的信息？如果是这样的话，唐双为什么让我千万别睡着呢？我想了一下，用手轻轻抚过这几个字，然后撕下一张纸巾，把镜子擦得干干净净。

走出卫生间的一瞬，我惊呆了。我用力地眨了眨眼，再张大嘴巴，去掉嗡嗡作响的耳压。我没有看错，也没有听错，就在上厕所的这一会儿，本来吵吵闹闹的经济舱现在鸦雀无声。机舱里的乘客，包括刚才看电影的、读报的、玩iPad的，甚至大吵大闹的小男孩——所有人，都睡着了。我满腹狐疑地往回走，一路上，乘客们睡得千姿百态，但是无一例外，都睡得很熟，就算现在有恐怖分子劫机，他们都不一定会醒。这是怎么回事，难道我上厕所的时候，客舱里释放了催眠气体？

我一边挠头，一边跨过靠着过道的张铁，坐回到我靠窗的位置。跟其他人一样，张铁也在短短的几分钟里睡着了；睡着也就算了，脸上还挂着白痴一样的笑，还偶尔咂巴着嘴，像是在梦里吃了什么好东西。

漫长的飞行，所有人都睡着了，空气中弥漫着让人犯困的气息——如果不是卫生间镜子上的提醒，我也会马上睡过去吧？我有预感，马上就会有什么事情发生。这么想着，我不禁在机舱内四处张望，但是，没发现有任何异常。如果不是机舱内，那会不会是……我打开舷窗上的遮阳板，刺眼的光线照得我眼睛都睁不开。现在都快傍晚了，机舱外却是亮瞎眼的蓝天白云，估计是因为飞机一直在往西飞。

"老蔡，干吗呢？"

我转过脸去，原来张铁被刺眼的阳光弄醒，嘟嘟囔囔地抱怨着。

既然他都醒了，我干脆道："你别睡了，帮我一起看看。"

张铁伸了个懒腰，不满地说："看什么啊，飞机上有什么好……"

我刚盘算着要怎么跟他解释，他本来迷迷糊糊的睡眼却瞬间瞪得老大。

我皱眉问："怎么了？"

张铁眼睛直勾勾地看着舷窗外："你快看，那是什么玩意儿！"

听他这么一说，我赶紧回头，瞬间也惊呆了，也发出了惊呼。

在舷窗外面，白云之上，蓝得发紫的天空里有一个巨大的黑洞，形状跟比萨店玻璃窗、我家显示器屏幕上看到的黑洞是一模一样的——是一个扁平的二维形状，边缘呈细密的锯齿状，不断缓慢旋转，牵引得周围的天幕都扭曲了。跟之前两个黑洞的不同点，毫无疑问在于这个黑洞的尺寸。它足足占据了一大半的舷窗，并且离得又那么远，实际大小足以吞噬整架飞机。就在我这么想的时候，黑洞突然移动了，越过舷窗，移出了我们的视线。两秒钟之后，我才意识到——不是黑洞在挪，而是我们乘坐的飞机，侧身转了个方向，朝着黑洞飞去。

我转过脸去，看着张铁，震惊得话都说不利索了："你看、看到那东、东西了吗？"

张铁脸上的表情，像是便秘了一样："我看到了，你、你看见了吗？"

我跟他一样白痴地重复道："我也看见了。"

沉默了两秒，我们异口同声地说："那是什么啊？"

毕竟我之前就见过相同的黑洞，虽然尺寸差得有点远，但总归是知道黑洞的存在的。所以，我比张铁要更快镇定下来，深吸了一口气说："刚才那个，是一个黑洞。"

张铁吞了一口口水，说道："谁看不出是个黑洞啊老蔡，这黑，这洞！我是问怎么天上有这么一个黑洞，而且，而且……"

我帮他接下去说："而且，我们现在正往黑洞里飞。"

张铁心里的想法，从我的口里说出来，这大概让他感到了一定程度的安慰。他深呼吸了几下，强自镇定道："老蔡，别愣着了，我们得赶紧警告大家，警告机长，千万别往那黑洞里飞。"说完，他解开安全带，站起身来就要大喊。

我连忙一把拉住他："别嚷……"

张铁一下没站稳，重重坐回了椅子上，但声音却从喉咙里喊了出来。他倒记得我们是在国际航班上，嚷的是两个英文单词："Wake up（醒醒）！"

我懊恼地一拍脑袋，这下好了，所有人被吵醒，黑洞估计要消……不对，机舱里静悄悄的，一点反应都没有。

我跟张铁同时站了起来，四处张望。刚才他如同张飞在长坂桥的一声怒吼，竟然一个人都没吵醒。机舱里，所有人都在熟睡，如同死去一般。

张铁不信邪，离开座位，去摇晃过道旁坐着的一个二十多岁的亚洲妹子："Wake up, wake up。"

可是，妹子一点反应都没有。他万分疑惑地挠了挠头："闹啥呢？"

我深吸了一口气，缓缓道："这里面有古怪。"

张铁不屑地看了我一眼："这还用你说，天破了那么大一个洞，所有人睡得跟死了一样，瞎子也看得出有古怪。"

我没有理会他："你听我说，刚才我去上厕所的时候，全部人都醒着……"我想了一下，跳过了镜子上的口红留言，接着说，"可是就一泡尿的工夫，一出来，所有人就睡着了，然后我们就发现了这个黑洞。你懂我的意思吗？"

张铁皱着眉头："你是说，所有人都故意睡着，专门等这个黑洞？"

我欣喜地点了点头："就是这样。而且你想，那么大的黑洞，如果我们现在正朝着它飞过去，机长他们会看不见？"

张铁倒吸了一口冷气："不可能看不见。"也烦躁地挠了挠头，"可这是什么情况啊？机长明明看见了黑洞，还要带着我们一起往里面飞？是他不想活了，拉全飞机的人陪葬？"

我摸着下巴，想了一会儿说："不，不是这样的。"

张铁不耐烦地道："不是这样那是咋样，老蔡你倒是快点讲啊，这又不是写小说，卖什么关子！"

我伸出右手，挡住他飞溅的唾沫星子："你别吵，等我理一下。"

张铁还想说什么，气鼓鼓地憋了回去，扭头看向一边。

我用手揉揉鼻根，脑子飞速运转。几件原本不相干的事情此刻似乎联系到了一起。之前我有个疑问，从南山开车到龙岗，我自己开要接近一个小时,而无论是 Allen 还是专车司机,都只要半个多小时。在我的印象中,从深圳飞往法兰克福,也起码需要十六个小时,而不是张铁说的十二个小时。昨天他跟我说了以后,我回家还各种搜索,种种证据表明,他的说法才是对的。不,应该说是,他的说法是符合这个世界的设定的。然而,这个世界是错误的。在这个世界里,经过一段固定的路程,所需要的时间似乎是受到一个变量的影响。这个变量就是:我有没有睡觉。

自己开车的时候没有睡觉,坐别人车的时候睡觉了,花的时间就差了一半;而如果刚才没有唐双给的提醒——千万别睡着——我回到座位上也跟别的乘客一样睡觉的话,就不会发现舷窗外那个惊心动魄的黑洞。这样一来,等飞机降落之后,也会自然地接受"从深圳飞往法兰克福要十二个小时"的概念。

黑洞……

我摸了摸上衣兜里的手机,它曾经被我扔进黑洞里,又被我从黑洞里掏出来。如果汽车跟飞机,也跟手机一样钻进黑洞,又从黑洞的另一边出来——中间缩短了一些路程,这样就可以解释为什么通过一段路程的时间会有差异。

慢着。如果这样说的话,无论是 Allen 还是专车司机,在接送我的时候,都曾经钻进过黑洞,然后从黑洞的另一边出来。在正常的逻辑里,开车是不可能睡觉的,所以,他们一定是清醒地看到了黑洞,并且知道有黑洞这回事。但是,他们却没有告诉过我。我深深吸了一口气,如果我现在身处的是一个错误的、疯狂的世界,那么 Allen 跟专车司机是跟这个世界紧密结合、不可分割的一部分。

"老蔡,你理得怎么样了?"张铁焦急的一张脸凑到了我眼前。这个长得像民国文人的哥们,张铁,我的出版人——跟他们不一样。是的,张铁跟他们不一样。首先,他也看到了这个黑洞,并且,没有对我装作没看见。其次,他对黑洞感到非常惊讶,在他的认知里,黑洞也是超自然的、不应该存在的事物。在这个态度上，他跟我站在同一边。至于他为什么会说龙岗到南山只要半个小时，或许是因为他每次过来都没有自己开车。

张铁……突然之间，我想到了一个荒谬至极的可能性。不过，张铁并没有给我时间接着往下想。他像是被人用刀架在脖子上似的，着急地喊："老蔡，你赶紧说呀。"

我张开嘴巴，本想要把刚才想的事情，原原本本跟他说一遍；转念一想，信息量太过庞大，要是一下子说出来，张铁再把我当疯子都是小事，说不好，他就把自己给绕疯了。这么想着，我决定先从简单的说起，至于背后这些复杂的、疯狂的想法，这几天在德国，我再找机会慢慢解释给他听。于是，我深深吸了一口气，对张铁严肃地说："铁总，你还记得在比萨店里我把手机扔进了黑洞里吗？"

张铁先是愣了一下，然后不敢相信地说："老蔡你是说，那天也有个黑洞，就跟咱刚才见到的一样？"

我点了点头："没错，形状是完全相同的，不过尺寸差了很多倍。"

张铁皱着眉头："黑洞，两个黑洞，老蔡你想说的是……"

我拍了拍上衣兜里的手机。

他果然是个聪明人，马上反应了过来："那天你扔进黑洞里的手机，后来又找回来了？是从哪里找回来的？"

我长话短说："在我自己家里，另一个黑洞的出口。"

张铁闭上眼睛想了一下，再睁开眼睛时说："我明白了，老蔡，我明白了，你的意思是，咱这飞机就算飞进洞里，也能从另一边飞出来？"

我欣喜地点了点头，心中的想法渐渐得到了验证——在这个错误的世界里，处于这些不正常的人群中，但我并非孤军奋战——张铁，就是我的战友。

张铁摸着自己的下巴："从一边进去，从另一边出来，路程就缩短了……我知道了老蔡，难怪你昨天问我，深圳飞法兰克福到底是多久。"

我拍了拍他的肩膀："铁总，你仔细想想，你的记忆里，深圳飞法兰克福到底要多久？"

张铁皱着眉头，几次张开嘴巴又闭上，最后终于迟疑地说："十，呃，好像是，十六个小时？"

我兴奋地一拍大腿："没错，就是十六……"

嗡。突然之间，舷窗外刺眼的光线，全部消失不见。不光如此，就连客舱里的灯光也全部灭掉了。一片漆黑，伸手不见五指。黑暗中，唯一的声响是张铁的骂声。

在短暂的恐慌过后，我意识到客机已经飞进了黑洞里。意识到这一点后，我陷入了更深的恐惧中。飞机载着我跟张铁，以及所有人在黑洞里。幸好，这个过程持续了不到五秒——至少给我的感觉，是不到五秒。舷窗外再次射入刺眼的光线，我不由得紧紧闭上了眼睛。等能适应光线时，我朝外面看去，又是一片蓝得发紫的天空，就像刚才那个吞噬了我们的巨型黑洞从来没有存在过。与此同时，机舱里也传来各种声响：拉开舷窗的声音，翻报纸的响动，小孩子的哭闹。从黑洞出来之后，昏睡的乘客们都苏醒了，一切恢复了正常。

我看了一眼手表，现在是四点半，再过五个半小时，我们就将降落在法兰克福机场。对于所有乘客来说——假设他们跟我一样都是真正的人类，都有属于自己的意识——他们在飞机上经历的是十二个小时，这是一段正常的飞行旅途。什么黑洞这种东西，根本没出现在视线里，所以也根本不存在，不曾发生。而另一种可能性，更让人不寒而栗。也有可能，在这架飞机上，从乘客到空姐，到机长，在他们的世界里，黑洞是司空见惯的东西，所以见怪不怪；或者说，由于这个世界的某种规则，某种限制，在遇见黑洞的时候，这些人会全部失去意识。更极端的想法是，他们并不存在意识。如果是这样，那么——我紧张地环顾了一下四周——机舱里的所有人，老的小的，男的女的，包括又在哭闹的小男孩，他们全都不是人类。起码不是我所理解的跟我一样的人类。除了张铁。

我皱着眉头，跟他对视了一眼，两人的眼神里都是同样的复杂。

经过整整十二小时后，飞机降落在法兰克福国际机场的跑道上。经过长时间的飞行，疲倦的乘客们纷纷起身穿衣，拿行李，准备下飞机。我跟张铁也站起身来，加入到他们中间。如果不是飞行途中颠覆性的一幕，置身于人群中，我不会有现在这种微妙的感觉。是的，这些人长得跟我一样，行动跟我一样，脸上的表情也跟我一样，可是，我所能观察到的都只是表象。在人类的外表下，他们真的就跟我一样，是具有自由意志、七情六欲的人类吗？不过，往深想一点，更可怕的问题是，就算你跟另外的某一个人每天都在一起，亲密无间，你就能确定他或者她，是跟你一样的人类吗？实际上，你永远无法证明，你身边最亲密的人，或者地球某个角落里根本不认识的某人是跟你一样的"人"。

没错，当然有各种证据，解剖学上的，心理学上的，可以明白无误地告诉你，身为人类中的一员，你跟其他的个体没有太大的差别。但所有这些都只是外部的证据而已，并不是你自己从内部认识到的。说到底，究其一生，你的认识只能局限在，别的人"应该"跟你是一样的人；因为你永远不可能是别人，所以你也永远无法验证这一点。

经济舱狭窄的过道里，两条队伍都开始移动。我自嘲地一笑，现在并不是思考这种哲学命题的时候。

第九章
找小柔

几分钟后,我跟张铁踏上了德意志联邦共和国的土地。

张铁打电话给先到的同事,叫高怡洁,确实也比别人"高一截"的妹子。听张铁的意思,小高正跟德国司机在车上,要我们走出到达厅门,车子马上过来接。

我一边推着行李车往外走,一边思考一个问题——要在什么时候,以什么理由,甩掉张铁,从法兰克福跑到慕尼黑。这件事情难度最大的地方在于,我还得让张铁帮忙保密,不能让小希知道。正在想得入神的时候,突然间,肩膀被人拍了一下。

我吓得差点跳起来,一看是张铁。看样子,他已经从刚才穿越黑洞的震撼中回过神来,冲我嘿嘿一笑:"说吧老蔡,你这趟来德国是干吗的?"

我突然被他这么一问,心虚道:"当然是书、书展啊,还能干吗?"

张铁撇嘴摇头:"老蔡啊,咱一起从那玩意儿穿了过来……"他双手在空中比出一个圆圈,意思是飞机穿过的黑洞,"就别跟我玩虚的了。"

这时候我们出了机场大厅,风一吹还挺冷,我不由得紧了下衣领。

张铁催促道:"咋样,告诉我呗,我帮你保密,一定不告诉嫂子。"

他斜眼看着我，语气里带着威胁，"要不然……嫂子可让我好好照顾你啊。"

说到"照顾"这个词的时候，他加重了语气。我们都知道，这两个字的正确读法，是"监视"才对。我皱着眉头，颇有些犹豫。到底该不该把我的计划告诉他呢？其实他刚才说得没错，如果不是一起见识过黑洞，我绝对不会告诉他此行的真实目的。就算他不跟我老婆打小报告，也会把我当成精神病发作，劝我按时吃药。但是现在，我深吸一口气，决定把计划和盘托出。

我停下脚步，反正旁边都是外国人，索性站在风里，大声对张铁说："我来德国找小柔！"虽然这是我心底认真的规划，但是正经说出来，还是有一种无可救药的荒谬感。

找小柔。在这个世界里，喻小柔只是我正在写的一部小说里的角色，一个十三岁的中德混血萝莉，脑子里长了个黑洞，因此精通各种技艺。

张铁神情古怪地看着我，小柔那白得像陶瓷般的脸又在我脑海里浮现。这个我想象出来的角色，尽管我说她是真的，但依然像雾气一样虚幻；而我脚下的土地，即使我认为是虚假的，却如此真实。

一分钟过去了，张铁依然保持着便秘的脸色，没有说话。于是我自嘲道："好了好了，我知道你怎么想的，你就当我没说，不过千万别告诉我老……"

张铁从兜里摸出一包烟，答非所问地说："老蔡，你说在这里抽烟罚钱不？"

我耸了耸肩膀，表示不知道。

他豁出去似的，点燃了一支烟，狠狠抽了一口。烟雾缭绕里，他眯着眼对我说："老蔡，你分析得没错，什么找小柔啊，就是精神病发作。要不是看见了黑洞，我肯定得这么想。不过现在……"他又抽了一口烟，"现在，可不好说了。说不好你真的没疯，是这个世

界,这个世界疯了。"

我心里升腾起一股被认同的喜悦:"你也这么觉得?"

张铁点了点头,又迅速摇了摇头:"不过老蔡,有件事我得跟你说,你知道小柔,喻小柔,为什么在德国吗?"

我皱着眉头说:"这还有为什么吗,她就出生在德国啊,哦,因为她爸早年留学德……"

张铁把烟头扔在地上,用鞋尖踩碎,低着头说:"剧情我听你讲过,不过老蔡,小柔为什么在德国,是因为我们要来德国。"

我被他的逻辑搞混了,一时转不过弯来:"啊?"

张铁抬起头,对我解释道:"我知道你忘了,但是当时你跟我讨论小柔这个角色时,你说她应该在国外,是个混血儿,这样更有特点也更招人疼。你有点发愁,要写成哪个国外好呢,你国外去得并不多,怕没体验过的地方,乱写穿帮了。老蔡,说起来你还是挺认真的。"

我皱着眉头,哦了一句。

张铁眼珠子朝上翻,像是在回忆当时的场景:"然后我说,刚好啊,咱要去法兰克福书展,你能顺便体验下风土人情。这样,就把她写成个中德混血儿吧,还得是爸爸中国人,妈妈德国人,这样读者看了心里才不会不舒服……"

我深深吸了一口气,终于明白张铁是什么意思了。这是一个因果顺序的问题。

在我的逻辑里,把喻小柔当成是真实存在的,她生在德国,长在德国;所以,我才趁着法兰克福书展的机会来德国找她。而在张铁看来,是因为我们本来就要来法兰克福书展,所以才把小柔这个角色的出生地设置在德国。这两个逻辑互相矛盾,非此即彼,只能有一个是对的。这两个逻辑的差别也就是对这个世界认知的本质区别。

我想了一会儿，刚要说什么，张铁却拍拍我的肩膀："车来了。"

我朝后面看，一辆深蓝的 GL8 缓缓驶来，小高从车窗里深出半个身子，正在朝我们兴奋地挥手。我挠了挠头，把想说的话都憋了回去，然后跟张铁一起把行李搬上车，出发去酒店。

路上，小高一直兴奋地给我们大力推销，说哪一家酒馆的黑啤最好喝，猪手最好吃，张铁颇有兴趣地回应，表示晚上一起云试试。德国司机闷头开车，我只是一直看着窗外，注意让自己不睡着，在这异国他乡的土地上，会不会也有黑洞存在？

酒店在法兰克福展览中心附近，条件介于国内的三星到四星之间，就这样的地方，因为书展人多，还贵得要死。幸好，作为民营企业老板，张铁算是比较大方的，给每个人订的都是单人房。

办理完入住，我就一头躲进了房间里，按照之前在国内做的攻略，上了德国订火车票的网站，订一张第二天从法兰克福前往慕尼黑的票。刚填好资料，准备点击确认的时候，房门却传来了敲门声。

"所以，你是怎么想的？"车窗外的景色飞驰，我这样问张铁。

张铁吸了一口气，想要去掏烟，手伸到半路又缩了回去。

现在是上午十一点，我们正在从法兰克福开往慕尼黑的火车上。

昨天晚上我在订票时，他敲门进来，一眼看穿我的鬼祟举动，直截了当地让我给他也订一张票。今天早上，我们两人到展览中心转了一圈，张铁给小高把几件事都交代好，午饭都没吃，我们就直奔火车站。

张铁挠了挠头，想了一会儿，认真地说："老蔡，我啊主要是想看看你到底疯了没。"

我哦了一声："此话怎讲？"

他叹了一口气，看向车窗外："我们要去的那个小镇，叫斯、斯什么来着？"

我又念了一遍小镇的名字:"Schdenkendorf。"

张铁点了点头:"对对,就这个斯什么多夫,我们到了那里,如果找不到小柔,说明她确实就是一个小说里的虚构角色,这个世界没疯,疯的是你。这样一来你也就死心了,回去就给我好好写小说,好好照顾嫂子,好好过日子。"

我皱眉道:"如果恰恰相反,我们找到了小柔呢?"

张铁回过头来,看着我认真地说:"当初你构思小柔这个角色时,我也在场,给了你一些建议。大言不惭地说,我也是小柔的创造者之一。老蔡,我不是要抢你功劳啊,我的意思是说,如果我们去了斯什么的小镇,真的找到了小柔,说明她是先于我们的虚构而存在的,这就会动摇我对这个世界的认识……"他深深吸了一口气,"换言之,说明你没有疯,是这个世界疯了。"

我略带挑衅地问:"难道说飞机上的黑洞、比萨店里的黑洞,还不够证明这一点?"

张铁小心翼翼地看着我:"老蔡,我心里的想法说出来,你可别生气啊。"

我点头承诺:"不生气。"

他一边说,一边观察我脸上的表情:"我后来在想啊,飞机上看见那玩意儿,会不会是你搞的小把戏……"

我又好气又好笑:"我吃太饱啊,变戏法逗你玩呢?就算我真想变,我也没这技能啊……"

张铁耸了耸肩膀:"谁知道你呢?"

我摇了摇头,没有再说什么。就如同下飞机时想的那样,实际上没有任何方法可以让你辨别身边的人,是不是跟你拥有一样意识的"人";从张铁的角度,他也没办法搞清楚我——一个得了精神病的小说家会不会出于什么目的、用了什么手段,在飞机舷窗上"变"出一个黑洞给他看。所以,他会想要通过喻小柔这个女孩的存在来验证到底是我疯了，还是世界疯了。他参与创造、决定了诞生地点的喻小柔，如果真的存在于这个世界上，那么，这件事的因果顺序就颠倒了，他的世界观也会受到颠覆。

　　这会儿，张铁又在看着窗外的景色，他脸上的表情忧伤而迷惑，我敢打赌，他心里一定在祈祷，千万别真的有喻小柔这个人。作为人类，总是希望世界上的一切，都在自己的认知范围内，这样才会有安全感；没有人愿意看到，自己所生存的、信赖的这个世界有朝一日竟然可能整个都是假的——我深深吸了一口气——除了我。

　　出了慕尼黑的火车站，从手机上的地图看，我们离那个叫斯邓肯多夫的小镇还有三十多公里距离。斯邓肯多夫是个很少有中国人去的小镇，所以网上也查不到攻略。我不会德语，张铁当然更不会，小高倒是会德语，可是她留在法兰克福的书展上了。所以，想要问路也是白搭。

　　我跟张铁商量了下该怎么去，租车自驾的话不认识路，公交车不知道该怎么转乘，满街跑的奔驰出租车又太贵，最后我们达成了共识——用万能的Uber（优步）。定位的目的地地址，我选了地处小镇中心的一间教堂。Uber叫来的也是辆奔驰，C系的旅行车，30公里路要上百欧元，心疼得张铁脸上直抽抽。开车的是个二十来岁的小哥，金发碧眼，瘦得像吸毒的。一上车就用蹩脚的英语问我，为什么要去斯邓肯多夫那个鬼地方。

　　鬼地方？我转过头去，跟后座的张铁对视了一眼；他皱着眉头，用下巴指了指小哥。

　　我用英语问司机小哥，为什么斯邓肯多夫是个鬼地方？

　　小哥却邪魅地一笑，说，到了就知道了。果然，车子到了小镇边缘，我们就明白了司机小哥说的"鬼地方"，是个什么意思了。这个地方，确实是字面意义上的"鬼地方"——斯邓肯多夫，是一个废弃、无人居住的小镇。难怪之前在网上，查不到任何旅游攻略，

中文的没有,英语的也没有。因为这个鬼地方,根本没有游客会来。在开往教堂的路上,我打量着路边的房子,门窗要不就用木板封了起来,要不就破烂不堪,看上去,起码有十年没住过人了。街边的树叶倒是跟小说里描述的一样,金黄色的很漂亮,掉落了一地,映衬着镇子里年久失修的房屋,有一种诡异的不和谐感。

我挠了挠头,问专心开车的司机小哥,这个小镇是怎么回事?

他却似乎不太愿意细说,只是含糊地说出了点意外,然后又用德语说了一个单词,我听不懂。后座上的张铁,更是一脸茫然。

到了我之前指定的地点,一间同样破破烂烂的教堂,司机小哥把我们放了下来,便逃命似的掉转车头驶出了镇子。我跟张铁站在教堂门口,面面相觑,现在的问题不是怎么找到小说里的那栋房子,而是等一下我们要怎么离开这个鬼地方。

下午三点,我们漫无目的地走在异国他乡,一个无人居住的废弃小镇上。阿尔卑斯山顶覆盖着皑皑白雪,在我们可以眺望的地方,默默注视着两个行色匆匆的路人。

张铁有点抱怨道:"老蔡,房子到底在哪儿?"

我不耐烦道:"这个问题你问了八百遍了,我也回答了八百遍,不知道!"

张铁嘟囔道:"小说不是你写的嘛,欸,老蔡你说,这里晚点会不会有狼……"

我深深吸了一口气,抑制内心的烦躁。严格意义上来说,小说并不是我写的,而是我从黑洞里掏出来的手机里备忘录上写好的。当然了,这一段我并没有说给张铁听,免得他加深"老蔡精神病发作了"的猜测。

刚才在来的火车上,张铁一边啃面包当午饭,一边看了备忘录上的那段小说。等他看完,我问他感觉怎么样,他却三句话不离本行地说:"这几段写得不错。"总之,关于这个叫斯邓肯多夫的小镇,我知道的,他都知道了,我们知道的都一样少。谁知道小柔住的那个房子在哪儿?

不对。在一个街道转角处,我突然站定了脚步。这个地方,我来过。我皱着眉头,环顾四周。没错,左边这棵树的位置正对面的房子,比它旁边的都要高一层。我闭上眼睛——小柔住的那栋别墅,在这个路口左转,再往下走……是的。我睁开眼睛,跑了起来。

张铁在背后喊:"老蔡,你疯啦?"

我头也不回地说:"跟我来!"

身后传来他骂骂咧咧的声音,伴随着跟上来的脚步声。

就这样,我们在空无一人的小镇上,拔足狂奔,像是朝着一个迫不及待的目标。两分钟后,我停了下来,停在一栋别墅面前。

> ……在慕尼黑郊外叫作 Schdenkendorf 的小镇上,一座漂亮的别墅里。坐在别墅下面的花园,可以远眺阿尔卑斯山上的积雪。这座别墅是小柔母亲家族的产业,虽然历史悠久,但维护修缮得很好。

除了"维护修缮得很好"之外,眼前的这栋别墅完全符合小说里的描述。没错,就是这里。

这时候,张铁也追了上来,弯腰双手按住膝盖,气喘吁吁的,一时说不上话。

我抬头打量着眼前的别墅,按照小说里所写,小柔住的房间是在别墅的背面,正对着远处的阿尔卑斯山。跟小镇上其他房子一样,这栋别墅的玻璃窗也全碎了,屋顶上杂草丛生,楼下的花园变成了野生植物的王国。跟其他房子的不同之处在于这栋别墅一楼的大门。别的房子都是用门板封起来的,而眼前的大门,却是用某一件东西

堵住的。那件东西是……

张铁终于缓过劲来，直起身，指着眼前的别墅："就、就是这栋吧？我看着也像。"

我看了他一眼，没有回答他的问题，反而问道："铁总，不，老铁，你知道我在小说里写过一个红色的无头木马，对吧？"

张铁瞪了我一眼："你这不废话吗，红色的木马，没有头，上面骑着个穿海军服的小男孩，长着木马的头。当时我就跟你说了，老蔡，这个意象太棒了，够吓人，拍成电影一定赞……"

我皱着眉头，打断道："这个木马头男孩都在系列的哪几本出现过？"

张铁想了想说："呃，好像是在第三本《时间囚徒》里吧，第一次出现的，当时我问过你为什么有这个东西，你说以后会解释的，跟高维生物在低维度的投影有关系。第四本《海岛梦境》没有，嗯，到了第五本《游戏匿踪》又提到过，哦对了，你跟我讲过的，第六本《真实妄想》里也会有，会解释一下这东西为什么存在……"

张铁所说的木马头男孩出现的场次，跟我记忆中的出入不大；不过对他而言是小说里描写的情节，对我来说是现实中出现过的真事，如此而已。

我摆了摆手："老铁，那你说，我作为一个小说家的话，是受到什么启发，会写出这么个可怕的玩意儿？"

张铁手摸着下巴，沉思道："这个嘛，你也跟我说过的，一时想不起来……"他突然打了个响指，恍然大悟似的说，"想起来了！你为什么写这个啊，是因为在你家公寓楼下，就有这么一个没头的木马！坏掉了，物业一直没来修。你就想，如果有个小孩骑在上面，长着个木马的头，就很可怕，然后就这么写了……"

我想起了从这个世界醒来的那一天，在楼下等 Allen 来接时所看到的场景。原本商务的高级公寓楼下莫名其妙多出了一块康乐区。

在太阳照不到的阴影里一匹无头木马自己摇动了起来。

我深深吸了一口气:"老铁,你知道我楼下的木马是什么样子的吗?"

张铁挠挠头:"我看过一眼,还不就那样啊,话说老蔡,你问这个是干……"

我打断了他,伸手指着别墅楼下,挡着木门的那件东西:"你看,是不是就那样?"

张铁顺着我的手指看去,顿时惊得说不出话来。

在厚重而残旧的木门前,安装了一个红色的木马。没错,是"安装"。跟我在公寓的康乐区里——或者任何人在任何国内的小区里看到的差不多,这个木马是塑料制成,底部有一根黑色的弹簧状的桩,固定在别墅门口的地面上。

张铁揉了揉眼睛,也难怪他会不相信自己,因为在这个废弃已久的欧洲小镇,一栋残破的别墅前,出现一个具有强烈的中国山寨风格的塑料木马确实让人感到惊奇。

这个塑料红色木马,不应该出现在这里。

我跟他对视了一眼,两个人小心翼翼地,并肩走向别墅大门,走向那个红色木马。在距其半米的地方,尽管没有人伸手去摸,但是仅凭目测,就可以判断木马的材质——确实是用红色的塑料制成。再往下看,黑色的金属弹簧,牢牢地固定在开裂的地砖里,四周都长满了野草,看起来已经装在这里有些年月了。谁会把它装在一栋别墅的门口?

"哗啦。"什么东西在响!我吓得往后一跳,盯着那塑料木马看,并不是它在摇。

张铁明明也吓到了,只是还没来得及转身跑,这时却好意思嘲笑我:"老、老蔡,看你那样,老鼠,是老鼠啦,你看那边……"

我朝他指的方向看去,果然在花园的野草丛里,一只巨大的老

鼠快速地跑掉了。

我惊魂未定，挠挠头刚想要说什么，突然，从花园外面的路上，跑过来一个德国疯老头，头发跟胡子全白了，又脏又黑，身上的衣服破破烂烂的，像个流浪汉，不，应该就是个流浪汉。老头一边挥着双手，嘴巴里哇啦哇啦地叫喊着什么，一边朝我们跑来。

张铁紧张地问："这是干啥？"

我看了他一眼："我哪知道。"

他拉着我的手："让开，快让开，这可能是人家的房子，不准我们进呢。"

果然，我们刚往后退了两步，疯老头已经跑到了别墅门口，站在木马旁边，疯狂地挥舞双手，像是要把我们赶走。

我跟张铁警惕地观察了一会儿，他除了大叫跟挥舞双手外，倒是没有什么攻击性的举动，我也算是放松了一点。再怎么说，疯老头也是在这个废弃的镇子上，我们看见的唯一一个活人。只可惜他疯了，要不然英语配合肢体语言，总能问出一点东西，关于这个小镇，关于这栋小柔住的房子。

张铁拉着我的手："老蔡，走吧老蔡，人家不让咱进去。"

我挣开了他的手："别拉我，我不走，辛辛苦苦来到这里，不到别墅里看看，就这么走了？"

张铁耸耸肩膀："不然你想咋样？你来几句德文，让老爷子请咱进去坐坐？还是在这里等着老爷子走？老蔡，我可告诉你啊，这鬼地方，晚上说不定真有狼……"他神经兮兮地四处看了一眼，打了个冷战，"真的，快走啊，看哪里有车回慕尼黑，今晚我得弄点黑啤喝喝，还有咸猪手，这一天下来我可是够够的了。"

我冷哼了一声："要回去你回去，我必须进别墅看看。"

张铁无奈地摇头："老蔡你这病又犯了啊，这就一破房子，有什么好看的？"

看我无动于衷，他仿佛爆发了一般，朝我喊了起来："我说老蔡，我真是受够你了，说好了来这镇子里找小柔，小柔呢？你倒是说说，那个十三岁的混血萝莉呢？我知道了，我知道了老蔡，你一早就查到这个镇子是荒废的，不告诉我，然后就到这镇上随便找了一栋破房子，说小柔住在里面，用来证明你那疯狂的想法，对吧，我也是傻，竟然相信你。"他叹了口气，痛心疾首地说，"老蔡，醒醒吧，喻小柔根本不存在，没有这个人！就像我说的，她是你小说里虚构出来的角色！"

看见张铁喊了起来，门口的德国疯老头反而安静了，饶有趣味地看着张铁。

我听他这么说了一堆，心里反而冷静了下来，想了一会儿，慢条斯理地对张铁说："老铁，不要激动，你听我说。"

张铁掏出一支烟："好，我听你说。"

我深深吸了一口气："飞机上的黑洞我就不说了，你亲眼看见的，这个无法用我发疯了来解释吧？我只问你一个问题，老铁，你想想怎么能这么巧，我们找到了小柔的房子，门口有这么个塑料木马；更巧的是，刚好有个疯老头，跑出来挡住不让我们进去？我就算写小说，也不敢把情节安排……"说到这里，我突然顿住了。

张铁吸了口烟，追问道："往下说啊，情节安排得怎样？"

我想到了什么，倒吸了一口冷气，低声道："《真实妄想》里写的，有一个德国的科学家，要我去做一个疯狂的任务，有可能救回喻小柔。他的名字叫作……"我抬起头来，看着正站在木马旁边安安静静、破破烂烂的疯老头，"法比安？"

虽然我说的是普通话，但是人名都是音译的，想必"法比安"的德语发音跟普通话也有些相似。我的猜想并没有错，因为，疯老头听出来了。他一动不动地盯着我看，像是听到了什么魔法咒语。

我重复道："法比安，老爷子，你是法比安吗？"

疯老头又看了我几秒，突然之间，像是被蜜蜂蜇了一下，原地跳了起来，同时疯狂地挥舞双手！嘴里哇啦哇啦地喊着什么，虽然我不懂德语，但他不断重复的单词，一定是德语里的"不"。这个疑似法比安的老头，仿佛很害怕这个名字，一边喊，一边挥手，一边朝外面跑走了。

我想要去追，张铁却又拉住了我："老蔡，别追了。"

我皱眉道："可是……"

他狠狠吸了一口烟："你刚才不是说要进去看看吗，现在老爷子走了，咱就进去看看吧。"

我哦了一声："怎么，你想法变了？"

张铁把烟扔在地上，自嘲地一笑："是啊，你说得对，怎么会有那么巧的事，我们刚想进屋看，就有个老头跑过来挡住。这事啊，我看，必有蹊跷。"这么说完，他往前走了两步，伸手越过红色的无头塑料木马，用力地推着别墅的房门。

我朝疯老头跑掉的方向看去，早已不见了人影，他突然消失了，像刚才突然出现一般。

法比安。脑海中，浮现了他穿着一身笔挺西装的样子，胡子刮得干干净净，银白的头发往后梳成一个大背头，很有几分中学课本上看到的欧洲中世纪科学家的那种派头。穿着西装的法比安，表情严肃地说了一长串德语，旁边有个中年男人的声音，用普通话翻译道："法比安先生说，只要蔡先生你愿意冒这个险，就有可能救回，救回小柔……"

吱呀一声，酸掉人大牙的门响，驱散了我眼前的幻象。

我抬眼看去，身板单薄的张铁，力气却是不小，竟然已经推开了厚实沉重的木门。

他拍了拍手："老蔡，咱进去吧，趁现在天还没黑。"

我抬头看天，下午的太阳挂在半空，像是被阿尔卑斯山脉的雪冷冻，变成了奇怪的淡白色，早已没有了热度。

张铁一抬腿，就跨过了挡在门口的塑料木马，走了进去。

我从木马旁边绕了过去，跟在张铁后面，走进了破旧的别墅。如果说屋外的天色叫作黯淡，屋内就是昏暗了；窗户都被木板封死了，别墅里陈腐的气息、漆黑的光线，让人仿佛置身鬼屋。我不禁想着，要是水哥在就好了，这哥们是个求生狂，就算出来吃烧烤，也会随身携带 LED（发光二极管）电筒跟跳刀。可惜，自从在这个世界醒来之后，我不光没有见过他，打他的电话都没接通过。没有水哥，没有电筒，我一边打开 iPhone 自带的手电筒，一边低声道："怎么跟寂静岭似的。"

刚才在门口不想进来的张铁，这时却勇往直前，轻车熟路地在屋子里径直前行。地板上杂七杂八放着倒了的椅子什么的，却丝毫没能阻碍他的脚步。我稍一迟疑，便被他拉开了距离。这家伙，夜视能力真好，那么黑都看得见，难道是属猫的？

我用闪光灯照着他，喊道："你丫别跑那么快啊，喂，你知道从哪儿上楼啊？"

我说的是个反问句，可是，他的表现却是个肯定句。因为，张铁停下的地方，就是一道楼梯。

我怕被地上的杂物绊倒，小心翼翼地走了过去。这时他也终于打开手机的闪光灯，斜着向上照去，观察眼前那道楼梯。我走到他身边，由衷地赞叹："老铁，你夜视能力可以啊，有做贼的潜质。"他一边看着楼梯，一边答道，"不是的老蔡，我不是能看见，我是觉得……"他回过头来看着我，表情却笼罩在一团黑暗中，"我是觉得，这地方我来过。"听他这么一说，我顿时觉得毛骨悚然，一时想不出不对劲的地方在哪儿。

这时候，张铁已经轻轻一脚，试探性地踩到楼梯上。这是一道全木制成的楼梯，虽然历史悠久，年久失修，但是德国人造东西一直用料够足，做工够狠，所以倒还挺牢靠的。张铁上了一步楼梯，果然除了轻微的木头响动，并没有太大的声音。还没等我反应过来，这家伙就一步步向上走去；我担心着楼梯的安全性，脑补张铁踩在腐朽木板上，咚一声掉下去的画面，直到他走到楼梯转角，都没有发生。

他上去了，楼下只剩我一个，背后似乎有点凉，想到门外还有塑料木马跟疯子……我急忙踏上楼梯，一边向上跑一边喊："老铁，等等我！"

"咚！"楼上传来一声巨响，然后是张铁的一声闷哼。

我在楼梯上停了半秒，然后又加快速度，三步并作两步往上跑。

"老铁！"

二楼的光线比楼下要充足，因为房顶破了几个洞，窗户也有光漏进来；我一眼就看见张铁正站在离楼梯口不远的地方捂着自己的头。

他倒抽着凉气，闷声说："没事，老蔡，我没事。"

我警惕地观察周围，然后朝张铁走去："老铁，怎么了？"

他却转过身来，伸手拦着我："你小心，慢点。"

二楼比楼下空旷，地板上没有杂物，看不见有任何危险的物或人，我不禁奇怪道："怎么了？"

张铁伸手指着他头上，一道莫名其妙，不知作何用处的横梁："别撞到头。"

我愣了一会儿，不禁哑然失笑。原来这哥们刚才抱着头不是被谁打了，而是走太快自己撞到了。我不禁有些幸灾乐祸："让你丫跑那么快，以为自己很熟这房子构造啊。"

张铁没有说话，龇牙咧嘴的，揉着自己的额头。看来刚才那一下子确实撞得挺重的。

我好奇地打量着那条横梁，离地板不超过一米八，横在那里非常显眼。就算是我也会小心低头走过；张铁这净身高就超过一米八的傻大个竟然会不知道低头？

我不禁嘲笑道："老铁，你是瞎啊，这样都能磕到？"

张铁恨恨地看着那横梁嘟囔着说："我怎么觉得自己能过……"

我耸耸肩膀，再次环顾四周。二楼只有一个房间，就在楼梯口正对着的方向；没有任何疑问，那就是小说里所描写的喻小柔的房间。

我看着那紧锁的房门，脑子里不知怎么回事下意识地念了一段台词："喻小柔，一个十三岁、人见人爱的萝莉，脑子里却长了个黑洞；同样身患绝症的鬼叔，拥有可以拯救小柔的机会，却要面临跟爱人永别的风险……"

张铁终于停止了揉头，直起身子，评论道："好虐的情节。"

我走到房门前握住把手，深深吸了一口气——总而言之，一部分的谜底就隐藏在房门之后。推开门，我将会看到什么呢？

鬼叔推开房门，阳光洒落在床边的木地板上，小柔转过头来，可怜兮兮的小脸上绽放出比阳光还要灿烂的笑容："鬼叔叔，你来啦。"

我摇了摇头，把这个可笑的画面驱散；一个天使般的小女孩，不可能住在地狱一样的废弃别墅里。身后的张铁催促道："开门呀，快。"

我的手却离开了门把手，转过身来，抬头看着张铁的脸："要不咱回去算了。"

张铁一脸错愕："老蔡，你在开什么玩笑？"

我深吸了一口气："没开玩笑，我是为你好。"

张铁冷哼了一声："老蔡你是疯了吧，我为了你，为了你的疯狂念头，一路陪你从法兰克福到慕尼黑，在这鬼地方转了半天，给个疯老头吓得半死，刚才还撞到头！现在终于站在房门口了，你跟我说，不开门了，还是为我好？"

我伸出手来，试图让他冷静："老铁，你仔细想想，我是真的为你好。你说，万一推开这道门，发现小柔是真实存在的，说明什么呢？"

张铁不屑道："说明你没疯啊，真的有小柔这个人！"

我点点头："如果我没疯，好，我之前说的都是真的，我不是什么职业小说家蔡必贵，而是一个擅长作死的小工厂主；什么《地库牢笼》《雪山禁忌》《时间囚徒》《海岛梦境》，还有，还有……"

到了这时，张铁还不忘补充道："《游戏匿踪》，还有《游戏匿踪》。"

我点了点头："对，还有《游戏匿踪》，这些小说都不是我虚构出来的，都是真实经历。我的女朋友是唐双，小希被红色雪山吸走了，更不可能会跟我结婚……"

说到这里，张铁就有点站不住了："怎么可能，嫂子怎么……"

我粗暴地打断他："张铁，你听我说，别人都不重要，我担心的是……"在从屋顶漏下来的阳光里，我直视着他慌乱的眼睛，就好像得了病的是他，冷静而理智的正常人是我："老铁，我担心的是——你是谁？"

在我的逼问下，张铁不由得往后退了一步，手捂着胸口，语无伦次道："我、我是谁？我是……老蔡，不不，老蔡，我是张铁啊，你的出版人，雁南、南堂的总……"

我没等他介绍完自己："老铁，你没懂我的意思。我是说，如果小柔真的存在于这个世界，我没有疯，在我的世界里，没有你。"

张铁似乎听不懂我的话："没有我？"

我点点头，重复道："对，没有你，没有张铁这个人。在我的世界里，在我原来的记忆里，从来不认识张铁这个人。"我深深吸了一口气,一字一顿地说,"所以你,张铁,不存在。"

张铁愣了足足有十秒,脸上才终于有了表情,勉强笑道:"怎么可能?别开玩笑了老蔡,我怎么会不存在?你看,我不就站在这里吗?站在你面前,我有手有脚,有头发、眼睛、鼻子,有嘴巴会说话,脑子也会思考,我怎么可能……"他摇摇头,"我怎么可能不存在呢?"

我揉了揉自己的脸:"从这个意义上,你当然存在,就站在那里,对地板造成了压力,排除了身体所占据的那一团空气。甚至我一拳打过去的话,可以感受到你身体组织的抵抗力,你也会一拳打回来,让我切实感到疼痛。"我皱着眉头,艰难地说,"我讲的你不存在是从逻辑上去分析的。只要小柔存在,就证明我没疯,我没疯,你就不存在,这个逻辑是自洽的,而且因果顺序很简单,你一定能理解。"

张铁认认真真地看着我,也深深吸了一口气:"好了老蔡,我懂,去你丫的狗屁逻辑,确实是对的。但是,这里面一定有什么东西搞错了。我就站在这里,你打开门,我会怎么消失呢?变成一团烟吗难道?还是咻一声突然不见?那也太滑稽了吧?"他的目光越过我的肩膀,看着我身后的房门,"打开这道门,进去看看,可能我们就知道是什么搞错了。"

他说得也有点道理,但我仍然没有下定决心。毕竟在这个错误世界里的短短几天,除了小希,我接触最多、最有感情的,就是张铁了。如果真的打开了这道门,张铁就会消失,那……我摇了摇头,继续分析道:"老铁,要不咱还是先回去,只要不打开这道门,你的存在就不会受到挑战,我们还是能愉快地一起玩耍……"

在这气氛紧张的关头,张铁却被我逗笑了:"去你丫的玩耍,开门吧,赶紧的。"

既然他都这么说了,我转过身去,再次握住门把,最后一次确认道:"你确定?"

身后传来张铁坚定的声音:"我确定。"

我右手慢慢把黄铜门把往下压,听见了门锁的机关响动的声音,咔嗒。再轻轻地推开房门,门缝越来越大,房间里估计光线很足,一道亮光从门缝里泄露出来,就像是来自天堂的恩典。

房门背后,到底会是什么呢?躺在洁白床单上,像天使一样可爱的喻小柔?不知名的怪物?腐尸?电锯杀人狂?唐双?不会是唐双吧!疯老头,或者是穿着西装的老头,总之就是那个老头,法比安?

随着门缝越开越大,我的嘴巴也越张越大。就算做了那么多心理准备,就算再怎么猜,也不可能会猜到,门背后竟然是……

身后已经传来张铁惊恐、慌乱的骂声:"我×!"

我跟张铁千里迢迢来到德国慕尼黑的郊区,一个叫斯邓肯多夫的小镇,闯进了一间鬼屋似的别墅,打开二楼的房门,一起傻了眼。门背后,是张铁的办公室。没错,办公室。在千里之外,中国深圳龙岗中心城,他位于17楼的雁南堂公司里面的张铁的总经理办公室。

我回头看着张铁,两人面面相觑,说不出话来。这到底是怎么回事?

我深深吸了一口气,是眼花了吧?于是我把房门关上,再推开,里面就是张铁的办公室。

张铁在身后迟疑道:"老蔡,要、要不,咱进去看看?"

事到如今,硬着头皮也得进去了。一间办公室而已,虽然出现在不该出现的地方,但依然还是一间办公室。又不是什么吃人的妖怪。这么想着,我小心翼翼地踏进了办公室里。然后,我跟张铁站在办公室里,四处打量。

怎么说呢,现在的情景,跟我从公寓里醒来的那个早上,有那么点一致。这个原本应该是小柔住的房间,变成了张铁的办公室;房间面积是一模一样的,天花板上是一模一样的灯,不知道从哪里来的电,让灯管发出了一模一样的光芒。在这个办公室里,办公桌椅、上面的电脑、散乱的文件、书柜、书柜上的书、饮水机、还剩半桶的农夫山泉,甚至墙角的发财树,都跟张铁办公室里的一模一样。而且,不同于别墅和整个小镇的荒芜,办公室里保持着整洁,像是阿姨刚刚打扫完。可是,真正的张铁办公室里墙上是那种巨大的、现代的窗户;在这个房间里办公桌正面对着的,仍然是一个很传统的小窗,往窗外看,可以望见远处的阿尔卑斯山。

我跟张铁交换了个眼色,然后心领神会地在这房间里翻查起来。张铁直奔办公桌后坐下,捣鼓了一下说:"电脑打不开。"

我走到书柜前,拿下一本书,打开一看:"书里面是空白的,都是白纸,一个字都没有。"

张铁皱着眉头:"这到底是怎么一……"

突然之间,门口传来了敲门声。

"咚、咚……"

我转头看去,进来时明明打开的房门,不知什么时候被关上了。

"……咚、咚、咚。"敲门声,一共是五下。

之前去张铁的办公室,他的助理小米要进来时,会习惯性地敲五下房门。但是,我们现在所处的,不是熙熙攘攘的龙岗中心城,而是一个废弃的德国小镇;所以门外的也不可能是小米。那么,又会是谁呢?刚才的疯老头,还是……楼下门口的塑料木马?

密密麻麻的鸡皮疙瘩爬上了我的脖子。张铁也镇定不到哪里去,他好不容易才挤出一个字,声音却是发抖的:"谁?"

门外却没有任何回应。

他试探着对我说:"老、老蔡,你说要不要开门?"

我深吸了一口气:"开吧,两个大老爷们,别自己吓自己。"其实我心里想的是,外面要是什么可怕的怪兽不开门也会冲进来的。如果横竖都是死,装也要装得英勇些。

张铁同意我的说法,猛点头:"就是,有什么好怕的,那个,老蔡你去开。"

我愣了一下,连连摆手:"你去,你去,你离门近。"

张铁咳了一声,鸡贼地说:"你站着呢老蔡,我坐着不……"他话还没说完,却又直视前方,瞪眼骂出声来。

我顺着他的视线看去,不由得也骂了出来:"什么鬼!"

办公桌正对着的位置原本可以看见阿尔卑斯山的小窗户,不知什么时候,已经变成了一个小型黑洞。这次的黑洞跟之前在比萨店、我家里电脑上的差不多,边缘是锯齿状的,不停地旋转,并且把跟黑洞边缘相接的空间都扭曲成了旋涡的形状。跟前两次不同的是,这个黑洞的旋转速度非常快。不光如此,黑洞一边快速旋转,还一边飞快变大,而且……是我的错觉吗,黑洞正在朝我扑过来!我转头看了一眼张铁,他脸上惊恐的表情,告诉我这并不是错觉。他反应比我快,刚才还不愿从椅子上起身,现在一跃而起,朝着房门冲了过去。

我骂了一声,拔腿跟在他后面,然而,一切都已经来不及了。黑洞飞速旋转、扩大,挟着扭曲的时空,朝我们呼啸而来——咻!半秒钟内,我整个身体都被黑洞吞噬,眼前一黑,刚想要大喊:"老……"可是,连光都逃不过黑洞,何况我的声音呢。世间万物,都陷入了永恒的黑暗、寂静与虚无。

第十章
—— 妄想镇 ——

嘲！我猛地从椅背上弹了起来，就好像被除颤器电击心脏的病人死而复生。安全带限制了我的上半身，却限制不了我狂飙的心跳。"铁！"刚才被黑洞吞噬掉的另一个字，如今从我的喉咙里喊了出来，回荡在——机舱里。

我心有余悸地四处张望，没错，我正坐在一架飞机的经济舱里，右边舷窗外，是蓝得发紫的天空；左边坐的是与我同行，正在熟睡的伙伴——张铁。所以，我如今正在一架从深圳飞往法兰克福的飞机上，翱翔于万米高空中。这到底是怎么回事？

我伸出手指，一、二、三、四、五，五根，并没有错。所以，我现在不是在做梦。这么说起来，回溯之前发生的一切——黑洞、办公室、别墅、废弃小镇、慕尼黑和法兰克福；再往前，半空中的黑洞、卫生间镜子上的口红……难道说，这一切才是梦，一个我在飞机上做的，离奇、曲折的长梦？我擦了擦额头上的冷汗，不可能，刚才的黑洞那么真……

这时，张铁猛地从椅背上弹起，幅度比我刚才还要大，额头差点就撞上了前排的椅背。

我诧异地看着他，几秒钟的时间，他的头发都湿透了，像刚从

水里捞上来的一样。他张开嘴巴，大口大口地吸气，眼睛往下看着地板，明显是受到了极大的惊吓，到现在还没回过神来。

我伸手拍了拍他的肩膀："老铁，你……"

张铁却像触电一般，吓了一大跳，好不容易转过头来看着我，眼睛空洞无神，似乎根本没有聚焦在我脸上。他这个鬼样子，难道说……这时候，张铁深深吸了一口气，终于回过神来，勉强笑道："老、老蔡，我做了一个梦。"

在剩下的六个小时的行程里，我跟张铁交换了各自的梦境。我们"梦"见的内容大同小异，都是从飞机穿过空中的巨型黑洞开始。然后，在"梦"里，我们到了法兰克福，又去了慕尼黑，探访了无人小镇斯邓肯多夫。在破旧别墅的二楼跟张铁办公室一模一样的房间里，我们被突如其来的黑洞吞噬。醒过来之后，就发现自己仍然在飞机上。不同的是，在张铁的梦里，少了一样东西。当我说到挡在别墅门口的木马时，张铁的反应是："啊？木马？"

我疑惑地说："对啊，木马啊，你忘了？"

张铁挠了挠头："木马啊……长什么样的？"

我皱着眉头，解释道："木马啊，就是塑料的、红色的、没有头，挡在门口，你一下就跨过去了。想起来没？"

张铁认真想了一下，点头道："我知道了，就是你写在小说里的木马。"

我松了一口气："对，你看见了吧？"

张铁眼睛里有东西一闪而过，但他否认道："没有，没看见。"

我差点晕倒，不知道他是真没看见，还是看见了不愿意说，总之，先算了吧。基本情况就是这样——我跟张铁在万米高空上，做了相似度高达95%的梦，梦里发生的事情，正是飞机降落德国之后，接下来两天里我们两人的行程。这完全无法用科学解释。除非是他骗我，不，也不可能，刚才好几次，我故意说到一半就停下，张铁都准确无误地接下去了——除了红色木马之外。如果是骗我的话，他又不是住在我的脑子里，怎么可能知道我做过的梦？

就在两个人的迷惑中，飞机稳稳降落在了法兰克福国际机场。张铁之前就来过书展，所以他知道机场长什么样子，倒不算奇怪；可是，我是第一次来德国，法兰克福机场的每一个细节都跟我在"梦"里见到的一模一样。取行李的时候，张铁接了个电话，果然是小高打来的，要我们拿行李到机场门口等，德国司机会开车过来接。

挂了电话，张铁神情复杂地看了我一眼。不知不觉间，我们都成了能预知未来的"活神仙"。

这个超能力，源于我们在飞机上共同做的一个梦。不，这到底是梦，还是因为黑洞的关系，时间被重置了，我们又从同一个起点开始重复一段一模一样的行程？这个问题，我本来想要问张铁的，可是他也肯定答不上来；所以，我干脆没问。

我们站在机场门口等车，看气氛有点凝重，我打趣道："可惜了啊，我没留意彩票号码。"

张铁转头看我刚要说什么，他身后的路上缓缓驶来一辆商务车，小高从车窗里探出半个身子，正在朝我们兴奋地挥手。

接下来发生的事情，证明了我的猜测是错误的。起码，不是完全正确的。我猜想因为飞机穿过黑洞，所以时间被重置了，我跟张铁会一次次重复相同的行程；实际上，并非如此。

在"梦"里，我们是在斯邓肯多夫的别墅里被另一个黑洞吞噬。然而，在现实世界里——暂且当现在是现实世界——我们不可能去那个无人的小镇让黑洞再吞噬一次。因为，这个世界里斯邓肯多夫不存在。在出发来德国之前，我虽然没搜到任何旅游攻略，但起码有资料证明，这个德语里叫作Schdenkendorf，音译为斯邓肯多夫的小镇是真实存在的。可是如今，无论我如何搜索都找不到关于这个小镇的任何信息。我想到去查地图，可是印象中阿尔卑斯山脚下原本小镇所处的位置如今却是一片空白。之前用最小号字体写着的Schdenkendorf，如今不复存在。

晚上，在小酒馆里喝啤酒的时候，我告诉了张铁这件事。

他的反应特别夸张："没有？怎么会没有？"

坐在他旁边的小高，饶有兴致地问："铁总，什么没有？"

我皱着眉头，小高在德国上过两年学，对这边的情况要比我们清楚得多，要不然……我跟张铁交换了一下眼神，然后就把这个小镇的名字，写在酒馆的餐巾纸上，递给了小高。

她的第一反应却是："这是什么啊？好怪的名字。"

我跟张铁异口同声道："怎么怪？"

小高低头看着纸巾上的字："组合很奇怪，你们看，dorf 在德语里是村庄，经常作为地名没错啦，但是 schdenken 是什么鬼？denken 是思维，sch 是，呃……"她突然一拍桌子，"我知道啦，这是不懂德语的人，按照网上搜来的资料胡乱组合的词。你们看啊，把 wunsch 的 wun 去掉，再加上 denken 跟 dorf，如果不要 dorf，wunschdenken，欲望的想法，咦，我查一下……"

小高掏出手机，我跟张铁都凑上去看，只见她打开了 Google（谷歌）翻译，在里面输入 wunschdenken，再一按翻译，出来的两个汉字是……妄想。

我倒吸了一口冷气，跟张铁对视了一眼。在我们共同的"梦"里，去的斯邓肯多夫，如果按照意译，应该叫作——妄想镇。

小高终于得到了答案，兴高采烈地看着我："鬼叔，这个词是你造的吗，你不懂德语还能造出这个词，好厉害哟！"

Schdenkendorf，妄想镇，既然不存在，也就没办法去探访。

法兰克福书展，星期三开始，接连三天，张铁都老老实实地去参加书展，我被拉着去了两次，其他时间，我不是在酒馆里，就是把自己关在酒店房间里。

德国的啤酒不负盛名，特别好喝，所以每一天，我都把自己喝得醉醺醺的。喝醉后肠胃的那一点不良反应，比起清醒时无尽的思考，要好受得多。镜子上的口红、飞机穿过的黑洞、无人的小镇、木马、疯老头，还有千里之外张铁的办公室。这一切都那么疯狂。可是，梦境里的疯狂比不上我脑子里一个想法的疯狂。这个荒谬的想法，在来德国之前，我就曾经有过，当时只是一闪而过。因为这个念头，即使对于我这样一个妄想症患者而言，也显得太疯狂了。可是，"梦"里发生的一些细节，让我开始正视这个念头的可能性。在别墅门口，疑似法比安的疯老头看着张铁的奇怪眼神，现在回想起来，有几分慈爱的意味。张铁明明是第一次进那别墅，里面黑得要命，他却行走自如。在别墅二楼，我都知道要低头的横梁，他比我高，却——出于某种习惯——以为自己能走过去。

小说里几次提到，只能躺在床上的喻小柔，脚尖对着的窗户外，就是阿尔卑斯山的积雪。当小柔的房间变成张铁的办公室，那一张办公桌，也是正对着眺望阿尔卑斯山的窗户。除了梦境里发生的以外，有好多次我看着张铁的脸——瘦得脸颊深陷、下巴铁青，长得像民国文人——脑海里浮现的却是一张白得如同陶瓷般、五官精致的、十三岁混血萝莉的脸。张铁特别能吃，而卧病在床只能靠流质食物维生的小柔，还想要跟我一起去野餐，吃好吃的。缺什么就会想要什么，小柔躺在床上不能动，所以张铁有一双灵活的大长腿。甚至，他们两个人的名字——铁，柔。把所有元素组合起来，让我产生了一个假设。一个疯狂的假设，疯狂到不敢说出来。尤其是，不敢对张铁说出来。

喻小柔，就是张铁。

在德国待了四天之后，雁南堂的法兰克福书展之旅，宣告圆满结束。下午撤展的时候，张铁又硬拉着我去了趟展览中心。说看上

什么书,尽管买,他来付账,就当是给我提供素材的工具书。我拗不过,只好挑了几本英文版的斯蒂芬·金,还有德语版的《1984》,当是来德国一趟的纪念品。

晚饭倒是合我心意,换了一家市中心最有名的酒馆,啤酒种类非常齐全。小高跟另外两个同事聊得开心,这边我跟张铁埋头痛饮,各怀心事。他举起大而厚实的玻璃杯:"来,老蔡,走一个。"

我咕嘟咕嘟喝了大半杯,擦擦嘴角的泡沫,刚要开口:"老铁……"

张铁却抢在我前面,兴高采烈地说:"这趟书展收获很大啊,老蔡,中文繁体版权给了台湾一个大出版社,还有日本跟法国的出版社也对你的《怪咖奇异事件簿》系列感兴趣,等回去了慢慢沟通……"他情绪高涨地说了一大堆,我却没怎么往心里去。我现在满脑子想的,都是这两天得出来的疯狂假设。"所以啊老蔡,别发愁了!"张铁满脸志得意满的笑容,高举酒杯,"干了!"

我跟他用力碰了一下,把剩下的半杯酒一饮而尽;透过厚厚的杯底,张铁的脸变得扭曲而模糊,像是被黑洞吸入了。我放下酒杯,仔细地看着张铁的脸。在酒馆昏暗的灯光里,眼前这个男人,下巴铁青,脸颊深陷;眼睛在酒精的作用下,熠熠生辉。他招呼酒保的动作,粗野而充满男人味,如果我是个涉世未深的妹子,很可能会因为这种粗鲁就喜欢上他。这样一个男人的形象,跟那个十三岁、陶瓷一般的小萝莉的形象,实在无法重叠起来。我深吸了一口气,自嘲地笑了一下。

什么小柔就是张铁,张铁就是小柔,夜深人静时如此认真的想法,放在吵闹人多的环境里,就显得非常可笑。算了,还是不要说出来为好,不然张铁能当笑话讲个半年吧。啤酒已经又倒满,我端起酒杯,正要大口喝的时候,隔壁的张铁却碰了下我的肩膀:"老蔡,你说说……"

我转过头去,却看见他低着头,像是在对桌上的酒杯发问:"小柔是个怎么样的人？"

我放下杯子，挠挠头："小柔啊，小柔她是个十三岁的萝莉，中德混血……"

张铁转过身来，打断道："不是书里的设定，是你想象中的小柔，呃，这样说吧……"张铁咂了下舌头，"假设你没有疯，你说的那些都是真的，小说里就是你的真实经历，那么好了，老蔡……"他直视着我的眼睛，"在你的记忆中，喻小柔，是个怎样的人？"

假设我没有疯……我皱着眉头，认认真真地回忆。

鬼叔推开房门，阳光洒落在床边的木地板，小柔转过头来，可怜兮兮的小脸上绽放出比阳光还要灿烂的笑容："鬼叔叔，你来啦。"

我低头喝了口酒，仿佛自言自语："小柔，很漂亮，照片上就漂亮，真人更漂亮，说实话，我第一次见到都惊到了。小柔喜欢凯蒂·佩里和那个谁，演《达拉斯买家俱乐部》还有《真探》的那个，叫什么来着……"

张铁提示道："小马修，马修·麦康纳？"

我猛地点头，继续往下说："对对对，就是他！除此以外，她还懂很多别的，比如说手表，我当时戴了块江诗丹顿，她马上能说出是什么型号，而且还说江诗丹顿跟我的气质不搭，让她爸拿出一块收藏的IWC（万国）的达芬奇，万年历，飞返计时，还说她爸戴着不合适，硬要送给我。说真的，那块表我戴着确实好看，要不是唐双在场，我真就收下了。"脑海里浮现出那块手表的栏子，大概是我在哪个网站仔细看过吧，所以，表盘上的所有细节此刻都跃然眼前。我摇了摇头，接着说，"除了手表，她对绘画、雕塑、航海、天文学都颇有涉猎，尤其喜欢歌剧，总之，知识比绝大多数成年人都要广博，

而且不光这一方面，在感情上也非常早熟，我怀疑她……"

我苦笑了一下："说出来你可能要笑我，老铁，我怀疑她喜欢我，她虽然也喜欢唐双，但是我们独处的时候，她说的话，我听了都脸红……你说，那么小的小女孩，长大了怎么得了？智商跟颜值都逆天，不知道多少男人要栽她手里，简直是祸害啊……"说到这里，我不禁叹了口气，"可能就是这样，所以老天才不让她长大吧。法比安说，如果没有奇迹的话，她活不过明年生日。"

张铁听完我说的，呆呆的像是根本没听懂我说的话。确实，不光张铁没听懂，我自己也是莫名其妙，会脱口而出这些描述。毕竟我从来都没见过小柔，因为小柔跟唐双一样，都不存在于这个世界，不过是我虚构出来的小说角色而已。我自嘲地一笑："哈哈，这都是我小说里的人物设定，老铁，来，喝酒喝酒。"

我举起酒杯，张铁却一副失魂落魄的样子，根本不搭理我。

我皱着眉头，呼唤道："老铁？老铁！"

张铁终于抬起头来，眼神里却是空荡荡的，失去了焦点。他揉了一把脸，勉强笑了一下，答非所问地说："老蔡，你知道飞机上，我梦见了什么吗？"

我皱着眉头，不知道他这句话的含义："你梦见的，不是跟我梦见的一样吗？哦对了，除了那红色的木马。"

张铁点了点头："没错，你说的红色塑料无头木马，我没有梦见，但是，我也梦见了你没梦见的。"他深吸了一口气，补充道，"同样，也是在别墅门口。"

我手指在空中点了几下，才弄明白张铁这两句话的意思。他是说，在我的梦里，有一个红色塑料木马挡在别墅门口；而在张铁的梦里，挡在别墅门口的是另一样东西。

我想起来法兰克福的飞机上——应该是"第二次"来法兰克福的飞机上——我们两个人在复述各自的梦境，当我提到红色的木马时，他眼睛里闪过了奇怪的神色。果然，他在别墅门口看见了别的什么，但是当时没有说。那么，接下来的问题就简单了。我直勾勾地看着他，严肃地问："你梦见了什么？"

张铁肯定早就预料到我会这么问，但是当我真的问出来，他脸上还是出现了一丝惊慌。他的嘴角抖动了几下，欲言又止，最后还是喝了大半杯啤酒，才轻轻说出了两个字。

吵闹的酒馆里，我没听见他说的话，着急道："你说什么？大声点，我听不见！"

他深深吸了一口气，直视我的眼睛，终于敢大声说出那两个字："轮椅。"

我愣了一下："轮椅？"我只是无意识地重复，并没有冒犯的意思。张铁却仿佛被激怒了："对，轮椅，就是轮椅！"

我梦见的，是木马。

他梦见的，是轮椅。

我突然像被电击了一般，嘈杂的酒馆也顿时安静了下来，所有人都消失了，只剩下我跟张铁。

张铁看了我一眼，眼神里写了很多内容：疑惑、愤怒、恐惧。我现在心里想的东西，他一定也想到了。在我的"梦"里，我跟张铁讨论过那个木马，木马头的男孩，这是我内心里最害怕的一个意象。它之所以挡在别墅门口，不是没有原因的；我把它理解为，是某种力量刻意安排，以此来恐吓我，阻止我进入别墅。而在张铁的"梦"里，木马被替换成了轮椅。也就是说，轮椅是张铁恐惧的东西。在生活中，什么人会恐惧轮椅？我握着酒杯的右臂瞬间布满了鸡皮疙瘩——会害怕轮椅的就是坐轮椅的人吧。

这时候，小高跟另外的同事起身告别先回酒店去了。我拿着酒杯，开始瑟瑟发抖，差点把啤酒都洒了出来。之前在酒店的房间里，关于这个世界里的张铁可能就是原来世界里喻小柔的证据我一条条

都列了出来。

　　由于人性的本能，缺什么就想要什么，所以如果有机会在另一个世界里重塑自己，都会把所有遗憾的点补上吧？所以，这些证据的第一部分，包括——小柔不能吃，而张铁特别爱吃；小柔不能走路，张铁腿特别长；小柔的名字就很柔弱，而张铁这个名字充满了生命力、刚硬、坚毅。除此之外，证据还包括在"梦"里。疑似法比安的疯老头看着张铁的慈爱眼神；张铁第一次见别墅就很熟悉，却在横梁上撞到了头……所有的一切，都暗示了张铁就是小柔的可能性。如今，看着张铁紧锁的眉头和脸上痛苦的表情，我知道——上面这些证据，都不用再跟他说了，因为他也已经想到了，所以心里才会如此受折磨。

　　现在，在这条证据链上，又加多了一个新的环节——张铁"梦"见的轮椅。我想了想，还是跟张铁确认道："老铁，你……有没有坐过轮椅？"

　　张铁显然已经想过这个问题，苦笑了一下，摇头道："没有，别说我自己没坐过，从小到大，就连身边的亲人朋友，都没有坐轮椅的。但是老蔡，你知道吗，我在梦里看见轮椅的时候，那种感觉……"他的手在半空中移动，就像在抚摩着轮椅的扶手，"那种感觉，亲切又依赖，可是更强烈的感觉，却是恐惧，发自内心的恐惧，生怕自己要坐上去。"他眼神里流露出深深的疑惑，"而且你刚才说，小柔最喜欢的男演员是马修·麦康纳，这两年，一直有人说我长得跟他很像。"听他这么说，我认真地打量着他的脸，在酒馆昏暗的灯光下，他的五官，他的消瘦，确实跟马修·麦康纳神似，简直就是亚洲版的他。

　　我深深吸了一口气，尝试要下个结论："所以说，老铁，我在想你跟小柔之间……"

　　张铁却用手阻止我："老蔡，我知道你要说什么，你想说你没有疯,真的有小柔,而且我就是小柔,对吧?"

我想了很久没有说的话,现在张铁自己说了出来,不由得让我松了一口气:"对对,就是这样。"

张铁却摇摇头:"老蔡,行了,我是不会相信你这套说法的,怎么可能!我是小柔,小柔是我,嘿嘿,神经病嘛这是。虽然,我确实梦见了这些奇怪的东西,还在飞机上看到了黑洞,都是些什么鬼,解释不了……"他抬起头来,冲我挑了一下眉毛,"不过,我有另一套理论,你想不想听?"

我点了点头,睁大眼睛道:"当然。"

张铁喝了口啤酒,缓缓道:"老蔡,要我说啊,就是你写的小说太神了,不光把你自己写疯了,还把书里的角色写活了。所以呢,就连累了我。这个叫喻小柔的灵魂活了过来,不知怎么就看上了我,附体到我身上,所以才会发生这些奇怪的事……"

听完他说的话,我不禁皱起了眉头。他的这个说法,简直是在一本正经地胡说八道,但是一时间却又想不出怎么反驳。

这个时候,我们两个人的杯子都清空了,于是张铁招呼酒保;在酒保小哥给我们上啤酒的时候,张铁还跟他闲聊了几句。直到我端起酒杯,想要再喝一口时,发现了问题所在,然后整个人呆住了。我把酒杯重重放回吧台,杯里的啤酒都溅了出来。

张铁疑惑地问:"老蔡你干吗?"

我吞了一口口水,紧张地说:"老、老铁,你刚才跟酒保说的是……"

张铁一点都没意识到问题所在,还是纯然无辜的样子:"你说酒保?就问了他在德国吃'迷幻蘑菇'是不是违法啊,他说是,那就算了呗,下次咱再去荷兰……"

我用力拍了下桌子:"你刚才说的,是德语啊!"

张铁也愣住了。他根本就没学过德语,会说的几个单词,都是

跟小高现学的，仅限于"你好""再见""谢谢"，根本不可能支撑刚才那么复杂的表述。所以，在酒馆里，我们一直是让小高来翻译，或者用英语跟酒保小哥沟通的。难怪刚才酒保小哥一脸不屑的样子，心里肯定在想，你德语说得那么溜，怎么早不说啊。

对啊！我提高了音量："张铁！你要不是小柔，怎么会德语？！"

张铁咧了咧嘴角，露出一个奇怪的表情，刚想说什么，手一松，酒杯就往地上掉。这么沉一个酒杯，装满了啤酒，掉地上会溅我们一身吧。

我大喊着，妄图伸手去抓，哪里还来得及！酒杯急速下坠，马上就要掉到地板上了，然而……奇怪的事情再次发生了。我伸出的右手，再次感受到了那看不见的线，密密麻麻的线，不光抓住了玻璃酒杯，还抓住了……酒杯里溅出来的，半空中金黄色的液体。

张铁的下巴都快掉到了地上，幸好没有真的掉，不然我的超能力分身乏术，没法帮他抓住。他看着距离地板几厘米，飘荡在半空的酒杯跟啤酒，结结巴巴地说："这，这，老蔡，上次在比萨店，你就想给我看这个？"

我深深吸了口气，右手上下动作着，看着酒杯随之起伏。这个该死的超能力就像段誉的六脉神剑，时灵时不灵的，想要的时候没有，不想要的时候反而出来了，根本不受控制。

啤酒好喝，不能浪费。我感受着那无形的线，五根手指变换方位，真的就把半空中的液体都收集回了酒杯里。张铁也不笨，他赶紧低下身，抓住了酒杯的把手。我松了一口气，心神一散，手上无形的线就绷断了，酒杯被张铁牢牢握在手里。

他抬起头来，刚想要跟我说什么，突然，露出见了鬼似的表情。然后，张铁一屁股坐到地板上，好不容易救回来的啤酒洒了一地；他张大嘴巴，啊啊啊的说不出话来。

我感到莫名其妙，皱着眉头问："干吗？就准你会讲德语，不准我有超能力吗？"

他却伸出手来，指着我的脸，惊恐万状，结结巴巴地说：'你眼、眼睛里有、有、有……黑洞！"

简直胡说八道，我眼睛里怎么可能有黑……我转头一看，店门口的玻璃清晰地倒映着我的脸。我清楚地看见，右边的瞳孔现在变成了一个黑洞。像之前见到的、大大小小的所有黑洞一样，黑洞的边缘呈锯齿状，正在缓慢旋转，在黑洞超强的力场下，周围的时空都为之扭曲。这一次，周围的时空意味着——我的脸。是的，因为黑洞的原因，我右边的眉毛、额头、脸颊，都变得模糊而扭曲；难怪张铁会像见了鬼，吓得摔倒在地，我现在的样子，确实比鬼还可怕。也就是说，当我第一次把手机扔向墙壁时，当我在公寓里练习超能力时，眼睛里也出现了这个黑洞，脸也变得跟鬼一样可怕。只是那时候我都是独处，没人看见，自己也没发觉。不过，这样倒也说得通。我拥有的类似"乾坤大挪移"的超能力，是因为在黑洞的牵引下，让我所注视的物体重力失控，所以才会悬浮在半空。

我还怕什么怪物，我自己就是怪物啊。我闭上眼睛，深深地叹了口气。再睁开眼睛时，黑洞、扭曲的脸，都消失不见了，怪物又变成了正常人。

小酒馆里吵吵闹闹的，没人发现这恐怖的一幕，只有酒保小哥过来扶起了张铁，然后又开始打扫地板。张铁也发觉自己失态了，毕竟是三十多岁的男人，被吓成这个样子，他自己也挺不好意思的。于是，他故作镇定地拍了拍我的肩膀："老蔡，我们还、还喝吗？"

我努力挤出一个笑容："铁总，我们回去吧。"

他如蒙大赦般，赶紧找酒保小哥埋单，这次用的又是英语。

两分钟后，我们走出酒馆大门，朝着酒店走去。

凌晨的法兰克福，街边路灯亮着，但灯光之外，却是一片漆黑。路边的欧式建筑，就像一头头巨兽，沉默地蹲在那里。

张铁突然会说德语。

我眼睛里有个黑洞。

如果在好莱坞电影里，这种突如其来的超能力，将会是主角英雄生涯的开始。然而现在，我所感受到的却是无尽的迷惑和恐慌。我看了一眼并肩而行的张铁，从他紧皱着的眉头，我敢担保，他的感受也是如此。回去的路上，我们都有很多话要讲，可是，我们都一句话没说。

这天晚上，我失眠了。

我躺在床上，双手枕在脑后，看着酒店房间里黑漆漆的天花板。无数的场景在眼前绕来绕去，汇成一个意象。

三十多岁的汉子，张铁，他的身体像一个鸟笼，里面囚禁着一只娇柔的百灵鸟——十三岁的萝莉喻小柔。我突然想到一个网上流传的说法——抠脚大汉萝莉心，这个比喻有点不恰当，另一方面也非常恰当。抠脚大汉萝莉心，还挺好笑的，不过现在，我没有一点想笑的意思。这件事情非常严肃。

喻小柔，就是张铁。我越来越确定，从逻辑上判断，这件事情是成立的。

首先，在一个星期以前，我从这个世界醒来，发现自己的灵魂被放在了一个职业小说家蔡必贵的身体里。我身边的人和物，我自己的经历，全都被替换掉了，跟我原有的记忆起了很大的冲突。对于这种现象，这个世界给我的解释是——职业小说家蔡必贵得了偏执型妄想症，混淆了小说里虚构情节跟现实。所以，我需要按时服药，定期回医院复查。在这两个星期里，我经历了好多次反复，一开始认为是整个世界在骗我，接下来承认是自己疯了，再后来，又觉得是整个世界出了问题。好几次，在我就要坚持不下去的时候，是唐双通过各种途径传递给我信息，让我可以坚定信念，跟整个世界对抗。不，甚至不需要她传达什么信息，只要我能确认唐双是存在的，我就有勇气跟整个世界对抗。唐双给了我一个从这个世界里逃脱的方法，那就是："找到小柔，救她出来。"

　　我原以为，小柔会是在《真实妄想》里描述的德国的一个叫斯邓肯多夫的小镇，所以我才趁着法兰克福书展的机会，跟张铁一起来了德国，去找小柔。没想到，众里寻她千百度，蓦然回首，原来张铁就是小柔……说起张铁，除我之外，另一个灵魂跟身体错配的例子，情况又跟我不尽相同。

　　首先，张铁非常认同自己现在的身份。他就是一个一米八几的三十多岁汉子，一个出版公司的老总，一个长得像马修·麦康纳，有很多女人喜欢但依然保持单身的男人。

　　其次，如果说我被硬塞到这个世界的躯壳里是不情愿、不得已的话，张铁看起来，与其说是心甘情愿，倒不如说，这个躯壳就是他主动想要，甚至主动设计出来的。以一个瘫痪在病床上的小萝莉的眼光来看，张铁这样高大，穿衣显瘦、脱衣有肉，职业是小公司的老总，三十多岁的男人，符合她的审美，因为是力量与强硬的化身。只是……我在床上翻了个身，我也清楚，无论独自一人时想得有多么清楚，站在张铁面前，我还是耻于把这个想法说出口。张铁就是小柔，这个念头，简直是太荒谬了，不具备任何现实意义。

第十一章
戏中戏

第二天,当我经历了一晚上的失眠,半梦半醒地坐在回程的飞机上时,我考虑的是两个问题。第一,黑洞还会再出现吗?第二,我要不要再跟坐旁边的张铁讨论一下他就是小柔这件事情?因为座位安排的关系,小高跟别的同事都坐得挺远的,所以我跟张铁之间的可笑对话倒不害怕被他们听见。

飞机刚刚爬升完毕,正要进入平稳飞行,我挠挠自己的脸,假装不经意地问:"呃,老铁……"

他却转过脸来,突然对我问道:"老蔡,《真实妄想》你写了多少?"

我一下子没反应过来:"哈?《真实妄想》?"

张铁的表情多少有点气恼:"对啊,《真实妄想》,你写的小说啊,《怪咖奇异事件簿》系列第六部!"

听他说完,我的第一反应是,都什么时候了,张铁竟然催稿子!这资本家对劳动者的剥削简直丧心病狂!冷静下来再一想,不,他的意思不是这样的。

我在这个世界里,作为一个得了精神病的职业小说家有一条时间线;而《真实妄想》里所描述的情节是作为小工厂主、身怀绝症的鬼叔有另一条时间线。所以,《真实妄想》这部小说,实际上,揭示了另一个世界的所有真相。在之前的剧情里,描写了鬼叔——也就是"我"——如何从ICU的病床上醒来,得知自己脑子里长了个洞,并且去了德国,探望跟自己同病相怜的小萝莉喻小柔。然后,有一个德国科学家法比安告诉"我"一个疯狂的计划,暗示可以拯救小柔,进而拯救自己。故事到了这里,就戛然而止了。

法比安的"疯狂计划",一定得到了实施,所以我才会置身于这个世界。我关心的内容,是要怎么救出小柔,一起逃离这个世界。而张铁也关心这部小说,他首先是要解决自己的身份问题——他到底是不是小柔,而这一切内容,都写在《真实妄想》接下来的情节里。

看我沉默不语,张铁憋不住用手肘碰了我一下:"老蔡,你没写了是吗?赶紧往下写啊!"

我朝着他苦笑了一下:"老铁,我也想把《真实妄想》写完,不,是看完啊,这样一来,我就知道接下来该怎么办了。"然后我沮丧地叹了口气,"问题在于,这部小说,根本不是我写的啊!"

《真实妄想》最初的六千字内容,在我从这个世界醒来的那一刻就已经被写好了,躺在我家公寓的电脑里。我分两次把这些内容都看完了。接下来还有两三千字,是我从黑洞里掏出自己的手机之后,在手机的备忘录里看到的。而这加起来小一万字的内容,在我的记忆里,已经完全想不起是什么时候、怎么写出来的了。在我的认知里,跟已出版的《怪咖奇异事件簿》系列前几本一样,《地库牢笼》《海岛梦境》《游戏匿踪》,压根都不是我写出来的,而是我的亲身经历。如果硬要讲这些小说都有一个作者,那么这个真正的作者大概就是传统意义上的"神",或者是我曾经远远接触过的"高维生物"吧。现在,我也很想找到这个真实的作者,让他赶紧更新,或者干脆剧透一下,接下来的情节会怎么发展,到底我还能从这世界回去,跟唐双团聚吗?

"啪!"

我正在自怨自怜的时候,张铁打开了小桌板,把一件东西放了上去。我定睛一看,是我的配着蓝色键盘的 Surface(微软平板电脑)。原来他刚才竟然从我的行李包里私自翻出了这台电脑;看着他寄予厚望的眼神,我能懂他的意思。我迟疑地再次确认:"你是让我……写《真实妄想》?"

张铁郑重地点了点头。

我不禁骂道:"周扒皮啊,你这是!"

张铁嘿嘿一笑:"少发牢骚了,赶紧写啊,国内的悬疑小说家都是这样的好吗,飞机、动车、宾馆,走到哪儿写到哪儿。拼的就是产量,不然怎么能挣到钱活下去啊。"他对我做了个贱贱的姿势,"加油哦。"

我被他的情绪感染,也稍微开心了点。说实在的,这几天都是愁云惨淡的,被一堆莫名其妙的事情搞得糊里糊涂的,确实需要一些乐观的想法。

我打开电脑,搓了搓手:"好,那我来试试。"

张铁欣慰地拍了拍我的肩膀:"这才对嘛。"然后他晃了一下手里的东西,却是一本书,"刚才顺手从包里拿的,你码字,我看书,消磨下时间。"

我扫了一眼封面:"德文版《1984》,你能看懂……"话没说完,我就停了下来。昨晚在酒馆里张铁突然发现了自己会讲德语,现在看来,这个超能力并没有消失,他不光会听会讲,还能阅读。所以他疑惑于自己身上的变化,对自己的真实身份产生了动摇,才会那么关注《真实妄想》,要我赶紧写下去。这么想着,我深深地吸了一口气,打开文档,然后把手指放在了键盘上。我要开动咯。

半个小时后,Word 文档左下角的"字数"一栏,没有任何变化。我一个字都没写出来。不,这么说倒也不公平,我其实硬着头皮写了几百个字，但是跟前文根本衔接不上，乱七八糟的，又删掉了。看一眼手表，距离我打开电脑，已经过去了一个小时。

我叹了口气，再看看旁边坐着的张铁，他捧着一本德文版的《1984》倒是看得不亦乐乎。

在《真实妄想》里，小柔也是突然就掌握了别的语言；如果这个能力可以复制、转让，我掌握了这门技术就会打败新东方啊、朗文啊什么的，成为语言教育界的最大赢家，亿万富豪吧。这么想着，我凑了过去，指着书里的一行字："老铁，你翻译下。"

张铁抬起头来，瞪了我一眼，不过还是老老实实念道："他不知自己身在何处，应该是在……呃，在仁爱部里，但是没有办法确定。"

我眉毛一挑，取笑道："行啊，你是真的看得懂嘛。"

张铁撇了撇嘴："别闹，码你的字去。"

我却不理他，把书往后翻了几页，指着上面的斜体字："这些呢？"

张铁不屑地说："我懒得跟你……咦？"他看着我指的斜体字，仿佛看见了什么了不起的东西，疑惑得说不出话来。

我看着他的表情，不由得也疑惑了起来："怎么了，这些写的是什么？"

张铁抬头看了我一眼，吞了吞口水，指着其中的一个斜体单词："这个词是……鬼、鬼叔叔。"

我一时反应不过来，像白痴一样问道："鬼叔叔？你说是鬼叔叔？就是鬼叔的鬼叔叔？"

张铁点了点头："没错，就是那个鬼叔叔。"

我不敢置信道："《1984》我看了好几遍，中文版的里面没有什么鬼叔叔啊！难道是德文版的不一样？"

张铁深吸了一口气，翻动书本，发现后面五页都是同样的斜体字，再之后就变成了正常的字体。然后，他翻回到最开始的那一页，低声道："老蔡，你说得没错，《1984》里没有鬼叔叔，不管是中文

版还是德文版。这几页……"他指着那些斜体字,"这几页,不是《1984》,是……"

他抬头看着我:"是《真实妄想》。"

我倒吸了一口冷气,问道:"这个……你能翻译吗?"

张铁低下头:"我试试。"

回到慕尼黑市区,我跟唐双没心情到处逛,就在住的酒店里吃过晚饭,然后回了房间。我们住的是雷赫老城区的拜耶里切酒店,装潢古典而豪华,很有中世纪的贵族气息。跟霸道总裁一起出门,住宿条件自然不会差,订的都是豪华套房,差不多两万人民币一晚。这么好的房间,这么怡人的异域风景,前两天晚上,我跟唐双都没有浪费。床上、浴室、阳台,都成了我们的战场。虽然没有明说,但我们彼此心知肚明,身患绝症的我,以后这样的机会是越来越少了。所以,我们把每一次都当成是最后一次,酣畅淋漓,极尽缠绵。我想再多待几天,说不好唐双会抛弃她丁克的理念,在我离开世界之前,给她留一个小孩。

不过,今天晚上,情况完全相反。我跟唐双相拥着躺在酒店的大床上,却一点那个的意思都没有。人就是这么奇怪的动物,在明知自己必死无疑的时候,反而可以抛掉负担,尽情享乐;现在,有一个机会放在面前,就变得患得患失,整副心思都在上面,无暇他顾了。是的,此刻我躺在松软的大床上,躺在最爱的女人身旁,心里想的却是另一个人。不要误会,我想到的是德国科学家法比安,想到他下午详细解说的"疯狂计划"。而且我可以确认,此时此刻,唐双心里也在想这件事;因为她罕见地没有枕在我胸口,而是背对着我躺在床上。我想,她是不想让我看见她皱眉头的样子。

我深深吸了一口气,侧过身去,从背后抱着她:"双……"

她没等我往下说,就幽幽地问了一句:"你还是要去吗?"

我嘿嘿一笑,故意说:"去?当然不去啦,那么危险,谁去谁傻。"

唐双破天荒在我的手背上揪了一下,身为霸道女总裁的她,以前可是很不屑于做这种小女生的举动的。然后她叹了口气,半是担心,半是骄傲地说:"别的男人我不知道,但是我的男人就有这么傻。"

唐双说的傻,其实是在夸我。明知不可为而为之,明知会冒很大的风险,但为了某一个目标,仍然不顾一切地去尝试,这种傻,换个说法就是勇敢。勇敢,是身为人类——尤其是男人的一种高贵品质。不过,心里虽然清楚,嘴上我却不饶她:"好啊你,敢说我傻!看我怎么弄死你!"我的手刚要在她身上乱摸,就被她牢牢抓住了;她握住我手腕的力度倒不像是要制止我,而像是倾尽全力要把我从悬崖拉上来一般。

唐双的语气里,恢复了原来的自信、坚定,缓缓地对我说:"鬼,你去吧,我相信你。"能让唐双都深思熟虑,关之担心不已的,所谓"疯狂计划",确实非常疯狂。

下午从喻小柔家的别墅出来之后,我们坐上了去法比安实验室的车,经过半个多小时,来到了他在慕尼黑大学里的实验室。一踏进实验室,我跟唐双就惊呆了,这个一百多平方米的大房间,与其说是实验室,不如说是FBI(美国联邦调查局)破案的房间、ICU病房、炒股的大户室三者的结合物。

我们站在中间,环顾四周,观察这间诡异的"实验室"。两面墙壁上贴满了各种照片,有一群不认识的陌生人的大头像,有脑部CT片,还有一些用三维图像软件建造的场景。另外一边,

有由七八个显示屏拼接而成的巨大屏幕,几个研究人员坐在电脑前,记录着屏幕上各种奇怪的波形。最后一面墙壁,其实是玻璃墙,在玻璃墙另一边,是一个同样有一百多平方米的房间;那个房间像是个无菌手术室,摆放了两张手术台,还有各种各样的医疗器材。

我们自行观察了几分钟,法比安走上前来,仔细跟我们介绍"疯狂计划"的来龙去脉。当然了,他用的是德语,我是听不懂的,幸好唐双"刚好"会德语——她也"刚好"会法语、意大利语、日语,英语当然不在话下——可以为我全程翻译。她翻译的水平很高,简直称得上专业水准,不过,通过她面部表情变化,我怀疑唐双并没有把法比安说的100%翻译过来。好吧,即使是彼此深爱的两个人,也会有互相隐瞒的部分,这就是爱情的迷人之处吧?

首先,法比安介绍了墙上挂着的那些CT片,其实我也猜出来了,这满满一堵墙的上百张CT片,显示的是喻小柔脑袋里黑洞逐渐变大的过程。在墙壁中间,最大张、最显眼的CT片是三天前拍的,小柔脑袋里的现状。说真的,虽然之前就听法比安介绍过情况,但亲眼看见时,还是把我给吓到了。

在这张CT片上,黑洞已经占据了整个大脑70%,触目惊心。我回想起一小时前,小柔噘着嘴跟我说再见的样子,实在无法想象她巴掌大的一张脸后面,竟然隐藏着如此大的一个脑洞。

我挠了挠头,对我而言,更恐怖的事情在于——我的脑子里也有这么一个洞,虽然现在只有指甲盖大小,但是在四年内就会变成CT片上的样子。

唐双恰到好处地抓住了我的手:"鬼,别担心,法比安说他有办法。"接下来,法比安带我们来到巨型屏幕前,并交代其中一名印度裔研究人员播放一段电脑模拟的图像。于是,在屏幕里出现了一个黑洞。接下来,法比安指着那个黑洞,叽里呱啦说了一大堆。唐双一边点头,一边对我翻译:"他说这个黑洞,就是在小柔的脑袋里的洞。黑洞在二维平面上是一个洞,但是在三维空间就呈一个球体,无论宇宙中的黑洞还是小柔跟你脑子里的黑洞,其实都是一个球状的物体。"

我轻微地撇了一下嘴,这么简单的知识,傻子都知道。真当我脑子里有洞,以为黑洞是平面的一个圆形洞口呀?

法比安跟唐双没有理会我,继续往下介绍:"法比安说,据他们多次观察,小柔脑子里的黑洞是一个绝对均匀的球体,并且表面绝对光滑,在很长时间里,大家都认为黑洞会在脑子里发生位移,其实它本身是完全静止不动的。但是……"

我不由得哦了一声,他们现在说的这点,倒是完全出乎我的意料。

唐双盯着屏幕上的那个黑洞,翻译道:"但是后来,通过黑洞附近脑组织的扭曲、变化,法比安发现,小柔脑子里的黑洞是无时无刻不在快速旋转的。具体的旋转方向,是以小柔站立时的脑部结构为标准,黑洞呈顺时针方向不停旋转,一小时略少于六千圈。"

我插嘴道:"一小时六千圈,那么复杂,干脆说每秒钟一圈就行了吧。"

唐双瞪了我一眼:"你笨不笨,一小时是三千六百秒。"

我吐了一下舌头:"对哦,好吧,你接着说。"

法比安对印度小哥说了句什么,然后小哥操作了一下,屏幕上黑洞的表面出现了一个红点;红点沿顺时针方向飞快地转着,表现出黑洞本身是在快速旋转的。

我耸了耸肩膀:"好了,黑洞会转,然后呢?"

唐双还没帮我翻译,法比安却一笑,看来是猜到了我说的

话。然后，他又朝印度小哥做了个手势；我凝神一看，屏幕上却没有任何变化。一秒钟之后，带红点的、快速旋转的黑洞越变越大，但同时快速往屏幕下方隐去。放大了许多倍之后，我才发现，原来在红点黑洞上有一个小小的黑洞。不过，这第二个黑洞除了大小的不同外，还有其他的不同之处。首先，这个黑洞上面用来标识其也在旋转的是一个绿色的点。其次，这个黑洞转得很慢，简直就是没有在动的样子，一小时不知道能不能转完一圈。最后，从绿点缓慢移动的轨迹来看，这第二个黑洞旋转的方向是逆时针的。

我倒吸了一口凉气，朝法比安问道："这是我脑子里的洞？"

没等唐双翻译，法比安点了点头，脸上的表情写的是——哦哟，你小子也不笨嘛。

我皱着眉头跟唐双说："帮我问问这老头，他怎么知道我的脑洞是这样转的？"

唐双跟法比安沟通了一下，然后跟我说："还记得来德国之前，梁警官带你去做的那一次检查吗？那是在法比安的指导下进行的，数据也全部给了他。"

我点了点头，行啊，老头儿，果然老谋深算。接下来，老谋深算的法比安脸上表情突然变得生动起来，他双手一拍，印度小哥立刻心领神会，噼里啪啦地敲打着键盘。接下来，屏幕上的画面尺幅又开始缩小，红点黑洞变成了CD碟的大小，法比安解释，唐双翻译道："我们现在看见的黑洞就是小柔的大脑里面黑洞的实际尺寸。"

在这个尺幅下，代表我的绿点黑洞只有指甲盖那么大，难以辨认。印度小哥又敲了几下键盘，绿点黑洞逐渐变大，有一个乒乓球大小。与此同时，红点黑洞的尺寸却没有变。我还没来得发问，接下来屏幕上发生的一切让我更是目瞪口呆，一头雾水。

两个旋转方向相反的黑洞，开始互相接近，不，准确地说，是红点黑洞吸引、拉扯，最终"捕获"了绿点黑洞，让它围绕着自己旋转。

这个场景，有点像是地球——绿点黑洞，在围绕着太阳——红点黑洞，在宇宙中快速旋转着。只不过，地球绕太阳公转的轨道是固定的，或者说变化缓慢；而绿点黑洞则是一边旋转，一边被红点黑洞越拉越近，呈螺旋状。与此同时，绿点黑洞接近了红点黑洞后，旋转的速度开始变快，最后变得跟红点黑洞同步，绿色的点连成了一条绿色的光带。在围着红点黑洞转了几分钟后，毫无意外的，绿点黑洞跟红点黑洞"啵"一声——这是我在脑海里自己配的音——撞上了，几乎一瞬间，绿点黑洞就被红点黑洞完全吸收了。

我跟唐双交换了一下眼神，心里想的大概都是："这到底是什么意思？"不过，我们的疑惑并没有持续太久。

几秒钟后，我们发现红点黑洞的旋转速度开始减缓，像一个终于用光了动能的陀螺。在几秒钟之后，更奇怪的事情发生了。红点黑洞开始慢慢缩小，与此同时，红点也变成了绿色。几秒钟之后，原本一红一绿两个黑洞现在只剩下了一个乒乓球大小、绿点、逆时针旋转的黑洞。

看到这里，唐双紧紧握着我的手，而我则咬着自己的指甲对着屏幕自言自语："他是要这么搞啊。"

"老头要怎么搞？"我瞪大眼睛，着急地追问。

张铁翻到了下一页，其实我们都心知肚明，这么做一点用都没有。因为刚才那几页斜体字，到这里就结束了。

他抬起头来，心痛地对我说："没了。"

我一把抢过这本奇怪的《1984》，前前后后地翻了起来，可是，整本书里再也没有斜体字。在发疯一样把书翻了几遍，确认了结果之后，我啪一声合上书，身体重重地倒在椅背上。双手伸进头发里，用力挠着自己的头："老头子到底是要怎样搞啊？"这一刻，我终于能体会到那些在网上追小说的人胃口被吊在半空中，那种牵肠挂肚、撕心裂肺的感觉。卖关子、吊胃口、挖坑的这群作者，真够缺德的！

张铁轻轻地拍了拍我的肩膀："好了老蔡，别这样。"

我狠狠地瞪着他："别这样？那你想我怎样？你他妈也知道，我到底有没有疯。不对，你到底有没有疯。也不对，总之这世界有没有疯，我跟你要怎么逃，都靠这部小说来指导啊！"

张铁从我膝盖上拿起那本《1984》，凝神看着封面，那迷惑的表情，就好像岳不群在看着《辟邪剑谱》，决定要不要挥刀自宫一样。不过说实话，张铁的处境，也是够惨，我反而有点同情他了，于是想了一下道："老铁，你看，这《真实妄想》真不是我写的，这下信了吧？"

张铁的视线还是没离开那本书，点点头道："信，我信了。"

我伸手盖住那本书的封面："好了，别看了，再看也看不出什么来，要不这样吧，老铁，我是写小说的，你是出版小说的，我们就来猜猜，接下来的剧情会怎么发展。"

张铁转过头来，眉毛一挑："倒也是个办法。"

我听他这么一说，兴奋地搓了搓手，然后赶紧把电脑拿了过来，关掉了刚刚打开的文档，打开了画图板。

张铁非常有默契地把电容笔给我递了过来。

我像一个真正的小说家一样，胸有成竹道："好，等我画一下小说思路。"

一个小时后，电脑上面密密麻麻地填满了一堆鬼画符似的图案。虽然画面有碍观瞻，但是《真实妄想》前面一万五千字的思路，包括各条剧情线索、各个人物之间的关系，我跟张铁倒是理得清清楚楚了。

首先，我们达成了共识——在这样的故事逻辑下，按照鬼叔富于冒险精神、爱逞英雄的人物个性分析，他一定是接受了法比安的"疯狂计划"，尝试去救喻小柔。

其次，通过我们看到的最后一段，屏幕上所演示的两个黑洞的变化，我跟张铁讨论了几次，反复修改，终于大致分析得出一个思路——"疯狂计划"是如何进行的。抛开前面介绍各自特性的阶段，两个黑洞实质性的互动先是发生在绿点黑洞上。具体来说，是发生在它变大的这一步。前面画面尺幅被拉大，只是为了演示两个黑洞尺寸的差别；接下来红点黑洞呈一个CD碟大小，没有变化，而绿点黑洞从指甲盖大小变成了乒乓球大小——我跟张铁一致认为，这是一个有实质意义的举动，代表着在"疯狂计划"里法比安要做的第一步，就是人为地介入、干预，让绿点黑洞的尺寸变大。换句话说，要让鬼叔脑袋里的洞变大。

跟张铁讨论到这里，我心里暗自骂了法比安的娘。脑洞越大，病情就越严重；我为了要救小柔，却让自己的脑洞变大，真是舍己为人的"活雷锋"，不，这种超越国别的大爱，说是"中国的白求恩"更恰当。

在让我的脑洞变大后，通过某种方式——我跟张铁不约而同地联想到了小说里，跟实验室相连的手术室——将鬼叔跟小柔的脑洞暴露，然后互相接触，这样一来，就到了第二个阶段。在第二阶段里，鬼叔的脑洞会被小柔的脑洞吸引，不断旋转之后被并入红点脑洞里。接下来，第三个阶段绿点脑洞在红点脑洞内部经过某种作用，有效地让红点脑洞变小。

到了最后阶段，两个脑洞只剩下一个，而且体积要比之前的小得多；因为这是电脑屏幕上的虚拟动画，所以我跟张铁倾向于认为

这演示的是"疯狂计划"成功后的结果。也就是说,两个本来脑子里有洞的人,一个小,一个大,在"疯狂计划"成功之后,大的消失了,只剩下一个小的。只是这个乒乓球大小的脑洞会比原来指甲盖大小的要大上许多。那么,这个计划成功后,乒乓球大小的脑洞是留在谁的脑子里呢?鬼叔,还是小柔?

一开始,张铁坚持认为,脑洞是留存在小柔脑袋里的。他是从计划初始的情况来分析的,小柔脑袋里的黑洞那么大,怎么可能会完全消失呢?而如果结局相反,乒乓球大小的脑洞是留在鬼叔脑子里的,也就等于说,即使计划成功,鬼叔没有得到任何好处,反而让自己脑子里的洞变大了。这样一来,鬼叔怎么会傻到参与这个计划呢?

但是,我却持完全相反的意见。我认为,乒乓球大小的黑洞是留在鬼叔的脑子里的。我之所以这么认为,是基于对小说前面剧情的判断:正因为知道计划成功后的结果是小柔会彻底获救,而鬼叔脑袋里的洞会变大,唐双出于对鬼叔的爱,才不愿意让他参与这个计划。然而,通过对鬼叔的人物个性分析——好吧,换个角度,其实是我对我自己性格的了解——这么带有悲壮意味、舍己为人的英雄行为,才是他渴望去做的事。

说到这里,张铁表示一万个不同意:"老蔡,你的这个推测不成立啊。自己没得救,反而病情会加重,哪里有人愿意做这种事?编故事也不能这么编,完全说服不了读者啊。"

我听他这么说,完全没有生气,反而嘿嘿一笑:"你看吧,说到这里,你就露怯了。当然,鬼叔本来就是有高尚情操的人,是一个脱离了低级趣味的人。当然他愿意这么做,不是单纯的舍己为人,其实眼光放长远,也是符合他自身利益的。"

张铁不屑道:"拉倒吧,脑子里的洞变大了,本来说四年才挂,现在起码再短命半年,怎么还符合他自身的利益了?"

我故作高深地摇了摇头："老铁，你啊，还是要再学习。你想想，鬼叔的脑洞是变大了没错，可是，小柔的脑洞没了，小柔被治好了啊。"

张铁还是没想明白："小柔被治好当然好，但是对鬼叔有个啥用啊？"

我摆摆手："你想想，鬼叔治好了小柔，能总结出治好的经验吧？接下来，当鬼叔脑袋里的黑洞也变得跟小柔的脑洞一样大时，再找一个脑子里有洞的、初级阶段的患者，我们叫他小明，然后依样画葫芦，故伎重施……"

在我的循循善诱下，张铁的榆木脑袋终于开了窍，哦了一声，若有所思道："老蔡，你是说，到时再来一次，让小明来救鬼叔，就像鬼叔救小柔一样……"对哦，我怎么没想到！他刚要拍自己大腿，手在半空中又停住了，"不对啊，老蔡，你这设定里有 Bug（漏洞），鬼叔救了小柔，谁能确定世界上就有小明存在，找到小明，又能确认小明一定会救鬼叔？"

我轻松一笑："事在人为啊，你想，唐双那么有钱，能解决很多问题。再说了，与其坐以待毙，看着小柔死了之后自己死，还不如主动出击，试着控制事情发展的方向。"

听我说完，张铁皱着眉头想了好一会儿，才终于说："老蔡，真是这样？"

我胸有成竹地点头："真是这样。"

我跟张铁说了半个小时，总算在"老头要怎么搞"这个问题上，达成了共识。

总之，就是让鬼叔脑子里的黑洞跟小柔脑子里的黑洞互相接触，然后小柔的黑洞把鬼叔的黑洞吸进去。再经过一些不知道什么原因的变化后，大的黑洞会坍塌、瓦解，只剩下较小的黑洞留在鬼叔的脑子里。鬼叔接受了这个"疯狂计划"，并且按照计划完成了第一、第二个阶段。而第三个阶段，也就是绿点黑洞进入红点黑洞后、从

外部无法观察到的进程,我有一个大胆的推断——绿点黑洞被吸入的一瞬间就是我从床上醒来进入这个世界的那一刻。从那一刻开始到现在,好像经过了漫长的时间,但认真数起来,不过是两个星期而已。按照我的想法,从上周一在公寓醒来,到目前我还是处于第三个阶段。我跟张铁的探讨到了这里,就无法进行下去了。因为再说下去,就会触碰到问题的本质,我跟张铁都不敢触碰、心照不宣想要回避的、问题的本质——这个世界,及这个世界的人到底是什么?

毫无疑问,按照现在的这套假设,我接受了法比安的"疯狂计划",是闯入这个世界里的外来者,就像是来到黑暗异世界的骑士要把公主救出来什么的;与此同时,基本上能够确认,张铁就是我要救出的那个"公主"喻小柔。我跟张铁都是具有自由意志的、能思考的人;或者说,我们拥有真正的灵魂,只是被放置在错误的身份,或者错误的身体里。可是除了我们两个,这世界的其他人呢?在这两个星期里,虽然我亲眼见到的人不多,但怎么也有大几百个。包括这飞机上素不相识的陌生乘客,也包括坐在后面几排的小高等同事。他们都是什么呢?还有那些跟我和张铁都有亲密关系的人,他们又是什么呢?张铁这边是他的父母、前几任的女友,在他的生命中都占有很重要的位置。我这边最重要的只有一个人——我在这个世界的妻子小希。这时,我不由得庆幸自己的先见之明。在这个世界醒来之后,我曾经有几次试图跟远在加拿大的父母,还有正在南美某处丛林里的哥哥取得联系。但是,每一次我都忍住了。我担心的问题是,我的动机是要逃离这个世界,回到原来的世界;如果这个世界里的亲人跟自己发生了互动,并且有真挚的感情,那么我还能毅然决然地抛弃这个世界吗?这又牵涉另一个问题——有朝一日,骑士带着公主离开了黑暗世界,那么黑暗世界的其他人又会怎样呢?要解决这个问题,又要先绕回上一个问题,那就是这个世界以及这个世界里的人到底是什么？

　　我跟小柔的脑子里为什么会产生一个黑洞，是因为我们拥有同样的能力——可以沟通其他平行空间的自己，获得他们的技能。而且，获得技能的时长、个数，看起来是跟脑洞的大小成正比。我所获得的技能都是来自编号为质数的平行空间里的蔡必贵，印象中有 2063 号平行空间的职业飞机师，1009 号的开锁大盗，还有 3217 号的拳击手，都是突然获得技能，突然失去，持续不超过十分钟。而小柔获得的技能，有弹钢琴、芭蕾舞、各种语言、天文地理，不一而足，种类众多，而且看上去是永久性获得的。所以，关于这个世界的构成的猜想，最容易想到的答案是——我跟小柔都来到了其中一个平行空间。这样一来，我们身边的人都是正常的人类，只不过是其他平行空间里的人类而已。

　　如果是这样的话，我的离开又分为三种可能性，第一是连带肉体一起离开，成为一个失踪人口；第二是灵魂抽离肉体，原来的肉体变成植物人；第三是人民群众喜闻乐见的，我回到了原来的世界，这个世界的小说家蔡必贵的灵魂也回到了我现在占有的这具躯体上，跟小希过着快乐幸福的生活。不过，只要稍微想想，就会发现，平行空间这个假说，经不起推敲。

　　所谓平行空间的世界，拿我来举例，不同平行空间的蔡必贵，人生际遇、经历，会有或多或少的不同。但是，不同的平行空间世界拥有相同的物理法则、人类本性，否则，就不称其为平行空间了。但是，在我目前所处的这个世界，随处可以出现巨大的黑洞，人们对此习以为常或者毫无察觉，这是不符合物理规则，更不符合人类本性的。试想一下，如果在正常人类的面前，突然出现了一个黑洞，他的第一反应是吓得惊慌失措吧？而且，这个随机出现的黑洞对应了会随机移动的脑洞，所以，比起平行空间的假设，我更倾向于这个世界是处在小柔的脑洞里。这个假设，我并不是随口说说，而是

经过深思熟虑的。

首先,本来从南山到龙岗要走一个小时,在这个世界里,却变成了三十多分钟,比例大概是1∶0.6。从深圳飞往法兰克福要十六个小时,现在则是十二个小时;如果扣除起飞跟降落的时间,也接近1∶0.6的比例。而刚才在《1984》里的斜体字描述的,小柔脑子里的红点黑洞,每小时转略少于六千次,而一小时是三千六百秒,这个比例也是1∶0.6。我们通常说的黄金分割线,我记得是0.618。也就是说,在这个世界里,从甲地到乙地,固定距离不变的情况下,所需时间是正常世界里的0.618倍,呈一个黄金分割状。

虽然我不太明白这其中的原理,但按照我贫瘠的物理学知识去猜测,可能是因为小柔脑洞旋转的速度扭曲了这个世界里的时空。如果这个假设成立的话,我、身边的张铁、机舱里的乘客、整架飞机,现在都飞翔在小柔的脑洞里。不光如此,这整个世界也是装在小柔的脑洞里的。

在我想来,这个世界的建构可能是因为小柔在不同的平行空间里穿行了太多次,每一次都采集了一些素材,留在大脑的黑洞里,所以东拼西凑地就成了现在这样一个怪异的世界。这个世界跟正常的世界相比,应该是有局限的。比如宏观的尺度,我只到过深圳、法兰克福、慕尼黑几个地方,其他没去过的地方可能是根本不存在的,更别提地球之外的太空了。从微观的角度看,这个黑洞里的事物或许只局限于肉眼可见的精度,像病毒、原子这些东西,都是不存在的。如果要类比的话,这个脑洞里的世界,就像是一个制作很精良的游戏;但再怎么精良,这个游戏的容量、解析度都是有限的,不可能跟真实的世界相比。

好,如果这个世界是由小柔构建出来的,都在她的脑洞里,那么,这个世界里的人又是怎么回事呢?照之前的思路往下走,这个世界里,除了我跟张铁——小柔的化身——之外,所有的人都是小柔外加我的帮助——我的脑洞跟小柔的脑洞融合的过程中，自己的记忆也随之与她共享了——构建出来的。他们都不是人。虽然，从逻辑上讲，这是一个非常大的可能性；但是从情感上来说，实在是让人非常难以接受。不认识的、没有交集的陌生人——比如飞舱里萍水相逢的乘客——不是真正的人，这还稍微好接受些。可是，像共处了几天的小高，像来公寓楼下接我的Allen，给我们倒茶的小米，这些人，难道都不是人类吗？那他们跟我讲过的话，对我展示过的笑容，甚至偶尔跟我有过的肢体接触都是什么？好，就算咬咬牙，承认这些也不是人，只不过是类似一串程序代码、一段虚假记忆之类的存在，接下来，最大的、绕不过去的问题，我这个世界里的妻子赵小希是假的吗？

在这个世界里，为什么我的老婆不是别人，而是小希——曾经跟我一起攀过雪山的女人，应该不是由小柔安排的，而是对我内心缺憾的一种补偿。毕竟就像之前说的那样，在第三阶段里，我的脑洞跟小柔的脑洞融合了，肯定也带进来了我的一些东西，一起建构的这个世界。当然了，我最爱的女人是唐双，绝对是；但如果在雪山上，我跟小希在一起了，后来再遇上唐双的时候，就不会有往下发展的机会。

小希……虽然在德国的这几天，我们没有太多的联系，但是，其实她一直在我心里，挥之不去。我坐在飞机的座椅上，闭着眼睛，回忆这两个星期里跟小希相处的点点滴滴。她给我做的早餐，知道我没吃药时自责的表情，我们在床上拥抱时身体的触感，她放在我手心里的戒指……我睁开眼睛，看着右手无名指上戴着的那枚蒂凡尼婚戒。戒指套在手指上的感觉，像孙悟空头上的紧箍，坚硬而真实，容不得半点虚假。我不由自主地把手指放在嘴边，轻轻地亲了下戒指。

小希……会是假的吗？

第十二章
都是假的

一觉醒来，飞机已经开始降落了。我心中不由得有些懊恼，因为前几天没休息好，回程的时候竟然不知不觉就睡着了。这样一来，就没有留意到来时的那个黑洞究竟有没有再出现。看一眼旁边坐着的张铁，好嘛，他睡得比我还熟。

飞机降落在深圳机场，我们出了到达厅，便各回各家，各找各妈。我并没有开车来机场，所以叫了一辆滴滴专车来接。刚下飞机的时候，就已经按照小希交代的，打了个电话给她。她告诉我，已经做好了晚饭在等我，有我最爱的濑尿虾。

我最爱吃的……濑尿虾？看着车窗外飞逝而过的景物，我不禁脑子里也有点迷糊。我到底爱不爱吃濑尿虾呢？虾壳虽然很难剥，很麻烦，但小希都是剥好给我的，她简直是剥虾的高手。其实还是挺好吃的。我拍拍自己的脸颊，深深吸了一口气。自从上星期一早晨，从公寓的床上醒来的那一刻，我就满门心思地打算着，要怎么证明这个世界的错误，怎么逃离这里，回到原来的世界。可是换个角度想，我为什么一定要回去呢？

回到原来的世界，我是一个脑子里有洞的绝症患者，只能活四五年；在这个世界里，虽然我一开始是个妄想症患者，可是只要我抛弃了原来的想法，就是一个正常人。虽然那边有个我深爱的女人，可是这边也有个深爱我的，愿意为我牺牲一切，对我关怀备至的好女人；从婚姻的角度上看，相比唐双，小希或许是更完美的妻子。抛开心灵美，从外在美的角度看，两个人也是平分秋色，差不了太多。好吧，在原来的世界我比较有钱，在这个世界里我是一个穷酸的职业小说家；不过，适应了这种紧巴巴的小日子之后，也有一种稳定温馨的感觉，不是吗？挣得少，还不用交那么多税呢。我挠了挠头，总之，如果不亲手戳破，其实是可以在这个世界里愉快地生活下去的……吧？

"先生你好，到了。"专车司机的提醒，让我抬起头来，果然，车已经到了自己公寓的楼下，窗外就是那片突兀的康乐区。我下了车，把行李放在地上，抬头往公寓楼上看。

十楼，1015房，有一个人正在等我回家。一个为了我牺牲自己事业的女人；一个在我贸贸然辞职之后，主动承担起经济压力的女人；一个不嫌弃我得了妄想症，无微不至地照顾我的女人，一个做好了我最爱吃的濑尿虾等着我回去的女人……可是，在另一个世界里，有另一个人正在等着我回去。我也答应过她，无论如何一定会回去。所以，红玫瑰与白玫瑰，是每个男人一定要面临的难题吗？

唐双，小希。

小希，唐双。

唉，我该怎……

"叭！"震耳欲聋的喇叭声，还有轮胎与路面摩擦的刺耳声音，我向右一转头，一辆红色跑车冲上了人行道，正朝我急驰而来！

红色。下一秒，我就要被红色跑车撞死了，脑海中却浮现了一些色彩。红色的跑车、红色的木马、红色的棒球帽、黑洞上的红点，还有……红色的拨号键。

我喜欢的颜色是绿色，绿色的鞋子、绿水鬼、绿点黑洞，以及……怎么想不起来了，我×！iPhone 的拨号键应该是绿色的。然而并没有什么用，我马上就要被车撞死了，在这个世界里永远死去。红色跑车，离我只有半米的距离，我可以清楚地看见车窗玻璃后面开车的富二代惊慌失措的脸，还有玻璃倒影里我自己的样子。我徒劳无功地举起右手，妄图螳臂当车。

什么东西旋转的声音。不是汽车轮胎，来自我身体里。确切地说，是瞳孔。在千钧一发之际，红色跑车停在了离我半米的地方。不，它并不是紧急刹车了，实际上，它两个前轮离地有十厘米，后轮高高翘起五十厘米，就这么头重尾轻地翘起来悬浮在半空，一动也不动。

整个世界，整个时空，似乎都凝固了。但是，事实并不是这样。我身边熙熙攘攘的车照样开过，邻居们从公寓的大堂进进出出，像是根本没看到马路中间的神奇一幕。一个三十多岁的男人正在以某种超能力把一辆一吨多重的红色跑车，悬浮、固定在半空。所有人，就像是被设定的程序般，并不处理眼前的这个突发事件，都按照原来的轨迹移动着。包括跑车里的富二代，也一直保持着刚才惊慌的表情，似乎是程序卡住了。而在车窗玻璃的倒影里，我看见了自己模糊、扭曲的右半边脸。在旋涡的中间是一颗瞳孔大小的黑洞；而在黑洞里，有一条飞速旋转的绿色光带。

"找到小柔，救她出来。"我突然就明白了——要对抗这个脑洞里的世界，原来是要用我自己的脑洞。整个世界里，除了我跟这辆红色跑车，其他仍然在照常运转着。

我眼睛仍然盯着跑车，用旋转的黑洞操纵它悬浮在半空；不敢回过头去，怕下一秒，跑车就会从扭曲的时空里恢复原状，高速向我撞来。在我身旁背后，路人或者有说有笑，或者愁眉不展，纷纷走过；对我视若无睹。就好像飞机在穿越黑洞之前，机舱里所有乘客都睡着了一样。

我深吸了一口气，这些人——都不是人。他们的所作所为，一举一动，都是按照这个世界的设定进行下去的。照这个逻辑推理下去，两个星期以来，在这栋公寓楼上，1015号房里的那个女人对我的种种温柔，也不过是这个世界的设定而已。赵小希——也不是人。曾经在真实的世界里有一个赵小希，但是她为了寻找自己的前男友已经在卡瓦格博的顶峰失踪了。而在这个世界里，为了弥补我的遗憾而出现的赵小希，不管怎么美好，她都是假的。真正等我的人，不在这个世界里。我要回去。

　　这么想着，我右手仍然举着，视线以悬在半空的红色跑车为锚点，一边盯着它，一边慢慢移动。等我走了十米左右，确定自己不在跑车运动的路线上，而且前方也没有任何行人的时候，这才放下手，闭上眼睛。再睁开眼时，跑车从身边呼啸而过，声浪震得我脸发麻。几乎是在两秒之内，跑车甩尾下了人行道，绝尘而去。这时候，周围才响起路人们的叫骂声。我皱着眉头，不知道这辆跑车的出现是有意还是无意。是要在这个世界把我撞成植物人，让我永远留在这里？又或者从另一个角度看，它的出现是要唤醒我身体里的绿点黑洞，启发我找到逃出这个世界的方法。

　　黑洞……我赶紧朝公寓大堂的玻璃门看去，倒影里，我的脸已经恢复了正常。幸好。尽管我要离开这个世界，离开小希，但我还是不想以怪物的形象出现吓到她。我深呼吸了几下，提起行李，走进大堂。

　　在1015号公寓门口，我输入门锁密码，刚要按下指纹，门开了。小希扑进我怀里。

　　"老公，我好想你。"

　　我双手僵了一秒，接着不由自主地抱住了她，轻抚着她的背。尽管心里在默念——幻觉，这全都是幻觉——但是，这并没有什么用。小希的腰肢是柔软的，手臂揽在我脖子上，稍微有点凉；她又湿又暖的鼻息吹拂着我的耳根，痒痒的，并不难受。理智告诉我，

抱着我的这个女人是假的。可是,身体的每一个细胞都不接受这个说法。

"你有没有想我?"当她把我搂得更紧,胸口压着胸口时,我上半身动弹不得,但尽量把胯部往后移……你懂的。

我吞了一口口水,顾左右而言他:"嗯。"

小希没有跟我计较,松开了我,帮我把行李提进房里,命令道:"洗手,吃饭。"放下行李,她又奔向厨房,一边忙活一边唠叨,"你先喝汤,盛好在桌上了,我再炒两个菜。在德国这几天,看你,都瘦了,你哪里吃得惯那些……"

我看着她在厨房里的身影,想起万能青年旅店的一句歌词——是谁来自山川湖海,却囿于昼夜、厨房与爱。

这画面,还挺温馨的。而且,被她这么一说,再闻着饭菜的香气,我真的饿了。到饭桌前坐下,看着满满一桌菜,不禁有些迷惑,难道说这些散发着香气的食物也全是假的吗?

不管了,我卷起袖子,先吃了再说。一阵风卷残云之后,我瘫坐在沙发上,摸着圆滚滚的肚子。

小希给我倒上了一杯热茶:"我去洗碗。"

我突然想起了什么,拦住她说:"等等。"然后,我在客厅角落的行李箱里翻了几下,找出从德国带给她的礼物,三件套的双立人刀具。

看到这份礼物,小希喜悦的表情无比真诚:"老公!我一直想买,又怕国内是假的。"她走过来揉一下我的头发,"你好乖。"

我挠着头,不好意思地笑。其实这套刀具是临走的时候张铁催问我有没有买什么给嫂子,我才在机场免税店买的。

小希收下礼物,也突然想起什么似的:"对了,我也有礼物要给你。"然后,她从茶几下拿出一个黑色的硬纸袋放在我手上,故作随意地说,"你拆开看看,我去洗碗。"说完她就回厨房去了,我捧着沉甸甸的纸袋从边缘看进去，看到了马耳他十字的标志。

江诗丹顿。

如今我躺在二楼卧室的床上翻来覆去地看着手中的那块手表。这是一块我已经"拥有"过的表。江诗丹顿传承，18K玫瑰金，背透，公价应该是十三四万。在我的记忆中是有一次跟唐双在香港逛街，她买给我的。

可是，上一次去香港，没找到唐双的公司，流落街头的时候，脑子里却涌起了另一种记忆。跟我一起到江诗丹顿店里逛的是小希，我很喜欢这块表，但是经济条件不允许，所以就放下了。我似乎能想起当时小希那复杂的眼神。十几万的表，在这么窘困的经济条件下，小希买来送给了我。我深吸了一口气，把手表翻过来，看着蓝宝石玻璃后面的机芯。那么复杂而精致的零件在我眼前转动着，这也是这个世界里虚假的存在吗？如果从宏观的角度看，这个世界比眼前的机芯更要复杂、精致千万倍；我之前假定这个世界是小柔在脑洞里构建出来的，这个想法真的靠得住吗？

"老公。"小希的声音打断了思考，我抬眼望去，她正站在浴室门口，笑盈盈地看着我。她刚吹过头发，但还有点湿，披在脖子后；身上穿着的是我的无印良品白T恤，松松垮垮的，下半身……没有穿，光着两条大长腿。

她一边朝床边走来，一边问："喜欢吗？"

我不知道她是问我喜欢手表，还是喜欢她这样穿，却诚恳地点头道："喜欢。"确实，两样我都喜欢。

小希坐在床沿："喜欢就好，来，帮我吹下头发。"

我这才注意到，她手里还拿着一个吹风筒。我接过吹风筒，一边帮她吹着头发，一边闻着她发丝里渗透出来的香味。手在她背后移动的时候，发现她的白T恤里面也什么都没有穿。这也很正常，跟老公在家，就要睡觉了……睡觉。想到这里，我又吞了一口口水。自打从这个世界醒过来之后，两个星期的时间里，一半我在发病，一半我去了德国，所以，并没有跟小希滚过床单。但是今晚……小别胜新婚，我无论从心理还是肉体上，似乎都有点按捺不住，蠢蠢欲动了。可，不，我不能对不起唐……

"可以啦。"小希回过头来，一把抓住我的手，把电吹风关掉。"老公，今晚我想要。"

这真是一个考验智慧的难题。灯光已经调暗了，我跟小希在床上肌肤相亲，她占据主动，我消极应对，我感觉到丹田一阵澎湃，实在没有把她推开的决心。其实，往深一点想，如果这个世界都是假的，那我在假的世界里跟假的妻子来了一发，也不算对不起唐双，是吗？

小希微微撑起身子，在我耳朵旁边，娇声道："老公，你累了吧，我自己来。"然后我感觉到什么东西正摩擦着什么东西，马上就要把什么东西吞噬掉。我闭上眼睛——就好像黑洞吞噬了飞机。突然我睁开眼，双手一把推在她肩膀上："不行！"这一下没控制好力度，竟然一下子把赤身裸体的小希推下了床。

她尖叫着，然后是"咚"的一声，头撞到地上的声音。

我惊慌失措地从床上跳起来，俯身要去拉摔倒在地的小希；她伸出手来，却不是抓住我的手，而是在我脸上狠狠打了一巴掌。

"蔡必贵，你疯了！"

凌晨三点多，我躺在楼下的沙发上抱紧了一床薄被。这种冷得有点发抖的感觉是真的吗？几个小时前，在楼上被小希打脸——字面意义上的，脸被打了一巴掌——当时，那又热又肿的感觉也是真的吗？在刚才的作大死之后，我理所当然地被小希赶到楼下的沙发上过夜。虽然按照张铁的话说，没见过像嫂子一样温柔的女人，但是在跟我结婚之前,她可是个敢爱敢恨、个性鲜明的姑娘。我摸着自己的半边脸,五根手指的指痕应该还没有消退。不过,就我今晚的行径挨一巴掌算是轻的。这种疼痛,如此真实。让我想起刚才在楼上,跟小希的一番对话。

她打完我一巴掌,自己却差点哭了,然后她要我看着她的脸。

我还记得她说:"蔡必贵,我知道你又在想什么唐双,对吗?你看看我,你认真看我,看我的眼睛。"

我照着她说的做了,从小希的眼睛里,我看见了薄薄的一层水雾;她颦眉的样子,让我心里揪了一下。

小希男子气十足地捏住我的下巴:"蔡必贵,你仔细看看,我是真的,我,赵小希,是你的老婆。"她松开右手,语气里充满了无奈,"唐双才是假的,我受够了,真的,跟一个不存在的女人抢老公。"然后,她把自己好看的脸,深深埋进了手掌里。

小希的声音像从黑洞里面传出来的一样,模糊而失真:"你说得对,我没办法证明我是真的,无论我怎么做都没办法证明。但是蔡必贵,我就是真的,我自己知道。"她的声音越来越低,"我是真的,我没办法证明;你自己好好想想,蔡必贵,你是真实存在的,对吗?你能想出办法向我证明,你是真实存在的吗?"小希似乎苦笑了一下,"说不定,你才是我想象出来的角色呢,要是这样就好了,我下一章就把你写死,这才解气。不,不能往下想,不然我也该疯了。"她抬起头来,深深吸了一口气,"你睡沙发吧,今晚,明天看情况……要不要带你去医院。"

我糊里糊涂却又驾轻就熟地从衣柜里找出一床薄薄的空调被木然往楼下走。就好像这样的夜晚、这样的争吵、这样被赶到楼下去睡全都不是第一次,只不过是之前的重演。

夜深人静。墙上的挂钟正在滴答滴答走着,但是今晚没有月亮,

看不清具体的时间。我叹了一口气,从身下掏出手机,凌晨三点五十一分。看来,今晚注定要失眠了。或者是德国的时差,还没有倒回来吧。刚要把手机屏幕锁上,耳朵旁边却莫名其妙传来一阵发动机的轰鸣声。

突然,我想起了什么。我打开手机,在虚拟键盘上输入了十一个号码,然后,把视线放到数字下面的拨号键。

绿色的拨号键。我踩了弹簧似的坐起来,颈后瞬间布满鸡皮疙瘩。之前好多次,我没有打通唐双的电话,那时候拨号键都是红色的。iPhone 的拨号键是绿色的才对——尽管用了那么多年,也不是每个人都能留意到。绿点黑洞,红点黑洞;我的脑洞,她的脑洞。要对抗这个脑洞里的世界,原来是要用我自己的脑洞。

"找到小柔,救她出来!"

我深吸一口气,再次确认十一位号码无误,然后,按下了绿色的拨号键。令人窒息的两秒钟寂静后……

"嘟,嘟。"电话通了。

如果不是怕吵到楼上睡觉的小希,我一定已经兴奋得欢呼起来。

镇定。我深深吸了一口气,在万籁俱静的黑暗里,聆听着手机里传来的声音。

"嘟,嘟。"

快接啊。

"嘟……鬼?"耳朵虽然听见了久违的声音,脑子却过了两秒才确认这个事实。眼泪差点就要掉下来了,声音瞬间哽咽了:"双,是你吗?"

唐双的声音听上去一如以往,沉着,坚定:"是我。"

我想起从黑洞里掏出的手机,问道:"上一次是不是你从黑洞里拉住我,那是你的手,对吗?"

唐双却似乎没时间跟我谈情说爱:"是我,鬼,你找到小柔了吗?"

我刚想回答，楼上却似乎传来了什么响动，我对着手机轻轻说："你等等。"然后我静悄悄起身，蹑手蹑脚走到阳台，又小心翼翼地拉上落地窗。

电话里，唐双的声音听起来有点急促："你找到小柔了吗？我们的时间不多了。"

我深吸了一口气："找到了。"

唐双大大松了一口气："太好了，我就知道你能做到。快救她出来，时间不多了，你们两个的大脑快要……"

时间不多了，要救她出来，这我都知道，可是……我皱起眉头，打断道："我也想救她出去，可是该怎么做？"

唐双毫不迟疑，给出了答案："我不知道。"

我差点一个趔趄滑倒在阳台上："你不知道？那有谁知道？法比安他……"

唐双的声音充满了担忧："法比安也不知道，鬼，你记忆丧失的程度比他预测的还要严重。"

我眉头皱得能拧出水来："你不知道，他不知道，那谁知道？"

她一口断定："只有你知道。"

我简直头疼欲裂："我怎么会知……"

唐双那边着急地打断道："没时间了，鬼，我们都看不见你那边的情况如何，但是你一定要相信我，相信你自己，你一定能找出答案的。"

她对我的信任确实让人感动，可是没有用啊，我到底该怎么找呢？还没等我说话，唐双像是跟谁用德语说了两句话，然后毫无预兆地说了句："写出来。"之后，电话那边陷入了沉默。

我不敢置信地看着手机屏幕，确实，电话已经被挂掉了。

所以……写出来？我能够猜出，唐双所说的"写出来"，指的是把小说《真实妄想》写出来。我也知道，关于她提到的我"丧失"

的记忆,也就是晕倒被送医院到接受法比安的"疯狂计划"的这一段记忆;而这段经历是我从错误的世界里逃脱出来的关键,也是小说《真实妄想》里的剧情。如果我能够把小说写完,对于要怎么把小柔救出去,具备现实的指导意义。可是,问题就在于,我他妈的写不出来啊。在从德国回来的飞机上我就尝试过了,结果徒劳无功。脑子里偶尔会有零碎的画面,却无法转换成文字落在键盘上。

我闭上眼睛,在黑暗的阳台上,深深吸了一口气。别的小说家,写不出小说无非就是挣不到钱,红不起来,如此而已。我写不出来,看上去是要致命啊。

傍晚在公寓楼下,那辆飞驰而来的红色跑车很可能就是要取我狗命,让我永远留在这个世界里的。刚才唐双说了半句,"你们两个的大脑快要……"想来指的肯定是我跟小柔的大脑。听她电话里焦急的语气,恐怕我再不抓紧时间,我跟小柔的脑子都要被黑洞吞噬掉了。

写出来……我睁开眼睛,握紧双拳。好吧,事到如今,我只能再去试试。

我轻轻拉开落地窗,蹑手蹑脚地走回客厅。侧耳听了一会儿,楼上卧室没有动静,看来刚才跟唐双的电话并没有吵醒小希。

万幸。

家里的电脑就放在客厅一角,我轻声走了过去,打开电源。为了不节外生枝,我连灯都不敢开,在黑漆漆的客厅里只有显示器发出的惨淡白光,笼罩着我的上半身。深更半夜,一个男人坐在显示器前,黑暗中浮现他那张惨白的脸……嗯,这个气氛很适合写恐怖小说。

那就来吧。我在桌面找到"《怪咖奇异事件簿》系列"这个文件夹,然后打开"《怪咖奇异事件簿》06-真实妄想"的文档,刚想要回忆飞机上张铁翻译给我的最新章节,却惊奇地发现,这些章节的中文版就好端端地写在文档最后。不知道是谁把这些段落输入了文档里，不过，这并不是现在要去搞清楚的问题。而且有了这些段落，对我而言更方便了。

看到这里，唐双紧紧握着我的手，而我则咬着自己的指甲，对着屏幕自言自语："老头是要这么搞啊。"

我看着显示器里的汉字，不由得骂了一句："到底是怎么搞啊。"算了，再怎么抱怨也没用，我挠了挠头，然后把双手十指放在了键盘上。那就来试一试吧。

首先，是三个回车，区分上一个段落。嗯，接下来是……我把左手无名指放在键盘上的 W，打下了第一个字。

我

我……我……我个啥啊！对于接下来的情节发展方向，我有个大概的预期；就好像一片暴雨中，你站在悬崖边上，大概能看见索桥在哪儿。可是，这个"大概"其实没有用，它并不能给我勇气迈出第一步。稍微一点偏差，整个故事就会落入万丈深渊。

以前我在网上论坛里，把卡瓦格博上发生的事情还有跟"时间囚徒"斗智斗勇的过程，都大致写了一遍，稍有改编；原以为不会有什么人看，没想到竟然还骗来了一批拥趸，包括唐双，也是因为看了我的帖子才慕名找到了我。所以，当时我以为，写小说不难。但是我没有想到，之前所谓的"写小说"，不过是把发生过的亲身经历用文字表达出来而已，这跟真正的"写小说"不是一回事。当你想要虚构一个故事，情节全是凭空想象，还要让看的人信以为真，原来那么难。

　　我叹了一口气，手指离开了键盘。算了吧。在原来那个世界，我不过是复述了亲身经历；在这个世界，我想要做职业小说家，钱没挣到，还把自己弄疯了。看起来，无论在哪个世界，我都不是写小说的料。我把 Word 文档最小化，回到电脑桌面却发现屏幕里有一个黑色的点。我以为是刚才从阳台飞进来的虫子，下意识地伸手摁；可是，指尖却没有任何触感，直接摁到了屏幕上。嗯？再伸开手指，那黑点还在，而且，好像……还会动。什么鬼？我脸靠近屏幕，想要看仔细些，那个黑点却迅速变大了！

　　我差点吓了一跳，一秒钟之后反应过来，屏幕里的黑点是倒映着的我的眼睛！这不是什么黑点，是我眼睛里的黑洞！又来！我把脸跟屏幕拉远了距离，可是，黑洞却没有变小，反而开始慢慢旋转起来。随之出现的，还有在黑洞里面的一个绿色的点。随着黑洞越转越快，绿点变成了一个绿色的圆圈；显示器倒影里我的右半边脸也被黑洞牵引，整个扭曲了起来。

　　怪物……我心中油然而生一股对自己的厌恶感，不由得伸出双手，想要捂住自己的脸。突然，双手却不受控制了，就好像在黑洞的影响下，手指又被连上了看不见的线。只不过这一次，不是从我手指长出线，控制半空中的手机；而是从不知哪里垂下来的线绑住了我的手指，像提线木偶般让它们动弹不得。不，不是动弹不得，而是……自己动了起来。我万分惊恐地看着十根手指不受自己控制被牵引到了键盘上。然后，左手食指熟练地按住 Alt 键，与此同时无名指在 Tab 键上按了一下，在小窗口里选择了刚才最小化的 Word 文档，然后松开。文档连带着刚才我千辛万苦才写下的那个"我"字，又出现在了面前。然后，我的双手十指，毫不迟疑地在键盘上飞舞起来。随着我手指的敲击，越来越多的文字，以难以置信的速度不断地出现在文档的空白处，逐渐组成一个新的段落。

我跟唐双都猜到了，法比安的"疯狂计划"是什么。但是，尽管如此，听着这个德国老头把他的计划亲口说出来，还是让我们震惊。这个疯狂的德国科学家，竟然要切开我的颅骨。准确地说，是通过开颅手术切开我跟小柔的颅骨，法比安用手指在我的额头大概发际线贴合的位置画了一条线示意——就是从这里，把头盖骨掀开，让大脑组织暴露出来。我不由得吞了一口口水，仿佛听到了手术刀划开头皮的声音，只觉得脑门一阵发凉。

法比安不停地说着，唐双皱眉帮我翻译，这个手术的全过程在我脑海里变成了一段视频。

场景就在实验室一墙之隔的无尘手术室里。手术室有两张床头相对着的手术台。我跟小柔分别躺在上面，由两组医生同时进行开颅手术。然后，通过手术台下的电动滑轨，两张床慢慢靠近，两个头盖骨被打开的脑子也慢慢靠到了一起，最后，固定在不到一厘米的距离。

我吞了一口口水，想象着两个颤巍巍的红色果冻就快挨到一起的样子。当然了，从旁观者的角度来看，其实并不是两个果冻。我的果冻比较完整，小柔的果冻已经缺了一大块。那一大块就是一个黑色的、看似静止，其实在快速旋转的黑洞。接下来——法比安说——就像刚才电脑上展示的那样，我们两个人的黑洞会彼此吸引，相互靠近，当然由于质量上差异很大，肉眼看上去只是我的黑洞朝着小柔的靠近了。然后，我的以绿点为标记的黑洞会被小柔的红点黑洞吸引，纳入轨道，最后被吞噬。

我深深吸了一口气，跟唐双对视了一眼；她朝着法比安问了一句，我虽然听不懂，却明白她问的是："这么做有什么用呢？"

听完这个问题，法比安的兴致似乎一下子就被唤起，他神

采飞扬、手势不断,滔滔不绝地讲了近十分钟,唐双连翻译给我的空隙都没有。好不容易等他讲完,也多亏唐双记性好,这才把法比安刚才的演讲内容复述给我。

原来,刚才法比安说的是他通过这几年对小柔的脑部不间断地监测,得到庞大繁杂的数据;每次小柔昏迷后,法比安会尽可能地让她回忆曾经梦见过什么,然后全部记录下来。有了这些资料,再结合他一系列的理论分析,建立起了一整套的理论模型。据法比安的观测,小柔在昏迷的时候是去了她"创造"的一个世界。法比安说,由于多次沟通了不同的平行空间,留下了不同平行空间里关于某一件事物的许多"碎片"。"碎片"越来越多,就逐渐被小柔无意识地组合起来,从而变成了她自己创造的世界。

根据小柔的描述,一开始,这个世界的范围很小,只有她自己的房间。这样的情况持续了半年,她把房间里的每一细节,包括被单的每一根棉絮、桌面的每一块花纹都细化、固定之后,终于,在房间的墙壁上出现了一扇窗户,可以远眺阿尔卑斯山。再接下来,随着她昏迷的次数逐渐频繁,时长逐渐增加,脑洞也逐渐扩大,她所创建的"世界"范围越来越大,越来越壮观。在小柔的房间之外,是整栋别墅、整条街道,最后变成了整个斯邓肯多夫小镇。一年后,小柔的世界已经包括了他爸爸曾经带她去过的慕尼黑、法兰克福,甚至据小柔说,好几次她可以在昏迷的梦境里从机场搭乘飞机飞到她想要去的地方。而实际上,喻小柔并没有去过这些地方。法比安猜测,是平行空间的其他喻小柔去过,她们的"碎片"交给了小柔,才能在脑洞的世界里构建出这些地点。对了,提及这个问题,不得不说到在小柔作为"创世主"的世界里,她是作为什么角色出现的。

法比安说,在最开始,她都是以自己的形象——十二三岁的混血小萝莉——出现的。但渐渐的，小柔发现，她可以随心所欲地控制自己，以其他形象出现。比如说，她尝试过变成家里帮佣的阿姨、隔壁的德国牧羊犬，甚至尝试过变成了凯蒂·佩里，但是最大胆的一次是以奥斯卡奖得主男演员马修·麦康纳的形象出现在了好莱坞的星光大道上，给一些尖叫的小女生签名。法比安回忆，当小柔说起这段经历时，笑得很开心，觉得很好玩。

唐双说到这里，我领悟了过来："所以，如果我进行了他说的那个手术，我的脑洞被小柔的脑洞吃掉了，我也会遁入她创造的世界里？"

法比安虽然听不懂中文，却对我竖起了大拇指。

我朝他勉强笑了一下，回应他的赞赏，然后继续问唐双："也就是说，当你们观察到，我的脑洞被小柔的脑洞吞噬，从我的角度来看，我就进入了小柔创造的世界。好了，那么问题来了……"我看着法比安，皱眉道，"然后呢？"

我话音刚落，法比安耸肩摊手，做了个滑稽的动作。

我不由得骂道："你根本就听得懂中文吧？别跟我装傻啊。"

唐双摸着我的手背，让我少安毋躁，然后继续用德语跟法比安沟通。确实，对于我的问题——绿点黑洞被红点黑洞吞噬，我进入小柔创建的世界之后会怎么样——法比安也不知道。

不，应该说，从一个德国科学家严谨的角度来说，他不能准确预测将会发生什么，但可以提供一些合理猜测。法比安猜，那一瞬间，我将会在小柔创建的世界里醒来。这个地点，照他预测，将会是在小柔母亲家的别墅里，或者，是在慕尼黑我跟唐双住的拜耶里切酒店。然后，由于我的脑洞容量有限，我只能带去一部分记忆，会丧失掉大部分记忆；我能记得的都是一些最关键的、有特殊意义的记忆，而丧失掉的那些并不是说我

想不起来，而是在那个世界里，我根本不会去想起。但是，法比安确认，我一定能记得最重要的事情，就是找到小柔，把她救出来。

这个时候，我就有疑问了："这个世界不是小柔创造的吗，为什么还用我去救她？"

法比安的解释是，这个黑洞虽然是由不同平行空间里无数的喻小柔的"碎片"组合而成，但是黑洞本身却是基于某个没人能搞清的原因，这个世界不是由小柔主动去创建、去控制，而且由于黑洞本身过于宏大、完整，身处其中的小柔也许都无法意识到，自己是活在自己的脑洞里。

我用力地挠着头，好不容易才消化了这段话的信息；还没等我说出口，唐双已经帮我问了："那么我男朋友，会不会也跟小柔一样，不知道自己所在的是一个错误的世界？"

法比安摸了摸硕大的鼻子，显示出他对自己所说的话也并不是那么确定："我想应该不会的，在小柔这个世界里，因为'碎片'之间的冲突，会跟真实的世界有所不同。只要能留意到这些不同，就可以领悟到自己正身处错误的世界。还有……"他非常严肃地说了一段话，唐双翻译过来，就是说，虽然小柔脑洞里的世界很宏大，但毕竟不是真实世界，它的尺度是有限的。在小柔所熟悉的两个地点之间，理论上来说是大片的空白，或者黑暗，总之，都是无法到达的区域。而在从一个地点去另一个地点，理论上要通过这些无法到达的区域时，根据小柔的描述，会出现类似黑洞的东西扭曲时空，缩短路程以此来避开那些不存在的区域。

而这个时空缩短的倍数，根据小柔的描述，正是现实中的0.618倍，也是小柔的脑洞每小时自转圈数跟每小时秒数的一个比例。法比安说，他也搞不清楚为什么是0.618，只知道确实就是0.618。

他全神贯注地盯着我,也不管我听不听得懂,用严肃而缓慢的德语说:"贵,你一定、一定要记得,如果看见了像纸片一样的黑洞,如果两个地点之间的旅途被缩短,说明那个世界就是错的,你不属于那里,你之所以去了那里,只是为了完成一个任务……"

我听唐双翻译到这里,深吸了一口气,接下去说:"找到小柔,救她出来。"

第十三章
小希的话

在显示器前,我深深地吸了一口气。不知道什么时候,在键盘上飞奔的十根手指像尽力跑完一千米的选手停了下来,在一边喘气休息。而在文档里,已经出现了新的段落,接近三千字。我看了一眼屏幕右下角的时间,写完这三千字,不过用了十分钟而已。刚才我打字的速度已经打败了全国99%的用户,大概突破了音障,可以称为"天马流星指"了吧?说句实话,刚才手指一边不受控制地在敲键盘,我一边看着打出来的字;我的阅读速度都赶不上手指打字的速度。那得是有多快啊。

这时,我感觉到十根手指、两个肩膀,都有些酸麻,因为肌肉急促地重复相同的动作所致。我双手摊在眼前,手指并拢,再伸直。不知什么时候,这些手指又受我的控制了,那些控制木偶的线消失得跟出现一样突然。不用再看,我右眼的那个绿点黑洞肯定也已经消退。这么想着,我一边揉着自己酸痛的肩膀,一边看着文档里的字。

看起来,就这些了。短短的三千字,带给了我大量的信息。

开颅手术,什么鬼!如果小说里记载的是真的,那么如今,此刻,现在,我的意识活在小柔创建的世界里,而在另一个世界,我的脑袋被打开了,大脑组织暴露在外,对着另一个十三岁萝莉的大脑。想起来后背就凉飕飕的。难怪在有限的机会里，跟唐双取得联系的时候，她总是重复时间不多了，时间不多了。现在我总算明白了，时间确实不多，把脑子露在外面太久，估计我就要挂了吧。我花了三分钟接受了这个事实，好了，接下来是法比安对于这个世界的理论，以及我进入后的预测。

首先，他说的黑洞、路程缩短，跟我之前遇到的是相互验证的，这条为真。

其次，他说错误的世界里，会出现一些错误的标记，这也验证为真。比如说，我一觉醒来，发现天花板吸顶灯的形状变了，公寓里的所有变化，比如楼下本不该存在的康乐地。还有，Allen、专车司机、机舱乘客、目睹我差点被撞的路人们，他们奇怪的举动，都是违背人性、不合理、不自然的。不过，法比安对于我醒来的地点完全估计错了，我不是在德国醒来，而是在万里之遥的深圳。呃，估计就算我脑子都被打开了，潜意识里还是比较爱国吧。还有就是，法比安太高估了我带到这个世界来的记忆，实际上，他认为我一开始就该知道的东西，我是反反复复、浪费了很长一段时间才终于搞明白的。

找到小柔，救她出来。

我坐在电脑椅上，双手抱着后脑，思索着任务的进展。毫无疑问，小柔我已经找到了，就是张铁。法比安也说了，在小柔之前昏迷的时候，她曾经变成过她喜欢的男演员马修·麦康纳。这一次，她走得更远了，成了在深圳的一个长得像马修·麦康纳的男人，三十多岁的出版公司老总，张铁。张铁身上，具备她现实里所不具备的一切特质，强壮、自信、健康，充满男性气息。

找到小柔，救她出来——这个任务，我已经完成了前面的四个字；但是，后面的四个字，才是真正的难点所在。我要怎么说服张铁，他不是他，他是小柔，是一个十三岁的混血萝莉？我要怎么说服他，我们身处一个错误的世界，应该逃出去，回到现实？任何人都可以试试，去找一个自己最好的朋友，告诉他这一切，人家分分钟会当你是疯了。更何况，前提是我真的是疯的。这个世界给我的设定，就是一个失败的职业小说家，因为写小说得了偏执型妄想症——"疯子"的温和说法——需要每天吃药，定时复查。我作为一个精神病患者，要去说服一个正常人，自己不是疯了，而是整个世界疯了；张铁，你要跟着我走，离开这个疯了的世界。如果张铁能轻易被我说服，那么他才是有精神病。

我用力地挠着头发，快被这个问题搞疯了。再想下去，我真的是要……

啪的一声，房间突然亮了。

"你在干吗？"

我吓了一跳——从电脑椅上整个跳了起来！转身一看，却是穿着睡衣的赵小希正静静地站在刚打开的灯光里。我不禁有些恼羞成怒，虽然对于她来说，我的恼羞成怒并没有任何意义。刚才，她就这样站在我身后，不知道站了多久，我做的一切可笑动作，我不自觉地喃喃自语，都被她看在眼里，听在耳里。她一定会当我是精神病发作的。

果然，小希接下来说："在德国这几天，你有没有按时吃药？出发之前，你答应过我的。"

我吞了一口口水，支吾道："药，啊，有啊……"其实我早就不知忘到哪里去了，就算记得，我也不会吃的。

小希冷笑了一声："张铁也说有，好嘛，他跟你一起来骗我，回头看我怎么收拾他。不过，现在先说你。"黑暗中，她把什么东西塞到了我手里，像是一个胶卷盒子，有着塑料的质感。

然后，她声音冷酷地说："蔡必贵，把药吃了。"

药？我摇了下手中的"胶卷盒子"，里面有颗粒状的物体哗啦作响,我这才想到,手里是一个圆筒状的药盒,里面装着我应该吃的药物,"奥氮平""利培酮"什么的。

小希还在抱怨,却不敢直接责怪我,而把张铁作为靶子:"你一回来,我就觉得不对劲,问了张铁,他还信誓旦旦说你有按时服药。好,看我下次不把他头给拧下来。"她叹了一口气,"好了,不说他了……"小希语气一软,像是在哄小孩,"老公,你乖乖把药吃了,明天起来,就会好的。今晚也不罚你睡沙发了,上去跟我一起睡吧。"她把手搭在我的手臂上,轻声温柔地说,"乖。"

一瞬间,我有些迷惑——难道说,在德国发生的一切不过是因为我没吃药,又产生了妄想?

幸好,很快我就清醒了过来。之前发生的种种事情,黑洞、飞机上的梦、《1984》里的《真实妄想》段落,最重要的是我右眼里出现的黑洞,以及能让一辆红色跑车悬浮在半空的异能——这些都不是幻觉,不是妄想,而是正如法比安所说的,这个世界"错误"的证据。而且,如果以前是我在孤军奋战,现在张铁可以证明我并没有疯,是这个世界有问题。我们在飞机上做了相同的梦,他看见了我右眼里的黑洞、我让酒杯悬浮的能力,还有从《1984》里,用他突然掌握的德语念出了一整段的《真实妄想》。如果说我疯了,张铁比我疯得更厉害。这么想着,我深深吸了一口气,握紧手里的药瓶,准备把它扔出阳台。小希生气也没办法了,而且——我不断在内心提醒自己——我面前站着的,这个世界里的妻子,也是由小柔的"碎片"组成的,一个假象,一段程序,诸如此类。她不是人。

此时此刻,这个"不是人"的小希,视线却越过我的肩膀落在了电脑显示器上。

我后退两步,想要挡住 Word 里的内容,却已经晚了。

她的眉头皱得更紧:"你怎么又在写这段?"

我来不及思考,支支吾吾地解释道:"啊,张铁说,进度拖太

多了,那我就……"

小希闭上眼睛,深深地叹了一口气。

我这才觉得有点怪,小希问的不是"你怎么又在写小说",而是"你怎么又在写这段",她是什么意思?

小希睁开眼,双手握住我的手腕,直视我的眼睛:"听我讲,老公,这几段内容,你早就写过了。"

我不由得愣在当地,浑身汗毛直竖。这几段内容,我早就写过了?怎么可能?但是……我躲避着小希的视线,轻声辩驳道:"没有啊,都是我刚刚才写的,新的段落……"

小希轻哼一声:"我不是故意要让你难受,但是你回想一下,好好想一想,刚才写这几段的时候,是不是特别快?"

我迟疑地点头:"是很快,但那是……"接下去的话我没有说出口,"但那是因为我右眼有个黑洞,操纵着我不由自主地码字",这样听上去就很荒谬的理由一定无法说服小希。

小希的手从我手腕上移,怜惜地摸着我腱鞘的位置:"那是因为,你刚写的那几段,几个月前你就写出来了,刚才你只是又重复输入一遍。老公,《真实妄想》开头的几万字,不要说你,连我都会背了。"

我大吃一惊,努力挣脱了她的手:"不可能,别胡说了,我是不会相信你的。"我猛烈地摇头,"什么我早就写过了,怎么可能?"虽然表面上,我这么决然地否定,但是脑海里,却矛盾地浮现出几个画面。

夏天午后,客厅里只有空调运转的声音,我在电脑前时而沉思,时而敲下键盘,露出满意的笑。我把打印好的一叠纸,递给刚洗好碗的小希,期待地看着她的表情。

我枯坐电脑前,痛苦地抓着自己的头发,甚至用头去撞书桌。

十根手指搭在键盘上,飞快地敲击着,电脑里出现的是不断重复的一段话。

怪咖奇异 事件簿
STRANGE EVENT

再写下去我就要疯了再写下去我就要疯了再写下去我就要疯了再写下去我就要疯了再写下去我就要疯了再写下去我就要疯了再写下去我就要疯了再写下去我就要疯了再写下去我就要疯了再写下去我就要疯了再写下去我就要……

还有……夜深人静，我在电脑前，把 Word 文档里的文字大段大段地删掉；显示器倒映出我的表情狰狞得像是怪物。紧接着，我又把刚删掉的字，一个个地输入，装成是自己刚写出来的。这么做的时候，脸上都是心满意足的笑。

不可能……我还想退后，但是身体已经被电脑桌挡住，退无可退。我抓着自己的头发，痛苦地摇头。难道，小希说的都是真的，这几段我早就写过了，只是因为创作遇到了瓶颈无法再往下写；极端的焦虑促使我把已经写好的内容全部删掉，然后装成是新的内容再写出来，以这种自欺欺人的手段获得一点点可悲的满足感。

这样一来，倒是能解释我电脑里，文档经常毫无理由的变化，以及写在手机备忘录上的段落。还有就是刚才短短的十几分钟里，我就能写出三千字——因为刚才的所有内容，在我反反复复的删跟写里早就了然于胸。

不，不对。我停止了抓头发，反而抓住了一根救命稻草。我抬起头来，直视小希的眼睛："你想骗我，不，不是这样的。飞机上！回来的飞机上，我们看了一本德文版的《1984》，上面就有《真实妄想》的内容，写的是……"我侧过身去，用手指翻动鼠标滚轮，把 Word 文档拉到飞机上看的那几个段落，"喏，就是这几段印成德文，在几年前出版的书上！这个你要怎么解释？"说完这些，我得意扬扬地抱起双手，看小希要如何招架。

小希皱着眉头，若有所思的样子："等等，我先理一理。你是说，

"在飞机上,你们指的是你跟张铁,对吧,你们一起看了一本德文版的《1984》,上面竟然有你写的小说的内容,是这样吗?"

我点头称是:"没错,书被张铁带回去了,你想看的话,我明天去找他要。不过……"我嘿嘿笑道,"你也不懂德……"

小希打断了我:"等等,你也不懂德语的,所以是张铁翻译给你听的,对吧?"

我耸耸肩膀:"是啊,因为张铁他突然就会了德语,很神奇吧,然后他……"

小希却朝我摆摆手,继续往下分析:"先不说这个,所以,其实你也不知道书上写的是什么,不过是张铁念给你听的,他说什么,你就以为是什么了,是吧?"

她说得很有道理,实际上,虽然书上印的是斜体字,但写的单词我一个都看不懂。我之所以认为是《真实妄想》的内容,现在回想起来,无非是因为张铁告诉我是。如果他是在骗我……我突然有点心慌,但还是坚持说:"是这样没错,但那上面就是《真实妄想》的内容,我确定。"

小希却不管我的话,问道:"那本书是谁买的?"

我摸了摸鼻子:"我买的。"

小希不依不饶:"你买的,好,是你自己想买的,还是张铁让你买的?"

我皱起眉头,在我们撤展的那天,张铁让我一定要买几本书留念,然后陪我在展厅里逛,最后,实际是他帮我挑的这本德文的《1984》。而且,现在回想起来,在飞机上,也是他在拿电脑给我的时候,"顺手"就拿出我行李袋里这本书的。如果他真的是"顺手",那么这几件事加起来,确实有点巧合了。

这个时候,小希给我已经混乱的脑子,再来了一记重锤:"老公,你以前写的那些段落,不光我看过,张铁是你的出版人,他也全看完了。而且……"小希看着我，一字一顿地说，"他本来就会德语。"

张铁本来就会德语，却一直跟我装不会。而且，我写了前面一部分，还未完结的小说，他作为我的出版人也早就看过了。所以，关于《1984》的德文版里，印上了我正在写的小说内容也可以从另一条故事线来分析。一条更合理、更符合常识的故事线。

首先，他借口要带我去德国转转，安排我到了法兰克福书展。然后，在撤展时，他假意让我带几本书回家做纪念，故意帮我挑了这本在某部分有斜体字的《1984》。接着，飞机上他借口让我写小说，"顺手"拿出这本书，然后装腔作势地读了起来。看到了斜体字的部分，他表演出惊讶的样子，然后告诉我那几页斜体字是《真实妄想》的内容。当然我毫不怀疑，就相信了他的话。实际上，因为我一个德语单词都不懂，所以那上面写的是什么鬼，我完全不知道。再然后，他就把他看过的《真实妄想》段落，假装"翻译"，其实是复述了一遍给我听。在下飞机之后，他借口要再研究，把那本《1984》也带走了。

我深深吸了一口气，这一长串的推理天衣无缝。只是有个问题。我皱着眉头，疑惑地问小希："如果张铁是在骗我，他这么做是为了什么？"

这个问题，似乎让小希也很为难，她皱着眉头，几次欲言又止的样子。

我心里隐约有个猜测，但这个猜测太可怕，太颠覆了，我不敢往深里想。

张铁叫小希"嫂子"。跟我在一起的时候，张铁总是会有意无意提起很多跟小希有关的话题。我之前没有留意，以为是正常的关心，现在想起来，其实已经超越了某种界限。另外，据我半个月来的观察，总结出张铁很"害怕"小希；再想想，张铁对小希的态度，与其说是害怕，也可以理解为出于喜欢的言听计从。

天哪！我在胡思乱想些什么。张铁是我的好兄弟，不！错了，张铁是喻小柔，是小柔在这个世界的化身。而我之所以身处这个错误的世界，就是为了找到小柔，救她出去。喻小柔，一个十三岁的混血萝莉，怎么可能会喜欢上我的老婆，并且对我下……

"老公。"

我抬起头来，看见小希为难的表情，紧张地问："怎么了？"

她却一笑："别站着说话，跟两个傻瓜一样。"然后，她拉着我到沙发上坐下，头靠在我肩膀上，轻轻地说，"老公，你问我张铁为什么这么做，我说出来，你不要生气啊。"

我皱着眉头："你说，我不生气。"

小希顿了一下，又补充道："我说的也不一定对，你就先听着，别气张铁，别伤了感情。"

我深深吸了一口气："好，我不生气。"

得到了我的保证，小希终于开始说了，第一句就足够震撼："我很早就知道，张铁喜欢我。"

虽然刚才已经想到了这个可能性，但听她说出来，还是让我难以置信："啊？"

小希连忙解释道："对不起，我不应该瞒着你的，可是你难得有一个朋友，他又帮你出书，我怕破坏了你们的关系……"她探过身子，观察我的表情，"你答应我不生气的，你要是生气，我就不说了。"

我深吸了一口气："我没有生气，你接着说。"

小希又看了我三秒，像是确认我没有生气，这才继续往下说："你还记得我们从卡瓦格博回来吵架了，然后你就写了《雪山禁忌》，把我写成被红色雪山吸走。你记得吧？"

我皱着眉头，实际上，小希所说的事情我并不记得。因为在我的记忆里，她确实就是在卡瓦格博的顶峰被红色雪山吸走了。不过，还是听她继续往下说。

小希接着道:"我就有点生气,当时张铁来找我……"

我想起张铁也曾经跟我讲过这件事,抢着道:"哦,他帮我讲和,所以你才不生我气,我们又和好了。"

小希用奇怪的眼神看了我一眼:"你怎么会这么想,是他跟你说的吗?"

我疑惑地点了点头:"是啊,怎么了?"

小希叹了口气,摇头道:"不,他不是来劝和的,实际上恰恰相反,他说了些奇怪的话,让我别跟你在一起。"

我吃惊地张大了嘴巴:"怎么会?"

小希似乎也不愿多谈:"都过去了,你知道就好。你也知道我的脾气,跟你结婚之前,我很倔的,他让我不要跟你在一起,我反而觉得你这个人真的不错。是,心胸狭窄了点,也很幼稚,我得罪你,你就在小说里挤对我。但是……"她轻轻在我手臂上捏了一下,"但是,我当时就觉得啊,你也蛮可爱的。"

照她这么说,张铁本来是想要拆散我们的,没想到却起到了反作用。可是,我记得很清楚,他在办公室里对我说,当初是他劝和了我跟小希,我很高兴,才把《地库牢笼》《雪山禁忌》两个稿子交给他出版的。我挠着头:"你说的跟他说的不一样,啊,当然了,我更相信你说的。好了,那接下来呢?"

小希眼睛朝上看着天花板,像是陷入了回忆:"接下来,当时张铁已经在给你做小说出版了,我怕破坏你们的合作,也没有太伤他的面子。没想到,他反而以为我态度模糊,他还有机会,更对我大献殷勤。没办法,我只好明确跟他说,我喜欢的是蔡必贵,这一辈子,只想跟蔡必贵在一起。"

我皱着眉头,想象又高又瘦、民国文人气质的张铁如何对小希鞍前马后,伺候周到;然后,突然被小希啪啪啪地打脸,被告知根本不喜欢他。这个场景,应该也挺好笑的。

小希接着回忆道："这样一来，他总算死了心。当时我还有点担心，闹成这样了，怕他会不好好做你的书，想劝你换一家出版商。不过，那时候你对张铁特别信任，总觉得他一定能捧红你，说起张铁你就眉飞色舞，认为是遇到了难得的伯乐，是能看懂你小说的人。所以，我就一直没开口。"

我挠了一下头，刚在心里嘲笑完张铁，再听小希这么说，原来我的形象也是蛮可笑的。

小希想到了顺利的时期，脸上露出笑容："幸好，《地库牢笼》跟《雪山禁忌》一出版，销量很好，我当时觉得之前的担心是多余的，还挺不好意思，把张铁的格局看小了，为了这个，我们还一起请他吃过饭的。"

我也附和道："对啊，张铁要是想对我不利，干吗帮我出书，还卖得那么好呢？"

小希看着我的眼睛："我也曾经这么认为，张铁是个不记仇的人，他对你好，也是因为欣赏你的才华，要把你捧红。可是……"她摇了摇头，语气严肃地说，"可是，我错了，张铁这个人，没有外表那么简单。"

我皱着眉头："怎么说？"

小希握着我的手："因为前两本的销量不错，你拿了一笔版税，对自己的才能大有信心，就从腾讯辞职，专门写书，对吧？"她抚摸着我的手背，"你想想，如果前两本卖得不好，你会辞职吗？"

我咬着嘴唇，迟疑地说："应该……不会吧。"

小希继续往下分析："当时我心里虽然有疑虑，但还是支持你的决定。你辞职回家，写了第三本《时间囚徒》，第四本《海岛梦境》，结果，根本卖不动，读者的评价也很差，你因此大受打击，后悔自己辞职了。"

我皱着眉头，顺着她的思路往下说："你的意思是，张铁故意这么做，让第一、二本卖得很好，引诱我辞职，然后第三、第四本就不用心做，这样我辞职后又回不去了，写作事业又遭遇挫折，根本没有想象的那么好，这样一来，处境就非常尴尬……"说着说着，我有点激动了起来。要真是这样，张铁这孙子也太阴险了吧！平时还装出一副对我很好、很负责的样子……

小希伸手来摸我的脸，安抚我的情绪："老公，我没有这么说，你也先别这么想。不过，我跟别的做出版的朋友还跟张铁的助理小米，都约着吃过饭。按照他们的说法，一本小说卖得好不好，跟出版商的意愿有很大关系。这里面能做的文章太多了。"

我倒吸了一口凉气，感到身体发凉。接下来的事情，不用小希讲，我也可以分析个大概了。

我以为，这是一个关于平行世界、关于黑洞、关于人类未知世界的，一个科幻悬疑的故事；其实，从另一个角度看，这可能是一个关于爱情、关于阴谋、关于人性阴暗面的，一个狗血八卦的故事。

抛开错误的世界，抛开"找到小柔，救她出来"，抛开唐双，也抛开黑洞，把这个故事从头再讲一遍。

首先，我是一个职业小说家；我的妻子赵小希，是一个游戏女主播。我的出版人张铁，在我还没跟小希结婚的时候，就喜欢上了她。但是，被小希无情地拒绝了。

从此，很自然的，张铁怀恨在心。但是他没有表现出来，反而是策划了一个巨大的阴谋，挖了个大坑引诱我跳进去之后，再一步一步要把我活埋。他帮我出版了前两本小说，并且设法让书卖得很好，至少是看起来卖得很好，然后，给我发了一大笔版税。并且在他的怂恿之下，我信心满满地放弃了腾讯的工作，全身心投入小说创作中。当时的我，想要靠写书来挣钱，减轻家庭的经济压力，让小希过上好日子。

接下来，我认认真真全职写的第三、第四本小说，在他的故意打压下，销量惨淡，给我带来了沉重的打击。我开始怀疑自己写作方面的才能，开始怀疑从腾讯辞职的决定，可惜，已经没有回头路可以走了。这时候，在张铁的设计陷害下，我已经陷入了深深的焦虑，出现了一些精神疾病症状。不过，我的问题还不严重，远不到能让张铁实现愿望的地步。所以，他玩了一招更狠的。在第五本《游戏匿踪》之后，他以书的销量为借口，深度介入我的创作，要我写一本非常烧脑、容易分裂的小说，也就是第六本《真实妄想》。很有可能，这部小说的框架都是张铁给我的，目的就是让我分不清现实跟虚构，写着写着精神就崩溃掉。从现在的情况看，张铁成功了——起码接近成功了。

因为，我确实如他所愿，患上了偏执型妄想症，需要定期服药。但是，张铁的最终目的——让小希离开我，跟他在一起——还没有实现。所以，他要继续刺激我，于是，就有了这两星期以来发生的一切。

首先，无论 Allen 也好，小米也好，都是张铁的下属，他可以不明说，指挥这些人做一些事来加重我的混乱。张铁不断地跟我讨论《真实妄想》的情节，讨论飞机的航行时间，通过这种方法来模糊我对现实跟虚构的界限；与此同时，也对我进行洗脑灌输他想让我知道的事情。再然后，他通过一些小伎俩，比如引诱我在比萨店扔出手机，接着偷偷把手机塞回给我带回家，在备忘录里留下《真实妄想》的几个段落，这些都是以前我写好给他的。而我已经出现的精神分裂症状帮他做了剩下的工作。例如，我的妄想症发作，让我产生幻觉，以为自己有让物体悬空的能力，以为自己看到了黑洞，还能从黑洞里掏出一部手机。至于去法兰克福书展的事情，张铁早在半年多前就做好了铺垫，这也能看出他的心机有多深。然后，他借口带我去散心，一边跟他的"嫂子"承诺，会监督我按时吃药，实际上却阳奉阴违，不光没让我定时吃药，还放任我天天喝酒，造成脑子更加混乱。 在飞机上，知道我做了个噩梦之后，他凭着对我小说的理解，骗我说他也做了一样的梦。他故意装作不会德语，然后在小酒馆里，突然跟小哥讲起来，造成了我的错愕，以为是他突然拥有的超能力。 在他的引导下，我相信自己的右眼里有个黑洞，也相信自己能让一个啤酒杯悬空。 在法兰克福书展，他引导我买下了一本《1984》，然后在回程的飞机上，读出了我小说里的一部分章节。所有的一切，都是为了让我对《真实妄想》里描述的故事深信不疑。张铁想让我相信，我没有疯，我身处的是一个错误的世界，是这个世界疯了。 他想引导我相信，这个世界除了他，我没有任何可以信任的人；甚至，除了他之外，这个世界，不存在任何"人"。最重要的是，张铁要我深信不疑，我的老婆——赵小希，也不是真正意义上的"人"。 她对我的种种牺牲、种种温柔，都是这个世界原本的设定。 这样一来，我就会对小希百般猜疑，神经兮兮，久而久之，即使是深爱我的小希也会忍受不下去。这个时候，张铁就可以乘虚而入，宽慰小希，承诺会帮我治好病、分担经济压力，唯一的要求，就是让小希跟他在一起。

　　我在脑海里把故事剧情过了一遍，顿时觉得喉咙发紧，差点就无法呼吸。 张铁，看上去那么爽朗的人，对我称兄道弟，关怀备至。 我以为，他身体里住着的，是一个异世界的十三岁小萝莉；其实，他清秀的五官掩盖下，是一头阴暗、压抑、变态、凶猛的食人兽。为了得到小希，他处心积虑，不择手段，要把我弄疯而后快。

第十四章
我该相信谁

公寓楼下的客厅里,安静得像世界末日。我把脸埋在双手里,反反复复回想着小希刚才说的话。两周前的早晨,我从楼上卧室醒来,以为自己进入了一个错误的世界。在这半个月时间里,我来来回回耗尽了所有的体力跟精神,终于确定了自己的信念。我坚信,如今身处的整个世界就是一个不断旋转的黑洞;而身处黑洞中心的我的唯一使命,就是要找到小柔,救她出去。我要回到原来的世界,在那里,我最深爱的女人——唐双正在等着我。而我所坚信的使命又围绕在一个人身上。这个人身高一米八几,长得像亚洲版的马修·麦康纳,还有点民国文人的气质;在事业上,他是我的出版人;在生活里,他对我关怀备至,把我当成好哥们。这个人的名字,叫张铁。虽然他无论外表、性格,都是一个百分百的男人,但实际上,我认为,他其实就是我要救出的小柔在这个错误世界里的化身。找到了张铁,也就是找到了小柔,我的使命已经完成了一半。按照另一个世界里,唐双通过黑洞传达给我的信息——我的时间已经不多了。我的真实处境是被掀开了头盖骨,躺在手术台上昏迷不醒的男人。所以,接下来我要争分夺秒,说服张铁,跟我一起逃出这个世界。可是,我所谓坚不可摧的"信念",脆弱得像个鸡蛋;小希刚才说的那番话,就像是一台无情的轧路机，瞬间就把鸡蛋压个粉碎。

　　我以为，自己所做的一切，都是为了救出张铁；可实际上，张铁所做的一切却是想害死我。

　　按照小希的说法，我以为的这一切，包括身处错误世界，包括张铁是小柔的化身，包括我的真爱是唐双，等等，都是张铁一手策划，要把我弄疯的阴谋。而他所做的这一切，是为了得到小希。

　　我在沙发上弯腰蜷缩，十指抠着自己的脸；喉咙里发出的声音让自己都感到害怕："不，不对，这不可能……"

　　一双手温柔地抚摩着我的背，以最合适的力度，最合适的节奏，让我感到依赖和放松。

　　小希的声音在旁边响起："老公，别这样，先别想那么多了。来……"她轻轻扶着我的额头，让我抬起头来，看见眼前十厘米远，她另一只手握住的橙色圆筒药盒。小希的声音出奇地温柔，像有着摄人心魂的魔力，"来，老公，先把药吃了。"她打开盖子，倾斜着药盒，我顺从地伸出右手，准备迎接各种形状的药片，从药盒里倾泻而下。吃了这些药，我就可以恢复正常了吧？什么小柔，什么唐双，什么黑洞跟原来的世界，还有什么超能力，都见鬼去吧。

　　我，蔡必贵，只是一个穷酸落魄的职业小说家。

　　我手里拿着药，另一只手接过小希递来的水杯就要把药往嘴巴里塞。按照上周从香港回来后的经验，我知道，吃下这些药后，我会在十分钟内开始犯困，眼皮都难以睁开，然后躺到床上，睡得像死过去一样。第二天醒来，我的精神会恢复"正常"，接受这个世界，并且觉得另一个世界的想法简直可笑。然后，我会静下心来，情绪不再波动，安安静静地做一个丧失了创造力、要靠老婆来养活的，所谓职业小说家。我拿着药的手都到了嘴边，头向后仰着，从眼睛余光里，看见了小希的脸。

　　她的脸上，带着一种满意的笑。

　　好像，有什么不对。虽然不能确切知道到底是什么不对，但好像，确实有什么不对。我手里握紧药片，放了下来，突然问小希："我还写了多少？"

　　小希看我手放下来，表情有点愠怒，但转瞬就面色如常了。她对于我莫名其妙的问题，还是充满耐心地回应："写了多少？老公，你指的是什么？"

　　我深深吸了一口气："你看了我刚写的几段，跟我说这些我早就写过了。那这几段过后呢，我还写了多少？"

　　小希像是终于明白了我的意思，哦了一声说："没有，你之后就写不下去了，刚才的是最后一段。老公，你把这一段删掉，又重写，打印出来，给我看了好多遍，我都会背了，不信你听……"

　　　　我听唐双翻译到这里，深吸了一口气，接下去说："找到小柔，救她出来。"

　　小希真的背出了刚才那段的最后一句，不过，我的重点却不在这里。在吃下这些药，心甘情愿做回职业小说家之前，我想知道，《真实妄想》接下来的情节是怎么样的。毕竟，就在半个小时前，我还对这个故事深信不疑，认为这就是发生在真实世界里的事情，对于我要怎么逃出这个错误世界有非常重要的指导意义。此时，我皱着眉头问："真的就没有了吗，刚才的就是最后一段？"

　　小希点点头，像是终于失去了耐心，用手托住我的手背，把药往我嘴里送："真的是，老公，你先把药吃了，以前你打印的十几份稿子，我都放在抽屉里，吃完药拿给你看……"

　　我握紧药，手往怀里一缩："明天再吃可以吗？"

　　小希看着我，像是想要挤出一点笑，但最后脸还是崩掉了。她尽量控制情绪，但声音里还是带了点怒意，说出的话更是硬邦邦的：

"不行，现在吃。"

我看着她生气的脸，不知怎的，脑子里突然又有了别的想法。这种感觉就像，自从刚才被小希发现我在写东西之后，接下来的半个小时里，由于小希的某种强大"遮蔽"作用，我的大脑不再运转，也失去了思考的功能，只能被小希带着往一个方向走。但是，现在她被我稍微激怒后，这个"遮蔽"就消失了，至少是减弱了，所以我就又能思考了。刚才我的"信念"之所以被摧毁，是因为小希告诉我，我想要救的张铁——也就是小柔——其实正是处心积虑，想要把我弄疯的人。而他所做的一切，都是因为对小希求之不得，所以心理变态，不择手段了。

这个推测非常颠覆，令人震撼，但是逻辑上又是合理的。张铁对我做的种种，从另一个角度看，确实可以理解为图谋已久，想把我弄疯的一系列计策。但是，如果回到之前的逻辑，重拾我的"信念"——也就是相信这是个错误的世界，我要带小柔回去。那么，小希就不是一个真正意义上的人，而她所做的一切，归纳起来，就是为了让我相信自己疯了，从而不再抗争，乖乖地留在这个世界。再回想起，跟小希在一起的时候，我从来都接收不到任何唐双的信息。或许，在这个世界里，小希就是阻止我清醒，阻止我回去的一个重要设定！

"你在想什么？"在我脑海里巨浪翻腾的时候，小希却反而平静了下来，不再生气了。

她静静地看着我，一脸无辜地问："老公，你在想什么？"

我尴尬地咳了两句，"我在想你到底是不是人"，这话当然只能在心里想了，说出来的才是傻。

可是，小希却仿佛看穿了我的心思。她双手捧住我的脸，缓慢而平静地说："我知道你在想什么，你想的是，如果你疯狂的想法是对的，是这个世界错了，那么，我就是这个世界里阻止你回到原来世界的人。我对你做的一切，都是为了不让你回去，见你的……"她露出了一个悲伤的笑容，"见你的唐双。"

小希仿佛说不下去般，深吸了一口气："老公，我实在不知道该怎么说服你，你编的故事太绕，把自己都绕进去了。按照你的逻辑，没错，我无论怎么做，对你来说，都有可能是个假人。但是你知道吗……"她闭上眼睛，仿佛在积蓄力量，几秒之后才睁眼道，"你知道吗，对我来说，我知道你是错的。因为我知道我真实存在，我有灵魂，有感情，我是和你一样的真真正正的人。这一点不管你相信与否，承认与否，都是客观存在，不依赖你的主观判断。"

在说了这么长一段话之后，她突然轻轻笑了一下："更重要的是，我知道……"她身体向我倾斜，在吻上我的脸颊之前，只来得及说三个字，"我爱你。"

这天晚上，我没有吃药，小希也没有再逼我。我没有在楼下的沙发睡，而是躺到了卧室的床上。小希忙了一天，侧身抱着我，很快就睡着了，发出轻微、沉稳的呼吸声。我呆呆地看着天花板，在一片黑暗之中，看不出吸顶灯到底是什么形状的。黑暗中，只要它不发光就能隐藏自己的形状。在这个世界里，天花板的吸顶灯是方的。而在我自己以为应该待的世界里，吸顶灯的形状却是圆形的。如果明天早上一觉醒来，吸顶灯变回圆形，那是不是说，我就回到了原来的世界？我呆呆地看着天花板，想要从黑暗中去揣测吸顶灯的形状。不知道过了多久，可能是从窗帘透进来的光终于能让我在辨认吸顶灯形状——的前一秒睡着了。

早上，我是被手机吵醒的。我没忘记睡着前的想法，抬头看了一眼吸顶灯。好笑，它当然还是方形的。虽然没吃药，但我也认识到了，自己不是什么穿越到黑暗异世界的骑士，也没有什么公主等着我去拯救。我不过是一个穷酸落魄，写不出小说，还得了妄想症的职业小说家。

浴室里，传来了水龙头的哗哗声，那是我的老婆赵小希，正在洗漱的声音。等她出来之后，我决定当着她的面乖乖把药吃了，告诉她我感觉好多了。这样她才不用想着带我去医院，可以安心地去上班。毕竟我的小说销量很差，这还不是最惨的，最惨的是我的出版人不想着怎么把书卖好，只想着怎么把我搞坏。这世道啊，真艰难。对了，忘了刚才手机在响。我懒懒地躺在床上，摸过床头柜的手机，是微信。打开一看，却是张铁发来的，他的微信昵称很怪，叫什么"铁铁铁铁铁鱼"，五个铁。这小子，想把我弄疯，抢我老婆，竟然还有脸发微信给我。不过也对，他还不知道经过小希的提醒，我已经察觉到他想害我的阴谋。打开他发给我的消息，是直截了当的几个字："嫂子在你身边吗？"

我皱着眉头，看了一眼浴室门口，回道："不在。"

张铁似乎在等着我回消息，微信顶部出现了"对方正在输入……"，过没两秒，我就收到了他的回信："别让嫂子看见，千万。"

我心里一哼。

果然，小希的猜测是对的。张铁背着我做了那么多见不得人的事，但是他怕被小希知道，这样一来他整个计划就面临着被识破的风险。所以他要我瞒着小希。不过我很好奇，接下来，张铁还想怎么骗我呢？这样想着，回了一句："没问题，你说。"

张铁很快回复道："上午来公司找我，不要让嫂子知道。"像是怕我泄露秘密一样，他又发了一条，强调，"千万别让嫂子知道！"

我皱着眉头，打下了一行字："去找你干吗？"

张铁似乎迟疑了一阵，微信顶部出现"对方正在输入……"的提示，然后消失了，然后又出现，反复好几次之后，我终于收到他发来的信息："我找到了很重要的东西，很重要，很奇怪，不应该出现在这个世界上。"

我对他这个把戏嗤之以鼻，带着戏弄的心情问："什么东西啊，那么神秘？"

张铁的回复让我心里一震，他说的是："你的稿子，接下去的情节。"

转念一想，哦，昨晚我在电脑上"写"的那三千字，小希说是最后的内容，我之前也给张铁看过。他保存了起来，这也不奇怪。刚想要回复什么，张铁发了一条长长的信息："稿子很长，快一万字了，法比安的计划，鬼叔跟小柔要做开颅手术，我们在错误的世界里。如果我真的是小柔，当然我不相信，可是如果万一，稿子最后，写了我们逃出去的方法。"

逃出去的方法？小希明明说，我昨晚写的三千字就是最后的内容了，接下去的小说，我没有了灵感，再也写不出来了。这样的话，张铁手里多出来的七千字，逃出去的方法又是什么鬼呢？

"在跟谁聊呢？"

我抬起头来，小希出了浴室门，正微笑着朝我走来。

我尽量自然地一笑："看公众号呢。"右手拇指轻轻一滑，把张铁跟我的聊天记录删掉了。

我先把小希送到了公司，跟她说到星巴克喝杯咖啡就回家，实际上，我毫不迟疑地上了南坪快速。然后，我用了半个多小时，就来到了张铁公司的写字楼下。一路上，我并没有遇到什么黑洞，确实，用限速的最高速度开半个多小时就能从南山开到龙岗。所以，上一次我开了一个小时是自己没休息好，开得太慢；而我记忆中的一个小时路程，不过是我在做《真实妄想》的小说设定时，把自己给绕晕了，区分不了现实跟虚构。至于张铁说要给我看的稿子，在来的路上，我也想清楚了。

他是出版公司的老总，本来就懂小说；我的系列小说前五本都在他手上出版，第六本他参与了构思，前面我写的也全看完了。所以，他自己续写七千字，用来骗我这个得了妄想症的原作者，对他来说不过是小菜一碟。而且，对于他早上叫我过来，还一再吩咐我不能让小希知道，我也有一番推测——张铁想害我。没错，既然他可以设计一整套的陷阱，让我辞掉工作，事业受挫，在人前抬不起头，最后得上了偏执型妄想症；那么，当然不在乎多走一步，走得更远点——直接出手害我。毕竟，一个得了妄想症而且没有按时服药的病人，一时精神错乱，做出什么危险的事情，害得自己一命呜呼，也是可以理解的。这样一来，张铁就可以名正言顺地照顾"嫂子"的下半辈子了。所以，在从地下车库往17楼雁南堂的电梯里，我不断提醒自己，等下无论张铁说什么，我都要假装相信，心里绝对不能信。他只是想害我。我呢，只是想看看这个可悲而疯狂的家伙到底是想要怎么害我，到底能玩出什么花样。敲五下房门的暗示、下属们看我的奇怪表情、用小说来造成我精神错乱，除了这些，还有别的新招吗？

电梯门打开的时候，我简直有点摩拳擦掌、跃跃欲试了。然而，一来到公司前台，早就在那里等我的小米却一脸焦急地说："鬼叔你终于来了，铁总他在天台，让你快点上去。"

天台？我在心里冷笑，看起来，铁总最后给我设计的死法是坠楼身亡嘛。

按照铁总的交代，小米、Allen，谁都不能跟着，只可以让我一个人上天台。

于是，我坐着电梯就上去了。天台在五十一层，电梯只能到四十九层，最后两层要爬楼梯，所以当我打开天台门，出现在张铁眼前时，还有些气喘吁吁。

张铁站在天台正中央，他一贯西装笔挺，今天西装却像皱巴巴的一团纸，看见我来，脸上露出了欣喜的笑："老蔡，你来了！"

我深呼吸了一下，答道："我来了，老铁你好端端爬天台来干吗，

你找我是……"

他像是第一次看完A片的少年，兴奋、激动得原地转圈，按捺不住喜悦："老蔡，你是对的！"

我故意皱起了眉头："我是对的？我什么对了？"

张铁一跺脚，似乎在怪我太迟钝："我是说，你之前跟我讲的都是对的！老蔡，你没有疯，是这个世界错了！"

我心里油然而生一股荒诞感，之前我用尽一切办法想要说服张铁，我没有疯，这个世界有问题，但是他根本不信。现在呢，我已经识穿了他的阴谋，认识到自己之前是有精神失常的状况；张铁呢，却反过来告诉我，我没有疯，是这个世界有问题。所以，到底是谁有问题呢？

不过，既然他想演，作为最重要的主角，我还是陪他演下去吧。我哦了一声，尽量装出兴奋的样子："没错，你终于相信我了，太好了，老铁……不对，是小柔！"

张铁迟疑了片刻，才低头轻声说："没错，我是小柔，喻小柔，十三岁的混血萝莉。"

我心里快乐开了花，差点忍不住要笑场。这不是太好笑了吗！离我三米远的地方，站着一米八几的汉子，穿着一身皱巴巴的西服；没有了平时挥斥方遒的样子，反而略带娇羞地承认，他内心里是个十三岁的萝莉。我在心里狂笑，什么鬼，真的是抠脚大汉萝莉心啊！我好不容易抑制住笑意，装出一本正经的样子对张铁喊道："小柔！你该叫我什么？"

张铁看着我，脸上的表情无比复杂，他努力尝试了几次，终于从瘦巴巴的脸上挤出一个笑容，用萝莉的语气喊："鬼、鬼叔叔。"

我憋笑憋得快要内伤，再这样下去真的会笑场，戏就没法往下演了。这么想着，我赶紧转移话题："老，不，小柔，昨天你不是还不信嘛，为什么隔了一晚，你就确定我是对的了？"

张铁听我说完，把手伸进里面的口袋，一边摸一边说："靠……"

我皱着眉头："别骂人啊。"

他低头摸了一会儿，掏出比西服更皱、像咸菜一样的十几张纸，接下去说："这个！"

我的眉头皱得更深了，盯着那皱巴巴的一沓 A4 纸。一阵风吹过阳台，吹得张铁手里的纸发出啪嗒啪嗒的声响。

我舔了舔嘴唇说："老铁，不，小柔，×，我还是叫你老铁吧，这些……就是《真实妄想》接下来的内容？"

张铁郑重地点头："对啊，鬼叔你快过来看。"

我打量着天台四周，想看看那里是不是藏着他的帮凶，一边问："老铁，这些纸是从哪里来的？"

张铁抬起头来，表情里有几分兴奋："鬼叔，你不会相信的，是风！风从窗户吹进来的！"

我瞠目结舌，感到难以置信。这可是十几张 A4 纸，放在一起很有些厚度，从窗户吹进来？这个谎撒得也太任性了吧。我不愿现在就戳穿他，想了想说："还真不错，小说是大风吹来的，这样更新起来就不费劲啦，多少读者催都不怕。"

张铁却不理会我，低下头看着那十几张纸，脸上是如获至宝的表情："对啊，真的不错，窗户我明明是关上的，不知道怎么打开了，还吹进来这几张纸。"

他这么一说，我倒是想到了在比萨店那次，我以为关着，其实却打开了的窗户。

此时，张铁头也不抬地对我招手道："鬼叔，快过来看呀。"

我再次环顾四周，天台上到处空荡荡的，不像是藏着人的样子；我跟张铁站的位置也在天台的正中央，他没办法趁我看小说把我推到楼下。那好吧，就看看这位出版公司老总替我代笔的小说会写成什么样子。这么想着，我走了过去，张铁摊开那十几张纸，在天台

的风中，我们读了起来。

  我跟唐双都猜到了，法比安的"疯狂计划"是什么。

  前面三四页纸的内容跟我凌晨时自己写下的几乎只字不差。看来，小希昨晚说的是真的，这些小说我早就写过，也早就给张铁看过了，凌晨时快速写的那三千字，不过是把记得滚瓜烂熟的内容又写了一遍而已。不过，为了不引起张铁的怀疑，我还是装不知道，一直陪他看到了最后。

  我听唐双翻译到这里，深吸了一口气，接下去说："找到小柔，救她出来。"

  这一句过后，就是我从没写过的内容了。小希告诉我，写到这里，我因为没有灵感，写不出来，生生把自己逼成了神经病。那么接下去，就是张铁续写的内容了。这么说来，张铁真是个业界良心，旗下作者写不出来了，他亲自代笔，不用分版税，还不要求署名。如果世上多几个这样的出版人，写不出小说的小说家也就不用得妄想症、抑郁症什么的了。我深深吸了一口气，翻到下一页，开始欣赏张铁的大作。

  不过，在进行开颅手术从小柔的脑洞里把她救出来之前，我还有点准备要做。就像在法比安的实验室里电脑上演示的那一幕，在让绿点黑洞进入红点黑洞之前，首先，要让绿点黑洞变大。不这样的话，绿点黑洞就没办法携带足够的信息，在红点黑洞的庞大世界里，我会完全迷失自己，甚至连独立的思想都维持不了，变成小柔所构造的世界里的一件事物，比如沙发啊、小狗啊什么的。所以，我必须在进行手术前让自己的脑洞变大。那么问题来了，我脑子里指甲盖大小的黑洞要怎么才会变大呢？

我跟小柔的脑洞，是因为拥有跟其他平行空间的自己沟通的能力相伴而来的一种副作用。难道说，要扩大脑洞，我得不停地跟其他平行空间的蔡必贵沟通？可是，我的这个能力，就像是段誉的六脉神剑、国产凌凌漆的天外飞仙，说来就来，说走也就走了，根本不是我自己能控制的。幸好，法比安提供了另一个方案。

他说，据这几年他对小柔的观察研究，得出结论：脑洞之所以变大，除了穿越平行空间，还有另一个原因，那就是感受到愉悦。而且，法比安说的愉悦，不是指心灵上的愉悦，幸福啊、美好啊、成就感啊什么的；这里的愉悦，特指感官上的刺激。据法比安的研究，小柔只要一吃蛋糕，或者听她喜欢的歌剧，十二小时内就会陷入昏迷。通过脑部CT扫描，会发现她脑子里黑洞的直径也比上次明显增大。所以，他认为，只要我也去做"愉悦"的事情，就能让脑洞变大。对于我这个三十多岁的粗俗男人来说，愉悦当然不是蛋糕和歌剧，而是……酒和女人。酒是有特指的——陈年威士忌，这一点法比安跟喻先生都能帮到我，他们各自贡献了各种品牌的酒，其中就有我最爱的麦卡伦三十年。女人，当然更有特指——唐双。其实这一方面，我倒不一定非要特指，只可惜，唐双不由得我不特指。

法比安说，看小柔现在的情况，最适合进行手术的时间是在半个月之后。在这半个月里，我要尽量吃喝玩乐，声色犬马，把指甲盖大小的脑洞变成乒乓球那么大。吃喝玩乐，变成了救人一命的准备工作，也真是挺荒谬的。

那天下午，法比安在交代完所有细节之后，看着我跟唐双，

意味深长地说:"贵,你喜欢自己的星座吗?再过十个月,刚好又是金牛座。"

唐双冰雪聪明,我智商也不差——虽然比不上她——总之,我们都听懂了法比安的意思。他是说,这一次手术我生死未卜,不如趁这个机会,在唐双肚子里留个种子。十个月后蔡小鬼出生的话,刚好也是金牛座。不过,在跟唐双商量之后,我们否决了这个方案。

首先从操作层面上,半个月里我要跟唐双滚很多次床单,中间还要喝酒,那么必须确定是在头几天没喝酒的时候就让唐双怀上,这样才能确保孩子的健康。其次,做手术前让唐双怀孕——摆明了说这次上了手术台,我就不能活着下来了。呸呸呸。

唐双严肃地看着我:"你不回来,看我怎么收拾你。"

我把床头柜的小半杯威士忌一饮而尽,然后嘿嘿一笑:"好,不过现在……我先收拾你。"就这样骄奢淫逸地忙活了三天,再去法比安那边检查脑洞的大小时,得到的答案却是还不够大。法比安说,照这个速度,半个月不可能把我的脑洞扩成乒乓球大。

既然威士忌跟唐双还不够,这个老不正经的,又给出了另外的建议。他说,在荷兰,有一些合法的项目可以让人很"愉悦"。所以当天下午,我跟唐双坐上"欧洲之星"前往荷兰,接下来的几天里,我吃了些当地合法的草,还有当地合法的蘑菇。照着法比安介绍,我还尝试了一些综合玩法。比如,在酒店里吃了几个合法蘑菇之后,由唐双监护着我,到博物馆看梵·高。那个上午,在合法蘑菇的作用下,整个世界都变得虚幻;唯有我眼前的那幅《星空》,无比真实、无比立体,就像宇宙中真实的天体般,在做着亘古以来的无限旋转。所以我得出了一个答案,梵·高的所有天才作品都是在吃了合法的蘑菇之后画出来的。总而言之,在荷兰的一个星期是我过得最荒谬的一个星期。而这种种、所有、一切的荒谬行为都是为了让自己体内的绝症加快恶化；唯有这样，才能有机会去救一个十三岁的混血小萝莉。这件事情本身，就是"荒谬"这个词的绝佳示例。

在荒谬了半个月后，看着最后一次脑部CT的结果，法比安指着那个乒乓球大小的黑洞夸我做得很好，手术可以顺利进行了。他说这些话时，满脸都是笑，很开心的样子。幸好他没有说"恭喜"，不然我会跳起来暴打他一顿。不过，也可能是他说了，唐双没有翻译出来而已。

总之，在进行手术的前三天，我跟唐双牵着手穿过阿尔卑斯山脚下的小镇，去小柔家探访。

这天的天气特别好，小柔的房间里，风吹进来都带着阳光的味道。一屋子人聊了十分钟后，小柔抬起脸，露出虚弱的笑容，提出一个请求——所有人都出去，留鬼叔叔跟她单独聊一下。

唐双的眉头明显一皱，像她这么聪明的女人，当然看出了小柔对我的喜爱已经超越了小女孩对叔叔的喜爱。只不过她没有说穿而已。

我在她膝盖上摸了一下，唐双善解人意地起身，跟喻先生、喻太太、法比安等人一起走出了房间，关上厚重的木门。

小柔露出了一个虚弱的笑容："鬼叔叔。"

我心里有点忐忑，这熊孩子，不会是想跟我表白吧？这么想着，我尽量端庄地回答："小柔，想跟叔说什么？"

"鬼叔叔，小柔想说，小柔喜欢……"

她露出一个狡黠的笑，"想说小柔喜欢什么，到了小柔的脑洞里，你才能根据这些特征来找到我，救小柔出来哦。鬼叔叔脸色那么奇怪，想到哪里去了吗？"

我暗自松了一口气，这熊孩子，刚才一定是故意这么说的，还会捉弄大人呢。我尴尬一笑："好啊，我们是应该好好沟通，

坦诚相见,这样进到你脑洞的世界里才能找到对方。"

小柔捉弄完我,装出一副天真无辜的样子,问道:"那小柔先问鬼叔叔哦,喜欢什么数字呢?"

我挠着头,照实回答:"叔喜欢质数,小柔知道质数吧,嗯那就好。你呢?"

小柔不假思索道:"好巧哦,小柔跟鬼叔叔一样,喜欢的数字也是质数,不过不是所有质数,是一个单独的质数——5。"

我奇怪道:"小柔喜欢5啊,有什么特殊原因吗?"

小柔噘起嘴吧说:"没有啦,人家就是喜欢嘛。所以呀鬼叔叔,在小柔造出来的世界里,如果你留意的话,有很多细节都是5哦。比如说,五下敲门声、五层书架、五部电影、五根手指……"

我打断道:"手指本来就是五根啊。"

小柔吐了一下舌头,然后开心地笑了起来。我忧心忡忡地看着她,怕她把自己呛到了。幸好没事。

等她笑完,我接下去说:"所以,叔应该把这一点记牢,时刻提醒自己,如果身边的很多东西都是5,那么很可能就是在你脑洞的世界里。"

小柔把手放在自己心脏的位置:"要记到心里去才行哟,一进入那个世界,就会忘记大部分事情的,只能记得最重要的。"

我点头道:"嗯,那除了数字5之外,还有什么现象能证明我们不是在正常的世界里?"

小柔侧着头,模样可爱地说:"小柔想想啊,还挺多的呢。"

我静静地等了一会儿,她总结道:"嗯,比如说,那个世界是很多的我一起造的嘛,细节就会跟现实里不一样,比如这件睡袍是淡蓝色的,有时就会变成绿色。然后呢,鬼叔叔你最害怕什么东西会在那个世界里反复出现。还有呀,小柔发现,脑洞世界里的那些人其实都不是真的人呢,是很多个平行世界里很多个小柔,对于身边的人的记忆……"

我右手握拳放在嘴边,认真记着小柔说的话,希望等到了她脑洞的世界里时,可以记得,可以用上。

这个时候,小柔轻轻笑了一下,对我请求道:"鬼叔叔,扶小柔坐一会儿吧。"

我皱着眉头问:"你的身体……可以吗?"

小柔坚定地点头,我只好站起身来,左手从她脖子下伸过,扶着她小小的肩膀把她薄薄的身体轻轻抱起来,再靠到竖起来的枕头上。整个动作就好像是在扶起一张干燥的纸片,让我不由得不小心翼翼。

坐起来之后,小柔笑着对我说:"谢谢你,鬼叔叔,小柔的身体给大家添麻烦了。看见你们都能活蹦乱跳,健健康康的,小柔好羡慕呢。所以,每次进到自己创造的世界里,小柔一定是特别健康、特别有活力,这一点,鬼叔叔要注意哦。"

我点了点头:"特别健康、特别有活力,叔记下来了。所以就是一个特别健康、特别有活力的女孩子吧?"

小柔伸出食指,调皮地晃动起来:"Nein, nein, nein."

我听出来了,她说的是德语的"不"。

小柔接下去说:"法比安老爷爷没跟你说过吗,鬼叔叔,小柔以前的脑洞没那么大时,变成的就是小柔自己。但是都有一年多时间啦,小柔在里面会变成各种各样的人哟,男女老少,通杀。"

我瞪大了眼睛,过了一会儿才记起,法比安早就跟我说过了,小柔可以变成任何形象,牧羊犬啊,马修·麦康纳啊,凯蒂·佩里啊,简直是七十二变。这么重要的信息,我竟然忘了,看来是这半个月里的威士忌、合法蘑菇什么的让我记忆衰退了。

我不愿意面对的问题是，造成我记忆衰退的元凶可能并非来自外部，而是藏在我身体深处——脑子里的黑洞。

小柔可以变成任意形象，这样要找到她、辨认她，难度可就大大增加了啊。突然，我想到了一个问题："对了，小柔你说你有可能变成任何人，那叔也一样，会变成别的人吗？"

小柔摇摇头："这个倒不用担心呢，小柔听法比安爷爷说，鬼叔叔现在脑子里的黑洞只比一个蛋黄大点儿。根据小柔自己的经验呀，这个阶段呢，只会以自己的形象出现。"

听她这么说，我不由得松了口气。要是在那个脑洞世界里，我变成了一个女人，变成一条狗什么的就很尴尬了。真是不幸中的万幸啊。这么想着，我回到原来的问题，挠着头问："那叔请教一下小柔，有什么办法可以更快地找到你吗？"

小柔嘻嘻一笑："当然有啊。"

我眼睛一亮："你说说看。"

她仰头看着我，认真地说："鬼叔叔，亲小柔一下，小柔就告诉你。"

这熊孩子……

小柔的身体状况很差，再耗下去的话，就没精神往下说了。时间不多，由不得我犹豫。我回头往房门看去，门外静悄悄的，所有人都应该下了楼，都是绅士淑女，不至于在门外偷听。禽兽就禽兽一回吧。我身体前倾，在小柔吹弹可破的额头上，轻轻地亲了一下。她倒是没抗议亲的是额头，只是举起两条又细又凉的手臂软软地围绕在我脖子上。十秒钟后，我小心翼翼地解开她的双手，恢复正襟危坐的姿势："好了，这下可以告诉叔了吧，要怎么才能认出你？"

小柔摸着自己的额头，一副心满意足的样子："好了啦，小柔就告诉鬼叔叔，鬼叔叔要记下来哟。"

她转过头来，仰视着我："小柔不喜欢那么矮的个子，站起来亲不到鬼叔叔。所以在那个世界里，小柔应该会蛮高的呢，跟鬼叔叔差不多高，比鬼叔叔高也不好说呢。"

我挠了挠头，心想，世界上有内增高，有外增高，有打断腿增高，这萝莉玩得更溜，是异世界增高。

小柔接着往下说："然后呢，小柔喜欢鬼叔叔呀，鬼叔叔知道的吧？所以呢，无论到时候我们是在哪儿，德国也好，中国也好，就算在火星上，小柔也是跟鬼叔叔在一起的，是比较亲密的关系呢。"

我不禁皱起了眉头："亲密？你该不会变成唐双姐姐吧？"

小柔嘴一噘："唐双姐姐不会出现的啦，鬼叔叔你讨厌，亲密又不一定是那种亲密嘛，可能是做你的妹妹呀，小伙伴呀，特别好的男同事呀，都有可能呢……"说到这里，她又捂嘴偷笑道，"不过鬼叔叔倒提醒小柔了，这个主意也不错呢，不然的话，等小柔真的长大，还要好多年……"

真的，好多年之后，她是长成了大美人，还是变回了原子，可都说不准呢。我不忍心再跟她聊这些，于是转移话题道："小柔，你告诉鬼叔叔，在那个世界里面，你可能会叫什么名字？"

小柔把食指放在下巴，轻声道："嗯，如果是变成男孩子嘛，应该是跟小柔相反的，强呀，刚呀，铁呀，什么的呢，是不是很好玩哈哈。如果是女孩子呀，小柔特别喜欢一个字呢，跟小柔现在的名字有点像的……"

我瞪大眼睛，紧张地问："是哪个字？"

小柔调皮地一笑，伸出白皙可爱的手指："想知道呀？那鬼叔叔转过身去，小柔写在你背后。"

我无可奈何，只能答应她的要求，从凳子上起身，轻轻坐在床沿，背对着小柔。

她的手指在我穿着衬衣的后背上,轻轻地、慢慢地写着……

我眼珠看向天花板,仔细体会后背的感觉。这个笔画是,嗯……

突然,房门先是传来几下敲门声,我跟小柔还没应答,门就被打开了。门外站着的却是唐双,她面带微笑地说:"不好意思,打扰你们了。"

我听到背后传来小柔轻轻地哼声。

唐双接着对我说:"鬼,你先出来,法比安教授刚跟我说了一些猜测,关于找到小柔之后,你应该怎么从那个世界回来……"

我精神为之一振,这正是我急切想知道的,不然的话千辛万苦找到了小柔,却不知道怎么回来,那不是白瞎了吗?这么想着,我没等小柔把字写完,就起身道:"好,小柔你先躺着休息,叔等下回来。"然后,我便朝着门口的唐双走去。

第十五章
我回来了

门被打开了。这不是小说中,而是现实里。阳台的门被推开,小希出现在门后,她穿着牛仔裤,白色T恤,头戴一顶红色的棒球帽。她像是不适应天台强烈的光线,帽檐下的眉头紧紧皱着,脸上神情紧张。

张铁的反应比我快,一边把A4纸往怀里收,一边朝小希笑道:"嫂子,你来啦?"

小希却没心情跟他笑,甚至没搭理他,而是朝着我说:"老公,跟我回家。"

我还沉浸在刚才的故事情节里——小柔想在鬼叔背后写什么,鬼叔又该怎么逃脱——想都没想,就对小希说:"好啊,等我把小说看完。"

小希向我走来,高度警惕地问:"小说,什么小说?"

我指着张铁怀里他还来不及完全收好的A4纸:"《真实妄想》啊,老铁写的小说,哦不,我写的小说……"

张铁用手肘顶了我的肋骨一下,讪笑道:"没有没有,嫂子别担心,是别的作者写的样章,我让老蔡帮忙斧正下,看能不能签。"

小希走到我身边,紧紧挽住我的右手,朝张铁冷哼了一声:"看

什么样章,要到天台上?"

张铁嘿嘿一笑,变魔术似的,亮出手指间夹着的一根香烟:"全城禁烟,这不,没办法嘛。"

我抬头看了他一眼,这小子不错,这都能圆过来,果然,这个人没有平时看着的那么简单。

话说回来,刚看了几页他续写的小说,无论从语言风格,还是从情节上看,都是天衣无缝,不要说别人,就连原作者我都很难看出是别人代笔的。我略带佩服地点了点头,不愧是我的出版人,对我的写作风格吃得特别准,模仿得惟妙惟肖。而且,现在,我很想再看下去。

说实在的,虽然我已经清醒地认识到,这两星期里发生的一切,不过是我妄想症发作,所看到的幻象,或者自欺欺人的虚构记忆;今天早上出门前,我已经吃了药,所以我很清醒。不过……我必须承认,刚才在看小说的时候,还是有那么一点恍惚,那么一点疑惑。说不好,我真的就是小说里的角色,那个具有冒险精神、敢作敢为的蔡必贵,为了救一个十三岁小萝莉不惜暂别心爱的女人,自己身陷险境。有没有一点点可能,其实之前的一切不是我的妄想,全都是真的,我真的就是小说里的鬼叔呢?认真想一想的话……

小希却没留时间给我犹豫,她一秒都不想在天台逗留,挽着我的手用力:"老公,我们先回去了。"不知道她哪来那么大的力气,像是押犯人般拖着我走。

我脚步踉跄,无奈地向张铁伸手:"欸,老铁,老铁,你把那小说给我,我带回去看。"

张铁想了一下,从外套下面,又掏出那一沓 A4 纸。我伸长了手,他却不递给我,只是把一叠小说举在半空中,举在秋天爽朗的阳光下。一阵大风刮过来,他手里的 A4 纸啪啪作响,像是一没抓牢,就会振翅飞走的白鸽。

我很重视这份小说,但是小希,比我还重视。对于这份小说,她表现出了过度的敏感。小希押着我,在原地停了几秒,突然放开了原本挽住我的手,朝张铁跑过去。

我错愕地看着小希的背影,听见她在对张铁喊:"给我!"两个星期以来,一直对我温柔体贴、轻声细语的老婆,这一刻在天台上似乎得到了释放,变回了跟我结婚前,那种爽朗、果断、有点男孩子气的个性。而那沓A4纸,就是让小希的性格发生改变的触媒。话说回来,比起温柔可人的她,我还是更喜欢男孩气的小希,这更像雪山上她原本的性格,也更像我的现任唐双。不对,确切来说,是更像小说里鬼叔的现任唐双。

小希几乎是扑到张铁身边,原本对嫂子言听计从的张铁,这一次竟然敢斗胆违背她的命令。

张铁踮起脚,把手里的A4纸高举过头顶,嘴里喊着:"嫂子,别着急,你等……"

让我跟张铁都没料到的是,小希原地起跳,竟然轻松地抓住了那沓A4纸。张铁是个一米八几的汉子,踮起脚,加上臂长,肯定超过两米五。小希这么轻松一跳就够到了他手里的A4纸,这是一个正常的妹子应该拥有的正常跳跃能力吗?

我皱起眉头,看着张铁慌忙后退,却仍不愿放手,跟小希正抢得起劲。阳光下,看着两个人争抢的身影,我突然想到了一个问题。张铁比我高,而小希跟我差不多。

　　小柔不喜欢那么矮的个子……跟鬼叔叔差不多高,比鬼叔叔高也不好说呢。

在刚才看的那几段小说里,喻小柔是这么说的;小柔说,她在自己的脑洞世界里,会长得跟我一样,甚至比我高。小柔好像还说……

亲密又不一定是那种亲密嘛……不过鬼叔叔倒提醒小柔了……不然的话,等小柔真的长大,还要好多年……

突然之间,在耀眼的阳光下,我不由自主地打了个寒战。该不会是……

"啊!"张铁的一声尖叫,打断了我的思考。抬头看时,他正捧着自己右脚,单脚着地,不停跳着,样子非常滑稽。看样子,他被小希狠狠踩了一脚。而那一沓A4纸,正在小希手里。刚好一阵大风吹过,小希手一松,那十几张A4纸真的就像一群白鸽,扑棱着向天台外飞去。

"不要啊!"我徒劳无功地跑过去,一边伸出手,但是风很大,十几张纸一下就被吹出天台的水泥围栏,慢慢往楼下飞,消失在我们视线里。我停在原地,不由得冲小希发火:"你这是干吗?我还没看完呢!"

小希对着我,没有对张铁的那股狠劲,她眨了两下眼睛,声音听起来有点委屈:"有什么好看的嘛……"

虽然她的表情很无辜,很楚楚可怜,但缓解不了我的情绪。这种感觉,就好像正在LOL里团战,突然屏幕一黑,原来是女朋友误拔了电源线——然后她说:"有什么好玩的嘛!"

就是有好看、有好玩的呀!更不要提,我要看这个小说,不是单纯地"看小说"而已。我深深吸了一口气,尽量平静地说:"赵小希,你是故意的。"

小希简直就要哭出来了:"我哪里有……"

我刚要说话,突然想起了什么,兴奋地一拍手掌!好,就算A4纸都飞走了,张铁是看过的呀;光凭那些纸皱巴巴的程度,昨天晚上,张铁是来来回回把小说看了很多遍吧。所以,我只要问张铁就行了。这样想着，我转过身，对着站在旁边的张……咦？张铁呢？我环顾四周，就在我跟小柔拌嘴的时候，张铁竟然已经跑到了天台的边缘，双手撑在围栏上，正在弯腰往楼下看。他可千万别想不开啊……小说后面的情节还没有告诉我呢。这么想着，我一边朝他跑去，一边大喊："老铁，你回来！"

张铁听见我喊他，慢悠悠地转过身来。

我刚松了一口气，却惊奇地发现，他脸上带着古怪的笑。那种笑容有点天真烂漫，有点亢奋，有点神经质。有点像……把一个小女孩的笑错误地放在了三十岁男人的脸上。认真地说，还挺吓人。我停下脚步，皱着眉头问："老铁，你没事吧？"

张铁嘿嘿一笑："我？没事。老蔡，不对，鬼叔叔，你想知道小说接下来是怎么写的，想知道鬼叔叔跟小柔要怎么逃出错误的世界，对吧？"

他竟然叫我鬼叔叔，还称自己是小柔？我被他怪异的表现吓到，想了一下说："嗯，想知道，不过我们到楼下说吧。"

张铁满脸天真无邪的笑，却坚定地摇头："鬼叔叔，小柔为什么让你来天台，因为……"

他扭头看着楼下说："因为要从小柔的脑洞里逃出去，就要来这个天台哟。"

我目瞪口呆地看着张铁："你怎么知道的？"

他极为女性化地左手在空中挥了一下："讨厌，是小说里面写的啦，法比安爷爷告诉鬼叔叔的哟。"

我站在天台刺眼的阳光下，感觉有点蒙圈了。看起来，眼前这个一米八几，穿着一身西装，长得像马修·麦康纳的哥们儿，我的出版人——张铁，真的把自己当成了小说里的喻小柔。一个十三岁的萝莉。这真的是太荒谬了。要知道，患上了偏执型妄想症，需要定时服药的人是我。我的妄想症使我分不清虚构跟现实的界限，以

为自己是小说里的鬼叔,那个富有冒险精神的小工厂主。所以当时,我找到了出版人张铁,他很清楚我是妄想症发作了,耐心地劝我,来帮我认清自己的身份——创作生涯正面临低谷的职业小说家蔡必贵。那时候,我是不正常的,他是正常的。然而现在,仅仅半个月后,情况却颠倒了过来。

一个三十多岁的公司老总,心智正常的成年人,竟然被我的胡言乱语迷惑,以为自己是个十三岁的混血小萝莉。而本来得了妄想症的我,现在脑子却清醒得很。我清醒地知道,这个世界上没有什么脑洞、超能力、惊心动魄的冒险、至死不渝的爱人;这个世界,有的只是庸俗的日常,无聊的工作,在钢筋水泥的丛林里,大家努力而辛苦地活着。我们每天从同一张床上醒来,在同一张床上睡去,每一天是前一天的完美复制,不存在任何惊喜。每个人心里,都渴望着生活会注入新鲜的变化,会有什么不同,但又没有勇气去做出改变。虽然听起来很残忍,但是,我们就活在这样的世界里。

这时候,有人从后面走了过来,挽住我的手——当然是小希了。

"鬼叔叔?"

我转过头来,看着张铁,阳光下,他脸上的表情很迷惑。我舔了一下嘴唇说:"怎么了,老、老铁?"

张铁噘着嘴,撒娇似的,拖长声音说:"鬼叔叔,我们终于能回去啦,你不开心吗?"他现在这个样子,就像被一个小女孩的鬼魂附体了,看上去又好笑、又吓人。我本来想说,一点都不开心,但是张铁现在脑子有点迷糊,又站在天台边,我怕这么说了,他会有过激的举动。于是,我想了想,敷衍道:"开心,当然开心,不过老铁……"

张铁哼了一声:"别叫我张铁,叫我小柔。"

我对着一个大男人,心里无比别扭,但还是勉强叫道:"小、小柔,你还没告诉我呢,我们到底该怎么逃出去?"

张铁卖萌似的，嘻嘻一笑："鬼叔叔，你过来看看就知道啦。"说完，他把手臂伸出围栏指向楼下。

过去看看？我犹疑着，刚要向前走，却被小希紧紧拉住了："别去。"

我挠头道："啊，为什么？"

小希紧皱着眉头，满脸的担心："老公，你忘了我跟你说的吗？张铁他一直想害你，他让你过去，是想趁机把你推下楼！"

我吃了一惊，这里是五十一层的天台，要是掉下去那可真就死无全尸了。不过……不对啊。

我看着小希，摇头道："不，你说得不对，你之前说张铁设了那么大一个陷阱要害我，是因为喜欢你，想把我弄死了跟你在一起。刚才我也这么想的，他骗我上天台，就是想把我推下去。可是，这个猜测，只在你没来之前才成立。"

小希一时没反应过来，问我："啊，为什么？"

我眉毛一挑："这还不简单吗，如果你眼睁睁看着我被张铁推下楼，怎么可能会跟他在一起呢？"

小希紧咬着嘴唇，被我的逻辑反驳得说不出话来。

我趁这时从她臂弯里抽出手，快步朝张铁走去。

他当然不会推我下去，楼下也不会有什么"逃出错误世界"的方法，不过，起码我可以趁机拉住他，不让他做傻事。天台上的风越来越大，吹得我有点站不住脚。小希在身后喊着什么，我都听不太清。

张铁微笑着，背靠在围栏上，看着我向他走去。就好像是一个十三岁的小女孩藏起心爱的玩具，要等我走过去之后，拿给我炫耀。这个场景，光线太饱和，却没有声音，好像在拍一部风格明显的电影，那么真实，又那么不真实。我离张铁只有十来米，不到二十步的距离，却仿佛走了一个世纪。终于，当我来到围栏边，刚要伸

出手去抓住张铁，他却反而主动抓住了我。

张铁一手挽着我，一手指着楼下；在猎猎大风中，我听见他喊："鬼叔叔，小心。"我们两个人一齐看向楼下。如果说，刚才没走过来之前，我怀疑张铁是脑子出了问题；如今出现的一幕，让我不由得怀疑我的脑子也出现了问题。难道说，是我的妄想症又发作了？因为在天台楼下半空中，大概是四十多层的位置，我看见了刚才飞下去的那十几张A4纸。A4纸还在飞，却不是我们通常想象中的漫无目的地乱飞。而是非常有秩序地排着队，头尾距离都相等，在半空中，绕成一个圆圈。因为缺乏参照物，我说不准这个圆圈有多大，如果依A4纸的大小来做参考，它们围出来的圆圈大概是篮球场中线上的中圈那么大。

这是什么鬼？我清楚地记得，早上出门前是吃了药的；所以眼前的一切并不是幻觉。风吹得耳膜生痛，我朝张铁喊道："什么意思？"

张铁却答非所问，看着A4纸勾勒出的圆圈，像是自言自语："要跳准点，刚好穿过圆圈。"

他的声音被风刮走了大半，我是配合唇形，大概猜出了他在说啥。

跳准点？穿过圆圈？这哥们是要往下跳啊！我紧张起来，拉住他的手臂："别跳啊！老铁，这是五十一层，摔死渣都不剩！"

张铁冲我笑了一下："别怕，只要我们穿过那个圈，就可以了。"

我虽然没太确定情况，但起码比他清醒："别傻了，老铁！那些纸是被风吹起来的，风那么大！"

我扭头看着楼下，突然就明白了："旋风，对，一定是某种旋风、龙卷风什么的！"仿佛是要打我的脸似的，我话音刚落，突然，刚才还呼呼作响的大风突然停止了。没有了呼呼的风声，周围一下变得太安静；在天台下面，高楼大厦之间的空隙，一些树叶、纸屑，因为风停了，都纷纷下落。只有那一圈A4纸，仍然罔顾自然规律，还在半空中绕着圈。转圈的方向，从天台上俯视的话是……逆时针。

而且，如果仔细看，这一圈 A4 纸并不是自己在"飞"。它们所围绕的是一个颜色黯淡、若有若无、忽隐忽现，似乎随时都会消失的黑洞。所以，这些白色的 A4 纸实际上是被黑洞牵引，在被扭曲的时空里逆时针旋转。我皱紧眉头，喃喃自语道："逆时针，小说里，鬼叔的脑洞就是逆时针转的。"

张铁赞许地看着我："鬼叔叔，你还记得。没错啦，法比安爷爷说，要从小柔的脑洞里逃出来，就要通过鬼叔叔的脑洞。"

我倒吸了一口冷气："通过……脑洞？就是你说的，从这里跳下去吗？"

张铁点点头："不光是跳下去，而且，一定要跳进那个圈啦。"手撑着栏杆，屈腿，又站直，像是在计算要跳多大劲，才能以正确的弧线落进 A4 纸围成的圆圈。

身后传来小希的叫喊："疯了，张铁你疯了！"

我回头看去，她一脸焦急的样子："张铁，你要跳自己跳，别连累我老公！"

张铁看着我，笑嘻嘻地说："鬼叔叔，在小柔的脑洞里，会有很多人，其实不是人啦，是小柔的记忆碎片而已，来阻止我们知道真相，逃出这个世界。因为只要鬼叔叔带着小柔离开，这个脑洞的世界就会整个坍塌掉哦。"他轻轻叹了口气，"小柔这边，有公司的员工啦，还有爸爸妈妈、前女友、老师同学什么的，幸好小柔看穿了，他们都是假的啦，不然会有点难过呢。"

张铁把脸侧向小希，示意道："在鬼叔叔这边，主要就是嫂子啦。小柔还挺喜欢嫂子的呢，只可惜，她也是假的。不过，她可不是小柔造的哟，估计是从鬼叔叔的脑洞里面带过来的吧。'

他这么分析，倒是有几分道理；之前我就在想，为什么在这个世界里我会跟小希在一起，大概是为了弥补雪山上的遗憾吧。

说完这些，张铁轻轻拍着我的手臂："好啦，鬼叔叔，赶紧跳下

去吧。"他直视我的眼睛,"我们时间不多了。"

他的声音、他的瞳孔,似乎有种魔力,我糊里糊涂地也转过身去,面对着围栏之外,距地面两百米的高空。背后传来小希的焦急的声音:"老公!"然后,是朝我跑来的脚步声。我其实没打算要跳,但是小希已经伸出手来,要抓我背后的衣服。她的手指碰到了我的背,在这一瞬间,我突然产生了一种奇异的感觉。

她的手指,在我穿着衬衣的后背上,轻轻地、慢慢地写着。

刚才看的那段小说里鬼叔问小柔,在她脑洞的世界里,如果小柔化成为女人,会叫什么名字。然后,小柔调皮地要求,要用手指写在鬼叔的背后。

阳光从云上倾泻而下,照得我头脑发晕,产生了错觉——此刻,有一根手指正在我背后写着字。我不由自主地挺直了腰,去感受手指所写的笔画。

第一个字很简单,是"小"。第二个字,上下结构,有一点像"柔",但仔细推敲,应该是"希"。

如果是女孩子呀,小柔特别喜欢一个字呢,跟小柔现在的名字有点像的……

不由自主地,我打了个寒战。错了,全都错了。手指写字的错觉消失了,小希从背后,用力抱住我。"老公,别傻了!"

我却盯着天台之外,半空中,那眼见为实、不可辩驳的 A4 纸。或许,我真的没有疯。确实,是这个世界错了;小说里所描写的一条故事线才是真正的现实。而我到这个错误的世界里,就是为了找到小柔,把她救出去。只是,在此之前,我一直认为张铁就是小柔;今天凌晨,小希提出了种种矛盾之处,打破了这个推理,我才开始认为张铁不会是小柔,这个世界也不是小柔的脑洞世界。但是,实际上,就算张铁不是小柔,这个世界依然可以是错的。因为,小柔另有其人。

喻小柔。

赵小希。

现实中，那个躺在病床上对我产生了感情的十三岁萝莉，在这个脑洞世界里，就变成了我的合法妻子赵小希。如果这样的话，许多之前无法解释的事情就说得通了。假设，我这半个月里的所见所闻包括我之前的种种推测，并不是妄想症发作后的狂乱，都是正确的，是真实的。

也就是说，我真的身处在一个错误的世界，这个世界建构在一个十三岁萝莉的脑洞里，而这个小萝莉的化身——从逻辑上判断，比起身为男性的张铁，更应该是同样性别的小希。因为，喻小柔喜欢她的"鬼叔叔"，而在真实世界里，就算她成功康复，要长大到可以跟鬼叔叔谈情说爱起码得要七八年。更何况，鬼叔叔身边有唐双姐姐，这两个人如胶似漆的，看上去不像能拆散的样子。搞不好，等小柔长大，他们娃都生了好几个啦。所以，在真实的世界里，小柔基本上没有跟鬼叔叔在一起的可能性。而在她自己构建出来的世界，这件事情就会变得有可能；甚至会变得很简单。

当我第一眼从公寓的床上醒来，几分钟后，就见到了小希——我在这个世界里的合法妻子。而如果小希是小柔的化身，那么，从一开始，她就达成了自己的心愿，跟我在一起了。如果她这么轻易就可以实现自己的愿望；从一个没有太多自制力的小孩的角度去看，那么，她就一定会这么做。这样的话，我之前产生过疑惑的许多问题都可以迎刃而解，得到很好的解释。

首先，小希对我出奇地、不计成本地、很过分地好，尽管我是个"废柴"职业小说家，写得烂，又挣不到钱。照我们双方的关系，这一辈子，我都不可能、也不会想要离开她。然后，既然真实世界里没办法跟鬼叔叔在一起，那就跟他在这个虚构的世界过着幸福的生活。因为这个世界是她构建的，她不喜欢唐双，所以跟小希在一

起的时候,我收不到来自真实世界里唐双的任何信息。对于我是否按时吃药,她特别地紧张,因为吃了药之后,我就会把一切都当成妄想,不会再去探究事实真相。她还跟我说,我半个月里所经历的一切包括这两年为什么会得上妄想症,都是张铁在台前幕后自导自演的阴谋。小希之所以这么做,都是为了把我跟真相隔绝开来,留在这个世界里,永远陪着她,一起幸福下去。只不过……

"鬼叔叔!"张铁对我怪异的称呼,打断了我的思考;我抬起头来,这才发现,他已经爬到了围栏上,摇摇晃晃地站在那里。他俯视着我跟小希,有点焦急地说:"鬼叔叔,快点摆脱她,跟小柔一起跳下去!"张铁凝神盯着半空,紧张道,"快点啦,黑洞就要消失了,这次错过,就再也没机会回去了。而且……"他皱眉看着小希,"鬼叔叔,千万不要让她也跳进黑洞里哦。"

我吃了一惊,疑惑地问:"为什么?"

小希又好气又好笑:"你神经病啊张铁,我才不会跳呢。"

张铁摇了摇头,指着半空中飞舞的A4纸:"上面写了啊,法比安对鬼叔说,鬼叔脑子里的黑洞太小了,只能容两个人通过,也就是鬼叔叔跟小柔啦。记忆碎片组成的假人类如果跳进了黑洞,就会爆炸,堵塞整个通道,害我们都回不去了呢。"说完这些,张铁双手合十,放在胸前,做了个跳水的姿势,"小柔先来,鬼叔叔你好好看着,等下照小柔的力度跳哟。"

我跟小希同时大喊:"不要!"

我知道小希的想法,不想看见她老公的出版人眼睁睁变成两百米下面、公路上的一摊肉。而我的想法是——张铁不是小柔,他就是自己口中所说的,由记忆碎片组成的假人类!如果他从小说里看到的都是真的,那么只要他一跳进黑洞,我跟正牌的小柔——也就是正紧紧抱着我的小希——就永远回不去了!

张铁生气地看着我:"鬼叔叔,时间不多了!"他又把视线移向小希,"你不会舍不得嫂子吧,她虽然对鬼叔叔很好,但她是假的!"

小希比张铁还要生气:"你神经病!你才是假的!老娘身上纯天然,哪里都没做过!"

我看着他们两个斗嘴,脑子里一团乱麻。虽然不清楚其中原因,但是这个站在围栏上的张铁——小柔在脑洞世界里制造出来的产物——错误地把自己当成了小柔。我并不知道,这是因为脑洞世界里的人类也拥有自由意志,还是说,这全是小柔脑洞里的设定,是一套阻止我离开这个世界的程序。而小柔在脑洞里的真正化身也就是正死死抱着我的小希却没有意识到自己是小柔。甚至,到现在为止,她还坚信所处的世界就是真实世界,她的老公疯了,而站在围栏上的张铁更是疯得彻底。所以,我现在面对的是一个不能解决的困境。

张铁马上要往下跳了,一旦他进了黑洞,回真实世界的路就会被完全堵住。小希死命抱着我,生怕我跟着张铁往下跳。要说服她这个世界是错的,她就是小柔,我们要通过从天台往下跳才能回到真实世界——凭我的能力,就算用三天时间,也未必能做到。

而天台外的高空中,A4纸组成的圈子正在越变越小。我的脑洞,下一分钟就要消失了。

"鬼叔叔,跟着我。"张铁修长的腿,在围栏上用力一蹬,做出高空跳水的完美姿势。下一秒,他的身体飞到半空,在阳光下画出一道优雅的弧线。

小希惊慌地大喊:"啊!张铁你真跳!"

我被高分贝的叫声震得鼓膜快要穿孔;伸手想要去抓张铁,却已经太迟。随着他跳到高空里,时间似乎变得很慢,整个世界进入了慢动作的电影场景中。A4纸围绕正在逆时针旋转的脑洞,正在越变越小。

　　张铁的计算堪称完美,他以一个抛物线缓缓下坠,正在接近脑洞的正中心。这个超自然的高空脑洞,以及张铁往下跳的动作本身就说明了,我所处的世界,不可能是真实的。这只是小柔构建出来的一个很接近真实,但始终有瑕疵的、错误的世界。而真实的、正确的世界和我爱的、爱我的人,正在脑洞的另一端等着我回去。我答应了唐双,一定会回去的。

　　脑洞……突然之间,我如遭雷击。高空中,我的脑洞正在变小;这是我离开这个错误世界的唯一通道。如果我要逃出去,脑洞要更大一点。不光是眼睛看到的脑洞,更重要的是思维的脑洞,真正意义上的——脑洞。一开始,我不知道谁是小柔,在不断试错之后,我脑洞大开,大胆断定——张铁就是小柔。可是,不够。

　　果然,凌晨三点小希推翻了我这个脑洞,并把它关上了。所以,从早上一醒来,我就接受了这个世界,接受了这个世界里的自己——得了妄想症的职业小说家。幸好,刚才的一瞬间,我的脑洞再次打开,得出了这样的结论——赵小希才是真正的喻小柔。这个脑洞推翻了前一个脑洞,相比起来更大,而且更加合理。可是,还不够。要理解真实的世界,要回到真实的世界,只有这个程度的脑洞还远远不够。我的脑洞,要大一点,再大一点,大到极限,大到炸裂。

　　嘭! 脑洞炸开的这一瞬犹如宇宙大爆炸,能量迸射;而我刹那间,醍醐灌顶。有什么规则限定,小柔的化身只能是一个人?

　　没错,张铁是小柔,小希也是小柔,这两个我最亲近的人都是小柔,是这个十三岁的萝莉,在她构建的脑洞里的化身。在这个世界里,喻小柔一分为二,一人分饰两角。

　　张铁作为我的出版人,是我的兄弟,我事业上的伙伴,能和我一起在外面打天下。在对他的塑造上,体现了小柔对于身高、强大、美食,还有长得像马修·麦康纳诸如此类的愿望。

　　赵小希,是我这个世界里的合法妻子,当之无愧的另一半,能够照顾我的饮食起居，跟我在同一张床上睡着，同一张床上醒来。在小希身上，满足了小柔跟我在一起的心愿，同时，她的身高也符合小柔的审美——起码跟我一样高。

　　好了，这下可以告诉叔了吧，要怎么才能认出你？
　　……在那个世界里，小柔应该会蛮高的呢，跟鬼叔叔差不多高，比鬼叔叔高也不好说呢。

　　小柔没有骗我，她跟我说的全都实现了；在这个错误的世界里，她既跟我差不多高，又比我高。所以，在确定了张铁跟小希都是小柔的化身之后，我才完成了来到这个世界的任务的一半——"找到小柔"，接下来，我要完成的是另一半，"救她出来"。脑洞马上就要消失，我的时间已经不多了。幸好，其中一半的小柔——张铁，已经主动跳出了天台。剩下的，只有另一半虽然身处惊慌中，仍然从后面用力抱着我的小柔——赵小希。我深深吸了一口气，用力抓住小希的手腕，然后试着掰开；在我强大的意志力下，原本坚强有力的小希的双手变得像面条般绵软。我转过身来，看着茫然无措的小希，诚恳地道歉："对不起了。"然后，我伸手揽住小希的腰，用力将她一抱而起，转身！扔出阳台！整个动作一气呵成，小希刚开始尖叫，我已经跳上围栏，同样纵身一跃。
　　脑洞，我来了。天台跟天空，高层写字楼的窗户都在快速上升。不对，是我在快速下降。耀眼的阳光下，这个世界里的所有一切运转得无比缓慢，甚至陷入静止。只有我拉着小希像两枚炮弹往高空中的黑洞飞去。而很早就跳下天台的张铁，此刻仍然以十倍的慢速，缓缓朝我的脑洞靠近。我用左手揽住小希，经过张铁时，又用右手拉住了他；在我的带动下，张铁的速度陡然变快，跟我同步。

　　绿点黑洞接近了红点黑洞后，旋转的速度开始变快，最后变得跟红点黑洞同步了，绿色的点连成了一条绿色的光带。

　　"鬼叔叔。"我低头看时，小希、张铁都消失了，不，应该说他们合二为一，变成了……我怀里紧紧抱着的喻小柔。这个十三岁的小萝莉长得真美，五官精致，皮肤像瓷器一样洁白。只不过，她太瘦了，瘦得让人心疼，抱在怀里比枕头还轻。但是，虽然精致，虽然脆弱，她却是真实存在的。现在，她就在我怀里。喻小柔是真实存在的，不是我小说里虚构的角色。依此类推，唐双也是。这个我深爱的女人，我的灵魂伴侣，正在脑洞的另一端在真实的世界里等着我回去。我答应过她，一定会回去。

　　飞回去！

　　下一秒，我右手抱着小柔，左手尽量前伸，碰到了黑洞的边缘。差一点。再下一秒，我愕然发现，左手离黑洞——也就是我的脑洞——的水平面仍然差一厘米。

　　是我停在空中了吗？我把小柔再抱紧，环顾四周；大风像要撕烂我的衣服，一切事物都在快速向上，也就是说，我仍然在下坠。所以，是那个脑洞在以跟我一样的速度快速下坠。我艰难地吸了一口气，几乎睁不开眼，打量着近在咫尺的回到真实世界的唯一通道。它正在越转越快。它正在塌陷。

　　之前围绕着脑洞旋转的A4纸，这时候已经被撕得粉碎，一部分散落到空中，一部分被脑洞吸了进去。是不是这些纸，阻塞了我们回去的通道？

　　"鬼叔叔，小柔怕。"在我怀中的小柔，既没有张铁的强壮，也没有小希的温柔，只剩下了一个十三岁小女孩的脆弱。

　　我用力紧紧抱着她，一边快速思索着对策，一边毫无对策地快速下坠。照这个速度，如果不在半空中晕过去的话，我们将会在三秒之内，硬邦邦地摔到路面上，成为一大一小两摊肉泥，或者是合二为一的更大摊肉泥。这样的话,鬼叔叔跟小柔倒是可以永远地留在这个世界了呢。

绝不。我左手伸得更直,眼睛已经完全睁不开了,胸腔一阵闷响,就像是有人用百斤大铁锤,反复在我心口上敲。差一点,差一点点,马上我就要够到脑洞了。但是,再差十米,我就要连人带脑洞一起砸到路面上了。

整个地球,正在向我飞速扑来。

十米。写字楼的窗户里有人扭头看我。

七米。我听见了路上,行人的尖叫,看见他们的头、肩、上衣、裤子,最后是鞋……

一米。我×,完……没完。突然,我悬浮在半空之中。怀中的小柔,声音带着一点惊恐:"鬼叔叔,你的脸……"

我轻轻哼了一声,右手摸着她的背:"不要怕。"我知道,现在我的右眼已经变成了一个黑洞,把我的半张脸都扭曲了。这个旋转着的黑洞,给了我一种特殊的能力。就像我之前让手机、酒杯、红色跑车悬浮在半空中一样,此刻,我让另一物体也在我面前静止不动。只是,这个物体稍微有点大——整个地球。在我右眼黑洞的牵引下,眼前逆时针旋转的黑洞,变得稳定下来。黑得越来越深,旋转速度放慢,范围也变大了,可以容许我抱着小柔轻松通过。

在我的脑洞巩固的同时,小柔的脑洞世界却开始坍缩了。

我眼角的余光看见周围的人和事物都从三维降到二维;整个世界以我的脑洞为圆心,向外扩散成为一个平面。而路面上飞驰而过的汽车、刚才还在尖叫的行人、更远一点的大楼都变成这个平面上扭曲、诡异的画面。这个世界似乎在痛苦,在垂死挣扎,但很快就陷入了死寂。

此刻。从我脑洞的水平面里伸出来一只手紧紧抓住我的手腕。我发现自己的身体颠倒了,变成头朝上,脚朝下,怀抱着纸片般单

薄的小柔。脑洞里伸出来的那只手，拼尽全力，把我往上拉。黑色的脑洞，突然光芒绽放，让我不由自主地闭上了眼睛。隔着黑色的脑洞，一个宇宙那么遥远的地方传来让我安心的声音。那音色坚定、明亮、穿透性很强。

"鬼，你醒了。"我穿越脑洞，从一个错误的世界回到另一个真实的世界。我知道，这所有的一切都不是妄想。